예체능 자녀 엄마로
산다는 것

예체능 자녀 엄마로 산다는 것

초판인쇄	2023년 11월 24일
초판발행	2023년 11월 29일
지은이	이혜성
발행인	조현수
펴낸곳	도서출판 더로드
기획	조용재
마케팅	최문섭
편집	이승득
디자인	호기심고양이
본사	경기도 파주시 초롱꽃로17 303동 205호
물류센터	경기도 파주시 산남동 693-1
전화	031-942-5364, 5366
팩스	031-942-5368
이메일	provence70@naver.com
등록번호	제2015-000135호
등록	2015년 06월 18일

정가 17,000원
ISBN 979-11-6338-423-6 03810

두 아들을 프로골퍼와
거문고 연주자로 키워 낸
엄마의 고백

예체능 자녀 엄마로
산다는 것

이혜성 지음

도서
출판 **더 로드**
The Road Books

서문

"여성들이 일과 가정을 양립하면서
보람 있는 삶을 살기를"

   이 책은 자녀를 잘 교육하여 좋은 대학에 보내는 법, 공부 잘 지도하는 방법 등을 담은 실용도서가 아니다. 1991년 공직에 입문한 후 2000년대부터 일과 육아를 병행한 나와 두 아들의 성장 이야기다. 문제 많은 엄마가 사랑이 많은 어머니로 변화되어 가는 나의 고백서이기도 하다.

   얼마 전 직장동료이자 고향 후배가 대학생인 두 딸을 남기고 갑작스럽게 하늘나라로 갔다. 그녀는 지역 대표도서관 건립 등 도민의 독서문화 생활화와 도서관 발전을 위하여 지난 25년간 사서직으로 헌신해 왔다.

언제나 환한 미소를 지으며 긍정적인 자세로 최선을 다해 모범 공무원으로 선정될 만큼 성실하고 책임감이 있었다. 업무에 대한 열정이 많아 주말에도 출근해 업무를 챙겼는데, 출장 중 객지에서 갑자기 뇌출혈로 쓰러졌다. 사랑하는 가족들은 물론 동료들에게 말 한마디 남기지 못하고 세상을 떠나 모두에게 충격이었다. 너무나 가슴이 아프다. 하루아침에 아내를 잃은 남편과 어머니를 잃은 동료의 두 딸이 안쓰럽다. 딸들이 엄마 몫까지 건강하고 행복하게 잘 자라주길 기도한다.

고인은 개인적으로 집안 일가이다. 그녀는 대종중 집안으로 최명희 작가의 소설 《혼불》 무대인 매안마을에서 나고 자랐다. 반면 나는 소종중 집안으로 인근 면 지역에서 자랐는데, 친정 할아버지와 아버지가 매안마을에서 시제를 지냈던 추억이 있다. 혼불 문학 마을 향수로 인해 나는 매안마을 뒷동산에 있는 재실을 2년 전 종중으로부터 구입하였다. 향후 작은 문예관으로 활용할 계획인데, 추후 방문할 때마다 그녀의 생각에 울먹일 것 같다.

살아생전에 그녀의 업무용 메신저 닉네임은 "꽃잎은 떨어져도 꽃은 지지 않는다."였다. 그녀가 말하고자 한 지지 않는 꽃은 무엇일까? 평생 책과 살았으니 책 속에 담긴 사상과 정신일까? 고인은 말이 없다. 오래도록 책을 봐왔던 그녀의 눈은 평소 고인의 뜻에 따라 기증되어 누군가의 빛이 되었다. 그녀의 마음이 눈부시다.

　내가 세상에 남기고 싶은 것은 무얼까? 나의 공직 생활 33년, 결혼생활 24년은 특별한 자랑거리는 아니다. 평생 써온 일기가 있다. 세상에 남기거나 가족에게 읽히기 위해서 쓴 것은 아니다. 직장과 가정생활을 병행하면서 힘들었던 일과 기뻤던 소소한 일상을 꾸준히 적으면서 스스로 위로하며 소망을 갖는 나만의 글밭이었다. 어리석은 마음이나 원한은 버리고 좋은 마음만 엑기스로 뽑아내어 책으로 엮을 기회가 왔다.

　5년 전 큰아들의 입대와 4년 전 남편의 퇴직은 우리 가정에 큰 변화를 일으켰다. 아들도 남편도 경제적 위기 탈출을 위해 선택한 길이었다. 이 과정에서 남편과 나는 많이 싸웠다.
　이 흔적들을 책으로 엮어 같은 처지에 있는 여성 동료들에게 도움이 되고 싶었다. 2020년도에 출간한 첫 책 《완벽한 결혼생활 매뉴얼》은 중매로 만난 남편과의 힘들었던 결혼생활을 사랑과 인내로 극복한 사례 중심으로 솔직하게 풀어나갔다. 뜻밖에도 갓 결혼한 신부부터 중년 부인에 이르기까지 많은 기혼여성이 공감해주었다. 일부 중년남성들은 아내를 힘들게 했던 젊은 날이 후회된다고 친히 내게 전화를 해왔다.

또 한 번 용기를 냈다. 금번에 준비한 책 《예체능 자녀 엄마로 산다는 것》은 부모님 세대의 자녀 교육 방식도 떠올려 보고, 나의 자녀 예체능 분야 교육 10년 경험을 중심으로 썼다.

현재 나의 큰아들은 프로골퍼로 군 제대 후 계속해서 투어 프로에 도전 중이며, 작은아들은 거문고 전공자로 군악병으로 복무 중이다. 자녀 둘을 뒷바라지하는 경제적 부담은 남편과 나를 계속해서 다가오는 삶의 변수에 도전하게 하는 순기능이 있었다.

예능이든, 체능이든 한 명만 가르치기에도 벅찬데 각각의 종목으로 둘을 어떻게 가르쳤냐는 질문을 많이 받아왔다. 넉넉한 돈은 없지만 신앙심이 있어서 가능했다. 두 아들이 인격을 바탕으로 예체능의 꽃을 피우고 열매 맺기를 항상 기도하고 있다.

자녀의 사춘기는 부모와 자녀를 같이 힘들게 한다. 우리 부부는 자녀를 키우는 지혜를 성경에서 찾았다. 타고난 대로, 사랑과 기도로 키운 이야기가 어린 자녀를 키우는 어머니들에게 도움이 되기를 바란다. 또한 자녀가 보유한 예체능을 취미로 할 것인지, 전공으로 할 것인지 선택의 길에 있는 학생과 학부모들에게도 작은 도움이 될 것이다.

30~40대의 나는 직장에서는 일 잘하는 공무원이었는지는 몰

라도 가정에서는 육아를 방임하는 수준이었다. 10대 초반에 아들이 문제행동을 보여 심리상담과 진로 코칭을 받은 뒤에 예체능 계열로 자녀 교육의 방향을 잡았다. 물론 지금도 자녀 교육에 관한 고민은 계속된다.

가끔은 자녀의 타고난 재능 위주로 계속 뒷바라지할 것이냐, 세상의 성공 기준에 따라 전향할 것인가를 솔직히 고민하고 있다.

지난날의 일기와 기억을 떠올리며 책을 쓰다 보니 어느 방향이든 아이와 소통하면서 사랑으로 뒷바라지하는 것이 행복이고 해답이란 것을 알았다.

늦게나마 중년이 되어 철이 든 엄마로서, 공직자로서, 작가로서, 성도로서 늘 부끄럽지 않고 본이 되고자 노력하는 나의 이야기를 보시고 여성들이 일과 가정을 양립하면서 개인적인 성장은 물론 가족과 더불어 보람 있는 삶을 사시길 바란다.

끝으로 이 땅의 청소년들이 부모님과 하나님의 품 안에서 자신의 꿈 날개를 활짝 펼치길….

이혜성

chapter 4

열매 많이 맺는 포도원 비결은

chapter 5

그 어느 때보다 지금이 행복한 엄마

나는 따뜻한 워킹맘이
되고 싶었다

1

아이는 과자보다
따뜻한 엄마를 원한다

친정엄마는 슈퍼 맘

　나는 1960년대 후반에 춘향골 면 소재지 한가운데에 자리한 구멍가게 둘째 딸로 태어났다. 점포와 살림집이 같이 딸려 있었다. 공부상 상호는 '신흥상회'였는데, 간판을 달지 않아서 사람들은 우리 집을 다양하게 불렀다. 가운데에 있다고 해서 가운데 점방집, 버스가 쉰다고 해서 '정류소', '차부집'이라고도 불렸다. 1980년대 들어 도시에서 '슈퍼마켓'이 유행하자 우리 집 가게를 '슈퍼'라고 세련되게 불러준 분들도 있었다. 가게 안주인인 엄마도 '슈퍼 아줌마'라는 새 호칭을 갖게 되었다. 실제로 엄마는 점방을 보시면서 시모 봉양과 오 남매를 키우는 열 일하는 '슈퍼 맘'이었다.

엄마는 관공서 여직원들이 버스로 오전 9시에 출근하여 저녁 여섯 시에 퇴근하는 걸 부러워했다. 일정한 시간에 일하고 퇴근함으로써 일터와 가정이 구분되어 여자로서 쉼이 있다고 생각하셨던 것 같다. 길가에 공중화장실이 있었는데도 가게 손님들은 우리 집화장실을 이용했다. 청소에 민감한 엄마의 결벽증과 딸들에게 번듯한 직장을 갖게 해주고 싶은 욕망은 그때부터 생겼던 것 같다.

엄마는 아침 여섯 시에 가게를 열고 밤 열두 시에 문을 닫았다. 한밤중에도 손님이 찾으면 물건을 팔았다. 손님이라면 누구에게나 친절했다. 그러나 자녀들에겐 차가웠다. 바쁜 엄마 대신 남동생을 돌보며 청소하고, 엄마가 아플 땐 밥을 하였어도 지적당하기가 일쑤였다. 어린 딸에게 깔끔한 청소와 완벽한 집안일을 원하다니, 도무지 이해가 안 되었다. 눈물이 쏙 빠지도록 혼난 날에는 '내가 이다음에 엄마가 되면 나는 엄마처럼 안 살 거야. 따뜻한 엄마가 되어야지.'하고 굳게 마음을 먹곤 했다.

나는 엄마가 두 얼굴을 가졌다고 생각했다. 나중에 알게 되었는데, 그럴만한 사정이 있었다. 엄마는 친어머니와 세 살 때 헤어졌다. 어려서는 새어머니, 시집을 와서는 시어머니의 무서운 눈초리 속에서 살았고, 가게에서는 손님들의 시선을 의식해야 했으니,

딸들에 대한 엄마의 차가움은 환경 탓이기도 하다. 사랑을 받아본 사람만이 사랑을 줄 수 있다는 말이 있잖은가.

친 외할머니는 1940년대 만주를 오 가며 돈을 벌 정도로 주체적으로 살았던 신여성이라고 들었다. 결혼 후 가부장적인 농경문화에 정착하고 살기는 숨이 막혀서 외할아버지와 부부싸움 후 가출했다고 한다. 부잣집 며느리로 당시 부러움의 대상이었을 텐데도 어린 딸을 놔두고 가출하다니, 참 기가 셌던 분이신 것 같았다. 엄마는 친어머니의 가출을 감추고 싶어 했는데, 가난한 우리 집으로 시집올 때 소문이 혼수로 따라왔다. 내 할머니는 외할머니 사연을 약점 잡아 엄마를 무시했다. 할머니의 독설은 반복되었다. 사람들이 엄마를 예쁘고 예의 바르다고 말하는데도 할머니는 인정하지 않았다.

"부잣집 큰 딸이면 뭐하냐? 새어머니한테 커서 보고 배운 것이 없다. 복스럽기는⋯ 손이 커서 아낄지도 모르고" 하며 나무랐다.

그럴수록 엄마는 시댁에서 더 인정받기 위해 최선을 다했다. 또 식구 많은 집의 경제적 궁핍을 면하기 위해 외가에서 자금을 지원받아 점포를 열었다. 엄마는 가게를 보다가 홀로 버스를 기다리고 서 있는 낯선 할머니를 발견하면 꼭 가게 안으로 모셨다. 추운 겨울날엔 방안으로 모셨다가 버스가 도착할 시간이 되면 나가시라고 했다. 어딘가를 헤매고 있을 당신 엄마를 생각했을까? 우리 집 가게에서 쉬었다 가신 분 중의 한 분이 내 시어머니가 되었다. 어른을 섬길 줄 아는 엄마의 태도가 안사돈으로서 후한 점수를 딴 것이었다. 한편 엄마는 새어머니 슬하에서 자라나는 동네 아이들에겐 유난히 잘 해줬다. 그것은 자신에 대한 측은지심의 발로였다. 그런데 나는 엄마가 친자녀에게는 차갑고, 손님과 다른 집 아이들에게는 천사처럼 잘하는 게 무지무지 싫었다. 손님에게 베푼 인심을 반절이라도 딸에게 좀 베풀어주길 바랐다. 돈을 버는 것이 중요했기에 모든 에너지를 손님에게 쏟았다는 후일담은 참 서글펐다.

난 슈퍼 맘 증후군 앓는 문제 맘

할머니도, 아버지도 하늘나라로 가시고, 어느덧 팔순을 바라보는 친정엄마가 요즘은 젊은 날이 후회된다며 신세타령을 많이 하신다. 돌아가신 분들에 대한 원망과 당신 자녀들에게 못 해준 것에 대한 후회가 녹음기를 튼 것처럼 끝없이 반복될 때면 솔직히 듣기가 싫었다.

"좋은 것은 아껴서 모두 제사상이나 일가친척 밥상에 올렸다.

너희를 낳기만 하고 무얼 먹든지 신경도 안 쓰고 점방 보는 데만 정신을 바짝 차렸지. 제대로 돌보지 못해서 미안하다. 너희들은 아들딸에게 함부로 말하지 말고 따뜻하게 잘해줘라."고 말씀하시며 손주들 용돈까지 꼬박꼬박 챙겨주신다.

"학자금은 한 번도 밀린 적이 없었고, 과자를 실컷 먹을 수 있어서 친구들이 저를 부러워했어요. 팔 수 없는 으스러진 두부와 깨진 달걀 요리라도 많이 먹었어요. 그래서 제가 또래보다 키가 크잖아요. 또 엄마가 주변에 인심을 많이 베풀어서인지 저까지 얌전한 어머니의 그 딸이라고 평판이 참 좋았지요."

나는 일단 엄마의 살아온 날들에 대해서는 노고를 인정하고 위로해 드렸다. 하지만 어린 시절을 떠올리면 얼마나 슬펐던지, 언니에게 내 속내를 털어놨다.

"난 엄마가 아빠랑 싸우고 나서 '집 나간다'며, '죽겠다'며 어린 딸들에게 '쥐약 사와'라고 고함칠 땐 정말 공포스러웠어."

언니는 엄마가 살아온 세월을 다 이해하기에, 나의 말에 긍정도, 부정도 하지 않는다. 신세타령하는 엄마를 마음의 병 환자로 대하는 것 같았다. 아버지는 가게를 거의 엄마에게 맡기고 농사와 동네일에 몰두했고, 고부간의 갈등에는 무심했다. 엄마는 외할머니처럼 가출하지 않고 가족을 위해 헌신적으로 살아왔는데도 아버지와 할머니로부터 인정받지 못했다. 심지어 자녀로부터도 존경받지 못했다. 할머니는 전주에서 손주 다섯이 고등학교에 들어가고부터 대학을 졸업할 때까지 뒷바라지해 주셨다. 엄마는 한 푼이라도 더 벌기 위해 가게 문을 닫을 수가 없었고, 할머니의 기에 눌려 전주에 있는 자녀를 보러 올라오지도 못했다. 할머니가 뒷바라지해 주신 공은 컸다. 하지만 손주들에게 '아빠는 다시없는 효자고, 엄마는 늘 부족하다.'는 험담은 교육상 적절치 못했다. 5남매가 엄마와 평생 심리적인 거리를 두고 사는 결정적인 계기가 되었다.

엄마의 소원대로 나는 공직의 길로 들어섰다. 직장생활 8년 차에 결혼했고 바로 엄마가 되었다. 나는 따뜻한 엄마가 되겠다고 분명히 다짐했는데, 전혀 아니었다. 첫 아이 때는 야간대학원생을 겸한 직장인이었다. 결혼을 했어도 일도 잘하고 자기 계발도 잘하는 직장인으로 계속해서 인정받고 싶었다. 신생아를 두고 밤 열한 시 넘어 집에 들어오다니, 지금 생각하면 한심했다. 대학원 과정을 수료만 하고 둘째를 낳았다. 첫째가 혼자 큰다면 너무너무 외로울 것 같다고 생각했기 때문이다. 내가 어릴 때 언니를 많이 의지했던 것처럼.

두 아들을 키우는 동안 육아와 가사는 같이하는 거라며 남편과 수없이 다퉜다. 시어머니에게 도움을 청하지 않은 이유는 엄마처럼 심한 고부간의 갈등을 솔직히 겪고 싶지 않았기 때문이었다. 고생스럽더라도 내 손으로 키운다는 원칙을 세웠다. 급할 땐 친정으로 달려갔다. 아이들을 뽑기 장난감이 있는 가게 앞에 내려놓고 가면 아이들은 처음엔 무척 좋아했다. 그러나 밤이 되면 가게 앞에서 나를 애타게 기다렸다고 한다. 큰아이가 초등학교에 들어갈 무렵, 나는 '자녀교육 환경은 남원보다 전주가 좋다. 시청보다 도청에서 일하고 싶다. 남편도 시군등기소보다 지방법원 본원에서 일하는 게 좋다.'는 그럴듯한 명분을 내세워 직장과 거주지를 전주로 옮겼다. 친정과 멀어지자 모든 걸 진짜로 나 혼자 해결해야 했다.

우선 나부터 도청에 적응하는 데 집중했다. 어쩔 수 없이 아이들은 엄마 없는 동안에 학원과 옆집 신세를 졌다. 자라면서 큰아이는 문제행동을 조금씩 보이기 시작했다. 원인은 그 어느 것도 포기 못 하는 내 욕심 때문이었다. 어릴 적 모순이라고 생각했던 친정엄마를 내가 그대로 답습하는 느낌이 들었다. 친정 언니에게 밤이면 밤마다 전화를 붙들고 징징거렸다. 그리고 젊은 날을 나보다 열악한 조건에서 악착같이 살아낸 엄마가 조금씩 이해가 되기 시작했다.

학원 여러 개를 보내는 이유

직장문화와 엄마의 빈자리

아이들의 본격적인 사교육은 전주로 이사를 온 뒤부터 시작되었다. 내 직장과 집은 30분 거리였다. 내가 칼퇴근해서 유치원엘 가면 저녁 여섯 시 반쯤 되었다. 우리 집 형제만 원장님 방에서 엄마가 오기를 기다리고 있었다.

다른 집 아이들은 전업주부인 엄마나 할머니들이 일찌감치 데려갔다. 고민 끝에 미술학원과 태권도 학원을 추가로 보냈다. 아이들도 좋아했고, 나도 퇴근 시간에 조바심을 갖지 않게 되었다. 그런데 예산 작업 시기나 감사 기간이 닥치면 퇴근이 자정을 넘어설 때가 많았다. 남편은 공안직으로 가정을 챙기는 직장문화는 아니었다. 할 수 없이 아이들은 심야까지 운영하는 24시간 놀이방 신세를 졌다. 가방을 어깨에 크로스로 멘 채 왼손은 자는 둘째를 업고, 오른손은 큰아이를 깨워 붙잡고 집으로 걸어올 때면 밤하늘이 얼마나 야속했는지 모른다. 일 가진 엄마의 비애를 진하게 느꼈다.

도와주는 친인척을 가진 여자 동료들이 얼마나 부러웠는지 모른다. 2000년도 중반에도 육아휴직 제도는 있었지만 유명무실했다. 경력으로 인정되지 않았으며, 육아휴직 수당으로 생활하기에는 부족했다. 또 육아가 특정 기간에만 필요한 것이 아닌, 자녀 성장기 전반에 걸쳐 필요하다고 생각해서 나는 이용하지 않았다.

이런 이유로 우리 집 사교육은 조기교육 목적이 아닌, 엄마의 빈자리를 채우기 위한 돌봄형으로 일찍부터 시작되었다. 일단 집과 거리가 가까운 학원을 최고로 여겼다.

전주로 이사 와 살던 곳에서 좀 더 직장과 가까운 곳으로 이사를 했다. 그곳에는 유치원부터 장차 다닐 초·중·고까지 다 있었다. 마음만 먹으면 언제든지 엄마인 내가 달려갈 수 있는 거리였다. 학원도 많아서 골라 보낼 수 있게 되었다. 그래도 나의 근본적인 고민은 해결되지 않았다. 아이들 저녁 식사가 걱정이었다. 옆집에 도움을 청했다. 옆집 할아버지가 유치원에서 아이들을 데려왔고, 옆집에서 할머니가 차려준 저녁을 먹게 되었다. 방학 때는 점심까지 챙겨주신 고마운 이웃이었다. 초등학교 때는 활동량이 많아져 간식 용도로 분식집과 빵집에 장부를 트고 선불 또는 후불 결제를 했다. 청소는 가사도우미 언니에게 부탁했다. 내가 잠을 더 줄여서 집안일까지 하는 데는 체력에 한계가 있었다.

나는 늦은 밤 지친 얼굴로 퇴근하여 겨우 아이들 가정통신문을 확인한 후 준비물만 챙겨주는 정도였다. 학교 숙제는 종합학원에서 조금씩 돌봐주셨다. 이렇게 나의 아이들은 유아기 때는 보모집, 어린 시절에는 놀이방과 유치원, 초등학교 때는 학원과 옆집, 그리고 분식집에서 자라났다. 내가 직장에서 안심하고 일할 수 있는 시간을 많이 확보하기 위하여 육아와 가사시간을 돈으로 대체한 것이나 다름없었다. 물론 육아의 질을 높이기 위해 맡기는 곳을 선택할 때는 신중했다. 하지만 아이들과 엄마가 정서적으로 함께할 시간이 절대적으로 부족했다. 오직 잠만 아이들과 같은 공간에서 잤다.

직장에서 머문 시간이 많은 나는 열심히 일 잘하는 공무원으로 어느 정도 인정받았다. 승진의 기쁨은 잠깐, 직급에 맞는 고된 업무가 따라왔다. 더 바빠졌고 피곤했지만, 계속해서 새로운 일에 도전했다. 일 중독자가 되어가고 있었다. 내 또래 동료가 내가 안

쓰러웠는지 한마디 했다.

"난 내 새끼들을 위해 직장을 다닌다."

'월급 받는 만큼만 일하고 나머지 시간은 가정에 충실하라.'는 조언이었지만, 나에게는 그 말이 조금 무책임하게 들렸다. 그 당시 나는 월급 받는 것보다 더 많이 일한다고 자신했다. '나 아니면 내 조직이 손해 본다.'라는 착각도 했다. 그렇다고 "난 자아실현을 위해 직장을 다녀." 이렇게 당당하게 말하지 못했다. 지금까지 동료의 말이 안 잊히는 것은 내가 직장에 오래 머문 시간만큼 내 자녀의 정서에 펑크가 났기 때문이다.

시대의 변화를 기다리며

아무튼 2000년대는 상명하복의 직장문화가 공직사회 전반적인 분위기였다. '워라밸'이란 단어는 아예 없었다. 2020년대에 정부가 인구소멸 위기를 심각하게 여기고 출산 육아를 장려하는 다양한 정책을 늦게나마 펼치고 있어서 얼마나 다행인지 모른다. 물론 요즘의 젊은 세대들은 나 때보다 한 차원 높은 삶의 질을 추구하고 있어서 현행 출산지원과 육아정책 수준으로는 만족할 리가 없다. 일과 가정의 양립을 위해 무엇이 선행되어야 할까? 국가가 아닌 아이와 엄마 측면에서 생각해 봤다.

첫째로, 적어도 출산휴가를 180일은 보장해야 여성의 건강도 회복되고, 아기도 엄마를 알아보고 정서적으로 유대관계가 형성될 것이다. 아이 낳기를 장려하고 있는 지금에도 현행법상 출산휴가가 20년 전과 변함없는 90일이다. 현재 출산휴가를 120일까지 연장하자는 법안이 국회에 상정되었음에도 여성 경력 단절이 초래될 것이라는 우려와 고용보험기금 재정상 아직 통과되지 않았다. 엄마가 오래 쉬면 직장에 대한 감각을 잃어버리고, 아이와 정 떼기가 어려우니까 일찍 출근하는 게 낫다는 말인가? 너무 비인간적이다. 아주 오래전 나는 출산휴가가 끝나기도 전에 2~3일 앞서 출근했다. 동료에 대한 미덕이라고 생각했다. 국가가 보장한 출산휴가마저 직장에 양보한 미련한 나였다. 직장에서는 애 엄마를 환영하지 않았고, 가정에서는 아이에게 미안했다. 정말 양쪽에 죄인이 된 심정으로 그 세월을 버텨왔으니 나도 참 대단하다.

둘째로, 여성들이 일하기 위하여 어쩔 수 없이 보내는 돌봄 위주의 사교육을 믿고 맡길 수 있는 공교육이 대폭 흡수하길 바란다. 여성들이 능력껏 일하여 벌어들인 수입을 돌봄 위주의 사교육에 다 쏟는다면 모순이다.

교육부와 통계청 조사에 따르면, 2022년 초등학교 전체 학생의 1인당 월평균 사교육비는 37만 2천 원이고, 참여 학생의 사교육비는 43만 7천 원으로 밝혀졌다. 사교육 참여율은 85.2%이며, 사교육 주당 참여 시간은 7.2시간이라고 했다. 내 경험에 의하면 사교육비와 참여 시간 모두 적어도 두 배씩 곱한 것이 현실이다. 월급날 여기저기 학원비를 이체하다 보면 통장 잔액이 거의 남질 않았다. 가끔은 내가 아이들 학원비를 벌기 위해 직장을 다니는 듯한 비참한 기분이 들었다. 가르치는 데 드는 돈이 아깝다면 안 가르치면 그만이고, 돌봄 위주로 보내는 것이 모순이라면 엄마가 직장을 안 다니면 된다고 말하는 사람은 없을 것이다. 자녀가 좋은 교육을 받아 인간으로서 지혜롭게 살고, 부모가 일함으로써 경제적으로 풍요롭게 살기를 원하는 것은 인간의 본능이자 권리이다.

마지막으로 직장 상사의 의식 전환이 필요하다고 본다. 개구리가 올챙이 시절을 잊는다는 속담처럼, 상사들이 힘겹게 육아했던 시절을 잊고서 지금 어린 자녀를 키우는 젊은 세대의 입장을 고려하지 않고 부서를 운영하는 경우가 있다. 이른 아침 회의라든지, 퇴근 시간을 앞두고 주요 업무를 챙기는 일은 지양되어야 할 것이다. 지금 당장 보기에 급한 것 같아도 내일 아침이면 별로 중요하지 않을 수 있다. 급하고 중요한 일의 우선순위도 상사가 단독으로 결정하기보다는 부서원에게 충분히 설명하고 정하기를.

워라밸이 완전히 정착되어 이 땅의 엄마들이 저녁 시간에 아이들과 충분히 스킨십을 나누고, 아이들은 즐겁고 신나는 학원만 많이 다니길 바란다. 나는 아이들이 초등학교를 마칠 때까지 하루 네 군데 이상의 많은 학원을 보냈다. 교육상 필요해서 보낸 것인지, 엄마의 빈자리를 메꾸기 위해 보낸 것인지, 솔직히 말하라면 후자이다. 따뜻한 모성애도 없었고, 자녀교육에 대한 철학도 없었던 그 시절이 후회된다.

달라도 너무 다른 형제

바보 같은 계산, 비교의 놀이

나는 두 아들을 키우며 바보 같은 셈을 하고 말았다. 세 살 터울인 형제를 계속해서 같은 학원을 보낸 것이다. 둘 다 초등학교 졸업할 때까지 국·영·수 종합학원을 비롯하여 피아노, 바둑, 검도는 물론이고 어학연수까지 같이 보냈다.

형제가 다니면 할인해 주는 학원을 적극적으로 이용했다. 경제적 부담을 덜었고, 아이들 관리도 아주 효율적이었다. 게다가 나는 옷을 살 때도 아이들 취향보다는 활동하기에 편한 옷을 사이즈만 다르게 하여 입혔다. 위와 같이 뭐든 같이하면 되니까, 얼핏 보면 아들 둘을 키우는 일은 쉬워 보였다.

우리 집 형제들도 자녀 하나만 있는 친구들보다 든든한 점은 있었다. 하지만 형은 늘 동생을 챙겨야 하는 애어른이란 부담이 있었고, 동생은 원하든 원하지 않든 늘 형을 따라야만 했다.

두 아들을 키우며 은연중에 우애를 강조하며 뭐든지 비슷하기를 바랐다. 부모뿐만 아니라 선생님마저 조금 차이가 나면 일탈이라도 한 것처럼 비교했다. 고의는 아니었지만 '큰애는 무얼 잘하는데 동생은 못 한다.', '동생은 저걸 잘하는데 형은 못 한다.'는 식의 비교였다. 성별만 동성일 뿐이고, 태어난 연도나 타고난 본성이 다른데도 마치 형제는 다 같이 잘하거나 못하는 것이 정상인 것처럼 말이다.

다양한 분야를 비교하면 그나마 다행인데, 유독 학교 성적을 많이 비교했다. 최초의 공개적인 비교는 우리 집 아파트로 들어가는 진입로였다. 형제가 다니는 학원에서 학교 시험성적을 현수막으로 게시해 두었다. 초등학교 4학년인 큰아들 이름은 '이○○' 하여 일부 잘 맞은 과목만 기재되었고, 초등학교 1학년인 작은아들의 이름은 실명으로 올백에 가까운 전 과목 점수가 다 표시되었다. 눈에 띈 작은아들 성적을 보고 우리 부부는 아주 기뻤다. 그러나 아무도 형의 기분을 섬세하게 생각하지 않았다. 다만 우리 부부가 둘 다 일곱 살에 입학하여 모두 저학년 때 학습 속도가 더딘 경험이 있어서 공부로 큰애를 나무란 적은 없었다. 동생이야말로 영어, 수학, 바둑, 궁도, 바이올린까지 다 잘하니까, 우리 부부 사이에 태어날 수 없는 돌연변이라고 생각했다.

큰애가 잘하는 것은 자전거 타기, 줄넘기, 달리기, 인라인스케이트, 배드민턴, 야구, 농구, 축구였다. 운동을 잘하면 합당하게 칭찬해 줘야 했지만, 공부를 잘하는 것만큼 칭찬하지는 않았다. 오히려 날쌘 힘으로 약해 보이는 동생을 괴롭힐까 걱정했다.

따라서 학습에 취미가 없고 놀기를 좋아하던 큰아들은 가정에서나 학교에서 인정을 덜 받았다. 공부를 잘하던 작은아들도 형보다 튀는 것을 부담스러워하여 차츰 공부보다는 형과 같이 놀거나 게임을 하는 시간이 많아졌다. 둘 다 놀기를 좋아하는 평범한 아이가 되고 말았다.

방학 때 영어 회화 공부를 위해 형제를 필리핀에 두 차례 보낸 적이 있었다. 큰아들이 귀국할 때 성과물로 문법 시험지와 영어로 쓴 일기장을 가져왔다. 한국에서 영어학원을 오랫동안 다녔음에도 시험지는 동그라미가 거의 없었다. 단 하나, 영문 일기는 인상 깊었다. 기억나는 대목이 있다.

"I played basketball today. It was fun."

(나는 오늘 농구를 했다. 재미있었다.)

'영어는 안 배우고 맨날 놀기만 했나?' 이렇게 두 번의 방학을 이용해 노는 동안 한국의 다음 학기 선행학습을 놓쳐 중학교 때부터 큰아들의 성적은 곤두박질치기 시작했다.

한편 큰아들에게 두 번의 어학연수는 부모의 간섭없이 필리핀 튜터들과 여러 가지 스포츠 종목을 신나게 접해본 즐거운 연수였을 것이다. 같이 간 큰아들 친구의 어머니는 어학연수 동안에도 현지에서 따로 수학 과외를 챙겼지만, 난 신청하지 않았다. 한국에 있을 때 큰아들이 여러 차례 수학 문제집을 베란다에 감춰 놓고서는 문제집이 없어서 학원에 갈 수 없었다고 핑계를 댄 적이 있었기 때문이다. 어학연수 결과 큰아들은 확실히 공부보다 운동 경기를 좋아한다는 것을 알게 되었다. 그때 어학연수 프로그램에는 한국의 환경에서는 고비용 때문에 접하기 힘든 골프와 승마 시간이 있었던 것으로 기억한다.

행복의 열쇠를 찾다

아들 둘을 키우며 나의 최대 고민은 큰아들의 학업이 아니었다. 동생을 함부로 대하는 큰아들의 성격이었다. 남편도 나도 매우 힘들었다. 어린 작은아들은 동생이라서 대항하지 못하고 어쩔 수 없이 형에게 많은 것을 맞춰줬던 것 같았다. 동생이 태어난 뒤 사랑을 뺏긴 큰아들의 마음을 부모가 잘 알아주고 교육적으로 대처해야 했는데, 그렇게 하지 못했다. 오죽하면 소아정신과 전문의들이 큰애의 좌절감을 첩을 본 본처의 마음에 비유했을까? 시기, 질투, 비교의 고통을 큰애가 느끼리라고는 상상도 못 했었다. 형이니까 동생을 잘 돌봐야 하고, 동생이니까 형을 잘 따라야 한다는 생각만 했다.

물론 내 나름대로는 오은영 박사가 출연한 〈우리 아이가 달라졌어요〉라는 TV프로를 애청했고, 또 신의진 교수의 저서 《현명한 부모는 아이를 느리게 키운다》 등을 읽으면서 어려운 육아의 해법을 찾고자 많이 노력했었다. 그러나 방송대로, 책대로 안 될 때가 많았다.

이렇게 고민하던 중에 아이를 타고난 대로 사랑하고 이해하는 대상으로 바라보는 계기가 생겼다. 한번은 여고 선배 언니가 자녀 교육 경험담을 들려줬다. 유대인의 형제 교육법을 따랐는데 실천 방법은 아주 간단했다. 아들과 딸을 어려서부터 각각 다른 유치원에 보냈다. 선생님들이나 친구들이 남매를 비교하지 않도록 원천적으로 차단했다고 한다. 듣고 보니 참 현명한 엄마였다. 남매가 서로 존중하면서 타고난 성향대로 잘 자라줬다는 말에 얼마나 부러웠는지 모른다. 많이 반성하는 계기가 되었다. 나는 아이들을 각각 특별한 개성이 있는 아이로 보지 않고 어떻게 하면 한정된 시간에 효율적으로 아이를 돌볼 수 있을까만 생각했다. 어쩌면 두 아이의 성격과 성적마저도 같기를 원했던 것 같았다. 서로 극과 극인 면을 목격할 때면 나는 정말 부담스러웠다. '누구 편을 집중해서 들어줘야 하나?' 고민이 될 때가 많았다. 한 명씩 돌아가면서 엄마랑 단둘이서 15분 동안만이라도 오롯이 함께하면서 아이마다의 특별함을 존중하는 최고의 시간을 가졌어야 했는데…

한번은 운전 중에 우연히 CBS라디오에서 최성원 선생님의 〈행복의 열쇠〉라는 노래를 들었다. 그냥 귓전에 스칠 수도 있는 노래였는데, 내 상황이 힘들었던 때라 가사가 귀에 쏙쏙 들어왔다. 매일 경쟁을 해야 하는 직장도 힘들었고 두 아들 키우기도 힘들었는데, 내게 많은 위로가 되었다. 운전을 멈추고 노래를 검색해 보았다. 제일 마음에 와닿았던 부분을 옮겨 본다.

'우리는 어릴 적부터 그렇게 배워만 왔지
남보다 잘났어야만 칭찬을 받았었나봐
공부는 재밌는 건데 왜인지 힘겨워했고
인생은 즐거운 건데 왜인지 어렵게 됐지
이제는 눈을 떠봐요 그대는 이 우주 안에

누구도 견줄 수는 없는 그대만의 세상이 있잖아
비교는 바보들의 놀이
최선은 우리의 권리
결과는 하나님의 뜻
감사만이 행복의 열쇠'

이 노래를 듣고서 나는 결심했다. '누구에게도 견줄 수 없는 나를 승진 빨리하는 동료들과 비교하지 말아야지. 누구에게도 견줄 수 없는 각각의 아이를 형제나 다른 집 공부 잘하는 아이들과 비교하지 말아야지. 누구에게도 견줄 수 없는 내 남편을 다른 집 가정적인 남편과 비교하지 말아야지.' 하고 말이다. 비교는 각자 스스로가 인간적으로 성숙해 나가는 여정에서 어제와 오늘을 살펴보고 내일을 준비할 때만이 의미가 있다. 형제자매 혹은 다른 집 아이와의 비교는 바보 같은 엄마들의 놀이이다. 기도와 최선은 부모의 권리이다. 결과는 하나님의 뜻이다. 예전에는 없었지만, 지금 이 순간 행복의 열쇠가 내 마음에 있음을 감사드린다.

내 아이를 끌어올리는 힘,
진로 코칭

방임형 양육환경이 문제다

　10년 전에 나는 감사부서에서 청렴과 자체 감사에 관한 평가 업무를 담당하고 있었다. 부패 방지를 위해 제도를 개선하고 자체 감사 결과를 분석하여 자료로 관리하는 일이 주된 업무였다. 그 결과는 시도별로 서열이 드러나 기관의 청렴한 이미지와 감사역 량을 보여주는 것으로 언론의 큰 관심사이기도 했다. 평가지표에 맞는 꼼꼼한 체크가 연중 이뤄지면 상위권 평가를 받을 수 있다고 선임들이 팁을 알려주었다. 그대로 따르기로 했다. 출근은 아침 여덟 시였고, 퇴근은 새벽 두세 시였다. 매일 같이 사무실에서 컴 퓨터만 보고 살았다.

집에서 네 시간만 잠자고 다시 출근하기를 2년간 반복하였다. 큰아들이 중학교에 입학한 지 얼마 안 됐을 때 학교에서 문자 메시지를 보내왔다.

"귀하의 아들이 무단으로 외출하여 PC방을 다녀와서 벌점 ○점입니다."

벌점이 누적되고 개선 효과가 없다 보니, 어느 날 담임선생님이 아빠랑 직접 학교에 나와달라고 호출하였다. 아들을 키우다 보면 별일을 다 겪는다고 했는데, 그때부터 별일이 시작되었다. PC방을 좋아하는 것 자체가 문제는 아니었다. 학교 규칙을 지키지 않은 것이 문제였다. 누군가와 싸운 것도 아닌데, 규칙을 지키지 않는다고 하여 부모를 오라고 해서 심리검사를 받아보라고 요청하는 선생님이 처음에는 좀 극성이라고 생각됐다.

심리상담을 실시했다. 일주일 후 6페이지 분량의 상세한 심리평가 보고서를 받았다. 주의력 결핍 및 과잉 행동 장애(ADHD)가 있을까 우려하였지만, 기질적인 주의력 문제는 없는 것으로 판단되었다. '성격적으로는 활달하고 순발력이 뛰어나다. 독립적이고 자기 주관이 강한 것으로 보인다. 규범이나 관습에 얽매이는 것을 싫어한다.'라고 분석됐다. '지구력 부족, 타인에 대한 배려 부족, 충동 조절이 어려운 것은 방임적인 양육환경에서 성장했기 때문'

이라고 했다.

　'방임적인 양육환경이 문제다.'라는 보고서를 받고 나서 남편은 깊이 고민했다. 일 중독자인 나는 다시 업무 속으로 파고들었다. 남편은 그 당시 카네기 최고경영자과정을 수강하면서 인간관계론이라든지 자기 계발에 관한 깊은 독서를 하고 있었다. 카네기 멤버들에게 아들에 대해 자문했는데, 진로 코칭을 권유받았다. 코칭이란 말은 원래는 스포츠 용어인데, 2000년대부터 교육용어로 자리 잡았다고 한다. 남편은 큰아들이 스스로 공부하고 행복한 삶을 능동적으로 추구할 수 있도록 가르치고 도와줄 수 있는 전문가를 찾아 나섰다. 무려 6개월 동안 이뤄지는 진로 코칭이 시작되었다. 큰아이를 상담하는 선생님이 '형제지간에 문제가 있어 보인다.'며 동생도 별도로 코칭이 필요하다고 권하였다. 남편은 기꺼이 따랐다. 나는 남편이 아이들의 일반 학원 출결에는 신경 쓰지 않고 코칭에만 공을 드리는 것 같아 내심 불만이었다. 가끔 부모도 참여하는 시간이 있다며 한두 시간씩 나를 불러냈다. 마지못해 참여했다. 그 당시 내가 썼던 일기장은 사무실 업무 스트레스가 주를 이뤘는데, 하루는 이렇게 적은 적이 있다.

　"오늘은 ○○이가 코칭 받으러 갔는지 모르겠다."

큰아이가 코칭 수업을 자주 안 갔다는 뜻이다. 학교 운동장과 전주 삼천변 자전거도로 혹은 동네 PC방에서 머무는 시간이 대부분이었다. 남편은 큰아들이 동생을 괴롭히지만 않으면 기존에 다니던 학원이나 코칭 수업을 빼먹는 것에는 문제 삼지 않았다. 나만 속이 탔다. '이러다가 전주 인문계고에 진학하지 못하면 어쩌나?' 하고 말이다.

작은아들을 담당하는 코칭 선생님 댁은 우리 집과 상당한 거리가 있어서 주로 남편이 차로 태워다 주곤 했었다. 남편이 바쁠 땐 주말에 한 번씩 내가 인심 쓰듯이 작은 아이 코칭 선생님 댁을 다녀왔다. 그런데 한번은 아이가 선생님 댁에서 울다가 잠이 들었다. 선생님은 아이가 부모에게서 정서적 돌봄을 충분히 받지 못한 것에서 오는 외로움, 결핍감이 있는 데다가 형으로부터 받은 폭언, 폭력을 혼자 감당하기 어려웠을 것이라고 한다. 상담하는 과정에서 울음이 나왔던 것으로 추측된다. 배려심이 부족한 외향적인 큰아이와 많은 시간을 함께 보낸 작은아이의 상처가 그토록 깊은 줄은 전혀 몰랐었다.

큰아들의 눈과 작은아들의 마음을 보다

작은아들이 엄마에게 도움을 청하지 않고 선생님께 말한 이유는 뭘까? 엄마가 너무 바빠서 말할 시간조차 없어서? 아니면 엄마가 상심할 것을 염려한 것인지? 혹시 엄마에게 말해도 소용이 없다고 단념했는지 난 알 수가 없었다. 배신감도 약간 느꼈다. 하지만 내 아이를 위해서는 어딘가에 말할 대상이 있다는 것은 정말 다행이었다. 나도 그런 비슷한 전력이 있다. 중학교 3학년 때 동네에서 자취하고 있는 담임 선생님 댁을 찾아가 엄마에 대한 서운함을 말하기도 전에 울기부터 한 적이 있었다. 당시 내 고민은 친엄마가 새엄마같이 느껴진다는 것이었다. 내 아들도 나를 부족한 엄마로 생각하고 선생님께 자신이 처한 상황을 하소연하다가 눈물을 왈칵 쏟았을 거라는 생각을 하니 마음이 아팠다.

나는 나대로 직장과 가정을 위해 최선을 다하며 살아왔다고 자부했는데, 이후에도 작은아들은 속상한 일을 엄마보다는 선생님들께 솔직히 털어놔서 당황하곤 했었다. 여러 차례 심정이 와르르 무너지곤 했다. 작은아들은 섬세한 아이였다. 그런데 그 내면을 읽어줄 사람이 주위에는 아무도 없었다. 읽어주지는 못했어도 내가 아이의 말을 들어 줄 시간조차 없었으니, 내가 한심했다.

드디어 6개월이란 시간이 흘렀다. 수료식 날에도 큰아이는 놀기가 바빠서 오지 않았다. 지도했던 선생님이 큰아이가 몇 차례 수업에 참여했던 과정을 보고서로 만들어 대형 스크린에 한 장 한 장 띄웠다. 검정색 티셔츠와 반바지를 입고 배드민턴을 치는 한

장의 사진이 보였다. 스매싱을 위해 하늘 높이 점프하고 있는 장면이었다. 그 아이의 눈이 빛나고 있었다. 비상하는 독수리 같았다. 순간 내 마음속에 파문이 일었다.

'그렇다. 이 아이는 운동을 좋아한다. 게다가 운동을 너무너무 잘하고 즐거워한다. 재미없어하는 공부를 강요할 필요가 없다. 온통 집안은 큰아이의 야구방망이, 글러브, 축구공, 농구공, 줄넘기, 인라인, 특수 자전거… 거의 체육사 수준이 아니던가?'

이어서 작은아이의 발표 시간이 되었다. 무대에 직접 나와서 했던 말을 또렷하게 기억한다. "아빠랑 김창옥 교수님의 강연을 들은 적이 있습니다. 저도 다른 사람에게 감동을 주는 삶을 살고 싶습니다."라고 말했다. 또 큰 빌딩으로 사람이 모이는 그림을 보여주면서 40대에는 소설가가 되어 강연하겠다는 꿈을 발표했다. '아직 초등학생인데 너무 조숙한 것 아닌가?' 하면서도 나는 마음속으로 흡족했다.

수료식에 참석하여 아이들이 무엇을 좋아하고 잘하는가를 발견하고 나서 아이들을 바라보는 내 눈이 확 바뀌었다. 각자 성향대로, 타고난 재능대로 키워야 한다고 생각했다. 큰아들이 운동할 때 눈이 빛난다는 걸 알았다. 같은 놀이라도 게임을 할 때는 눈이 수동적으로 프로그램에 끌려갔다. 하지만 운동을 할 때는 큰아이가 경기를 주도적으로 리드하고 하고 있었다. 또 작은아이의 마음에는 인간에 대한 연민이 있었고, 그 마음 씀씀이들이 얼마나 부드럽고 섬세한지를 알게 되었다.

아이들이 방황할 때 남편이 전문가를 찾아 맞춤형으로 상담을 진행해 준 것이 시간이 지날수록 고마웠다. 남편은 일 중독자인 나를 불쌍히 여겼으며, 내가 아이들에게 소홀했다고 탓하지 않았다. 아이들이 각자가 좋아하고 원하는 곳으로 잘 도달할 수 있도록 길을 열어준 걸 보면 남편이야말로 타고난 아버지요, 위대한 코칭 선생님 같았다. 그리고 큰아이를 코칭해 주셨던 《나를 끌어 올리는 힘, 코칭》의 저자 이숙현 전문가님께 진심으로 감사드린다. "선생님! 공중을 향해 날아오르는 큰아들의 배드민턴 스매싱 장면을 멋지게 사진으로 찍어주셔서 감사합니다."

진짜 엄마가 되는 기회가 왔다

곤고한 삶, 쉼표가 필요해

"하나님은 곤고한 자를 그 곤고에서 구원하시며 학대당할 즈음에 그의 귀를 여시나니" (욥기 36장 15절)

2013년 가을에 직장을 하루 쉬고 건강진단을 받게 되었다. 앉아서 일만 해서 똥배가 나왔다고 생각했는데, 자궁근종이 사과만한 크기로 수술을 해야 할 상황이었다. 2년 동안 아침에 출근하여 새벽까지 사무실에 있었으니, 건강에 이상이 생긴 것은 당연했다. 그때 내가 받은 충격은 상당했었다. 여성 공직자도 감사부서에서 일을 잘할 수 있다는 것을 2년 연속 전국 평가에서 우수한 성과로 보여줬는데 건강이 무너진 것이었다. 기관 위상은 물론, 근무부서 성과 등급을 올린 공으로 동료들로부터 인정을 받았다는 기쁨은 내게 더 이상 의미가 없었다. 정말 수술을 해야 하는지, 유명하다는 산부인과를 찾아다니며 상담했다. 그때 처음으로 막 물들기 시작하는 가을 단풍이 아름답게 보였다. 내 인생의 여름날이 어느덧 가버리고 풍요로운 가을을 즐기기도 전에 차디찬 서리를 맞은 느낌이었다.

그해 늦가을 나는 수술을 결심했다. 수술이 늦어진 이유는 빈혈이 심해서 마취가 위험하다는 것이었다. 조혈제 주사 치료가 선행되어야 했다. 부인과 질환이라 남성이 많은 부서에 말하는 것이 창피했지만, 한 달간 병가를 내면서 회복과 더불어 깊은 사색의 시간을 가졌다. 아무리 생각해도 일을 좀 쉬어야 했다.

제일 먼저 암 투병 중인 직장 선배 언니가 떠올랐다. 남편이 주일 아침마다 아이들을 데리고 교회에 다닐 때 비신자였던 나는 아침 테니스 운동을 마치고 일주일 동안 밀린 잠을 자곤 했었다. 어느 날 남편이 주일날 집을 비운다며 내게 두 아들을 교회에 꼭 데려다주기를 부탁했다. 아이들을 교회에 입장시키고 돌아서려는데, 질병 휴직 중인 직장 선배 언니가 내 손을 확 휘어잡았다. 나보다 먼저 도청에 전입하였고, 인사팀에서 오랫동안 근무하면서 암이 발병되어 두 차례 수술을 받은 언니였다. 내가 어떤 스타일로 일하는지를 누구보다도 잘 아는 선배 언니였다.

　"승진을 갈망하는 것은 부질없어. 좋은 말씀 듣고 열심히 신앙생활 하자."며 나를 교회 옆자리에 앉혔다. '평소 굳세게 일했던 언니가 아프고 나더니 많이 약해졌구나.'라고 생각하며 얼떨결에 앉고 말았다. 목사님은 사무엘(상)을 설교하셨던 것으로 기억된다. 사무엘의 어머니 한나의 이야기는 아들을 낳기를 하나님께 서원하는 간절한 여성의 심리와 약속을 이행하는 신실한 어머니를 잘 보여주는 인간적인 이야기로 귀에 쏙쏙 들어왔다. 내가 평소 부정적으로 생각했던 요란한 설교가 아니었다. 찬송은 거룩하고 아름답게 들렸다. 그때부터 나도 조금씩 교회를 다니기 시작했다. 그러나 귀는 완전히 열리지 않았다. 친정에 스님이 두 분이나 계셨고, 당시 나는 영혼에 목마름을 못 느끼고 있었다. 하루하루 성실하게 일하고 착하게는 못 살아도 나쁜 일을 하지 않았으니, 천국과 지옥의 중간쯤은 갈 수 있다고 생각하였다. '천국과 지옥의 중간은 없다.'며 남편은 나를 전도하려 했지만 강요하지 않았다. 믿지 않으면 천국을 못 간다며 안타깝게만 생각했다. 그런 나에게 때가 찾아왔다.

　내가 정작 수술을 할 만큼 아프게 되니까, 선배 언니가 내 손을 꽉 붙잡고 교회 의자에 앉혔던 이유를 진지하게 알 수 있었다. 무엇이 중요한지도 모르고 직장에 맹목적으로 충성했던 후배에게 복음을 들을 기회를 준 선배 언니는 안타깝게도 고인이 되셨지만, 지금도 언니의 손아귀 힘이 느껴진다.

그해 11월, 나는 아들 친구 어머니의 인도로 목사님에게 안수 기도를 받았으며, 수술 후 잘 회복되었다. 벌써 10년이 되었는데, 수술 후 나의 믿음은 많이 자랐다. 가장 큰 차이점이 있다면, 오래전의 나는 출근하기 전에 하루 운세를 모바일로 확인하는 사람이었는데, 지금은 기도하는 사람이 되었다. 후배를 복음의 자리로 끌어당긴 선배 언니의 강한 손 덕분이다.

빵점짜리 직원의 선택

남편은 나보다 먼저 교회를 다녔으며 일찍감치 세례를 받았었다. 남편은 큰아들이 좋아했던 친구의 부모님 영향이 컸다. 남자아이가 운동을 좋아하면 야생마 기질이거나 공부에 소질이 없는 경우가 많은데, 큰아들 친구는 예의가 바르고 다방면에 뛰어난 귀공자였다. 동생이 없던 그 친구는 내 작은아들까지 친동생처럼 아주 잘 대해주었다. 게다가 친구의 누나는 명문사학인 상산고를 다니고 있었다. 자녀교육 롤모델이라고 생각한 우리 부부는 아들 친구의 부모님을 잘 따랐다. 아버님은 장로님이셨고, 어머님은 권사님이셨다. 권사님은 학교 앞에서 피아노학원을 운영하셨는데, 성품이 온유하시고 큰 언니 같은 분이셨다. 권사님은 일과 육아 사이에 방황하는 나를 많이 도와주셨다. 우리 아이들에게 피아노를 가르쳐 주셨고, 바둑과 검도학원까지 잘 챙겨서 보내주셨다. 덕분에 아이들의 감성과 두뇌와 체력 향상에 많은 도움이 되었다. 우리 집 아이들과 원장님 아들은 삼총사가 되어 어학연수도 같이 가게 됐다. 공항에서 출국할 때 아들 친구 아버님은 우리 집 아이들도 가슴에 품고 기도해 주셨다. 그 기도가 얼마나 귀하게 느껴졌는지 모른다. 이후 나도 다른 집 아이를 위해 기도하는 마음을 갖게 되었다.

안타깝게도 초등학교 6학년 겨울방학을 끝으로 아들과 친구는 헤어지게 됐다. 친구는 부모의 소신대로 전통이 있는 미션스쿨인 중학교에 진학하였고, 우리 집 형제들은 살고 있는 아파트단지에 인접한 중학교를 다니게 됐다. 나는 멀리 바라보지 못했다. 눈에 보이는 편리와 안전한 등하굣길을 우선시했다. 그 후 내 두 아들은 교회와도 멀어졌고, PC방을 좋아하게 되었다. 놓치고 싶지 않은 큰아들 친구였는데, 정말 아쉬움이 크다.

이후에도 선택의 순간은 매번 찾아왔다. 수술 후 나는 직장에서 계속 승승장구할 것이냐, 아니면 건강과 가정을 챙기면서 느리게 완주할 것이냐를 고민했다. 6급 5년 차면 사무관 승진을 바라볼 수도 있었지만, 1년간 교육을 신청했다. 그간 일해온 공을 수포로 날리는 것은 분명했다. 나를 아끼던 상사들은 '교육을 다녀오면 자리 잡기 어려우니 잠시 한직으로 빠지는 게 낫지 않냐.'라며 교육 가는 걸 말렸고, 어떤 상사는 '열심히 일하는 조직 분위기인데 아프다고 업무에서 물러나니, 다른 직원들의 사기를 꺾는 빵점 짜리 직원'이라고 독설을 퍼부었다. 토사구팽을 당한 듯 서러웠지만 아플 때 잠시 쉬어 가기로 했다. 구조 조정이라는 어려운 시기에 인사 부서에서 일하다가 암을 얻은 직장 선배 언니의 사례가 내 결정에 많은 영향을 주었다.

2014년 봄, 나는 장기 교육과정에 입교하였다. 중견 공직자에게 필요한 직무와 인문소양 과목을 배우기 시작했다. 직장을 다닐 적에는 야근으로만 채웠던 저녁 시간을 정말 값지게 보내기 위하여 중국어와 골프를 배우기 시작했다. 골프는 집 근처 골프연습장에서 배웠는데, 2층은 일반회원들이 연습하는 곳이었고, 3층은 운동선수들을 전문적으로 가르치는 곳이었다. 어느 날 저녁 3층 선수들을 바라보다가 큰아들에 대해 깊은 생각을 하게 되었다. 진로 코칭을 받았던 때가 떠올랐다. 아들은 확실히 운동을 좋아하고 잘했다. 용기를 내어 학교를 찾아갔다. 학교 담임선생님의 허락을 받고 2014년 4월부터 큰아들은 골프를 배우기 시작했다. 오전에는 학교에서 공부를 하고, 오후에는 연습장에서 살았다. 학업성취 의욕이 없었던 큰아들은 골프를 배우면서 중3 시기를 무척 즐겁게 보낼 수 있었다. 같은 반 친구들이 진로 탐방을 해올 정도로 학교에서도 자존감이 많이 살아난 계기가 되었다.

작은아이는 형이 골프를 배우게 되자, 형의 놀이 상대에서 해방되었다. 그러고 나서 작은아이가 실험 전문 과학학원에 다니기 시작했는데, 형과 함께하지 않은 학원은 처음이었다. 모처럼 가정에 평화가 찾아왔고, 마음이 편하니 내 건강도 많이 회복되었다. 나를 붙드는 손이 한 번 더 작용하였다. 교육 입교 첫날 합숙 훈련에 들어갔는데, 룸메이트가 신앙심 깊은 공직자였다. 그녀와 1년 동안 성경을 통독하였으며, 교육을 마친 다음 해에 나는 세례를 받았다. 뜻밖의 질병을 통해 나를 정신 차리게 하시고 가족과 내 영혼을 돌보게 하신 하나님 은혜에 감사드린다.

6

골프소년 엄마의 길로 들어서다

골프용어도 몰랐었는데

큰아들이 골프를 시작하면서 남편과 나의 삶은 완전히 큰아들 중심으로 재편성되었다. 나는 교육원에서 퇴근하면 저녁 식사 후 곧바로 골프연습장으로 향했다. 2층에서는 엄마가, 3층에서는 아들이 연습하니까, 모자지간에 신바람이 났다. 생전 처음으로 저녁마다 같은 공간에 머무는 것이었다. 그간 아들은 어려서부터 이웃집, 유치원, 학원, 옆집만을 뱅뱅 돌다가 늦은 시간에 서로 피곤에 지친 얼굴로 엄마인 나와 만났을 뿐이었다.

남편도 오랫동안 쳐왔던 아침 테니스를 그만두고 저녁 골프로 전향하였다. 처음에 남편은 골프용어도 몰랐었다. 아들과 골프를 같이 배우면서 점점 매력에 빠졌다. 다른 선수들에 비해 늦게 시작한 아들의 기를 살려주기 위해 지인들과 친구들을 골프장 회원으로 가입시켜 지도하시는 프로님께 잘 보이기까지 했다.

아들과 함께 골프장 마감시간에 공을 줍는 시간은 행복했다. 아들은 선수들과 같이 그물망 여기저기를 껑충껑충 걸으며 흩어진 공을 훑어서 한곳으로 모으곤 했다. 마치 어렸을 때 방방이 위에서 뛰노는 모습 같았다. 아들이 15년 만에 처음으로 엄마와 아빠의 전폭적인 지지를 받으며 운동을 하니 얼마나 즐거웠겠는가?

학생 골프대회에 경험 삼아 출전했다. 주로 군산CC와 무안CC에서 경기를 치렀다. 내가 태워다 주곤 했는데, 그토록 학생 선수들이 많은 걸 보고 깜짝 놀란 게 한두 번이 아니었다. 아이마다 운동을 시작한 계기는 다양하겠지만, 아이들이 골프를 통해 건강하고 행복하게 살기를 바라는 부모의 마음은 한결같다고 생각했다. 선수로서 좋은 성적을 내어 존경받고, 경제적인 부까지 거머쥐기를 바라는 부모 마음 또한 간절했다. 그렇게 되기까지 골프장에서 아들을 기다리는 시간이 앞으로 얼마나 계속될지를 난 몰랐다. 4년이 될지, 10년이 될지….

큰아들은 중3이 끝나가는 그해 겨울, 골프특기생을 모집하는 고등학교 입시를 무난하게 치르고 방학이 되자 태국으로 전지훈련을 떠났다.

남편은 아들의 훈련을 격려도 할 겸 골프를 즐기기 위해 친구들과 태국을 다녀왔는데, 남편의 생각이 깊어지기 시작했다. 골프에 일가견이 있는 친구로부터 여러 가지 조언을 들은 것이다. 취미가 아니라면 미국으로 골프유학을 보내야 한다고. 메이저 대회가 미국에서 많이 열리고 있고, 영어를 배워야 하고… 뭐하나 틀린 말은 없었다. 하지만 나는 아들의 마음을 걱정했다.

아들은 유아 때부터 환경이 바뀌고 적응할 때마다 너무너무 힘들어했다. 골프를 하면서 이제 막 사귀게 된 형, 누나, 동생들과 동고동락하는 재미에 빠진 아이를 다시 낯선 외국으로 보내야 한다니, 말도 안 된다고 생각했다.

내가 아들에게 골프를 최초에 권한 것은 전문적인 선수양성이 아니라 좋아하는 운동을 하게 하는 것이었다. 그러나 남편은 주식과 경제학 공부를 상당히 한 사람으로 운동도 선택과 집중을 하여 성과를 내야 한다고 강조했다.

남편은 차선책으로 대전에 있는 골프존 조이마루를 선택했다. 2015년 1월에 완공된 골프복합문화센터였다. 골프존 조이마루는 IT기술과 장비로 과학적인 분석, 멘탈트레이닝, 피지컬트레이닝, 교양 및 미디어훈련 등 체계적인 교육프로그램을 운영하고 있었다. 남편은 주말마다 나를 데리고 대전을 찾아가서 시설을 투어하고 관계자들과 면담을 추진했다. 마지못해 따라간 나도 차츰 이정도 시스템이라면 아들과 생이별하지 않고 가까운 곳에서 아이를 제대로 가르칠 수 있을 것이라고 생각했다.

남편은 하루라도 빨리 아들을 대전으로 보내고 싶어 했다. 아들이 잘 적응할 수 있도록 본인의 직장을 대전으로 옮길 계획도 세웠다. 남편은 아주 집요했다. 대전 조이마루 주변은 스마트 시티라 하여 주변에는 고급 아파트단지가 있었다. 다양한 편의시설과 문화공간이 많아서 한 번 보면 혹하는 느낌이 드는 곳이었다. 남편은 이를 미끼 삼아 아들을 설득하기 시작했다. 아빠가 직장을 옮기게 돼서 대전에 이사할 집을 알아보러 가는데 같이 가보자고.

대전에서 설리반 선생님을 만나다

실제로 온 가족이 스마트 시티를 방문하여 아파트를 구경하게 되었다. 그곳을 가면 반드시 눈에 띄는 건물과 조형물이 있다. 바로 하얀 골프박물관 형태의 조이마루센터와 뒤편 정원에 있는 골프선수 대형동상이다. 아이의 눈에는 얼마나 멋있게 보였겠는가?

아빠의 작전대로 아들은 골프연습장을 구경하기 시작했다. 락커룸, 사우나실, 체력단련실, GDR시스템 등 모든 것이 아이의 마음을 사로잡을 만했다. 만만치 않은 비용이었지만, 그래도 유학 비용에 비하면 경제적이었고, 아이의 충격도 적은 편이었다. 아들 선생님으로 주니어 선수 육성경험이 있는 프로님을 만났다. 아들은 이렇게 해서 고등학교 등교 수업이 없는 날은 고속버스를 타고 대전으로 운동을 다녔다. 남편이 시도했던 직장 전출은 대전으로 발령 난다는 보장이 없어서 보류되었다.

아들이 대전에서 훈련 2년 차에 들어섰을 때다. 우리 아이를 기특하게 바라본 일반회원 한 분이 대전에 방을 얻어서 연습 시간을 늘리는 게 좋겠다는 말씀을 해주셨다. 듣고 보니 맞는 말이었다. 전주에서 오가는 시간이 네 시간이나 되었고, 여러 번 차를 갈아타야 했다. 체력도 만만치 않게 소모되고 있었다.

고2 때부터 자취생활이 시작되었다. 우리 부부는 주말마다 큰아이 자취 집에 들러 화장실 청소와 빨래를 해주고, 아들의 에너지 보충을 위해 고기도 구워주었다. 설거지하면서 밥에 참치통조림과 진간장을 넣어 비벼 먹은 후라이 팬을 봤을 때는 참 가슴이 아팠다.

아들이 고3이 되자, 남편은 조바심을 내기 시작했다. 운동을 시작한 지 3년이 넘었으니, 학생대회에서 한 번쯤 입상할 때가 되었다고 생각했다. 남편의 조바심은 출렁이는 주식시장에 있었다. 다량으로 보유했던 중국 관련 주식이 한반도에 사드가 설치됨으로써 급락했기 때문이었다. 주식이 수익을 못 내면 끝까지 뒷바라지 못 할 것을 우려하고 있었다.

남편은 극단적인 모험을 시도했다. 마지막으로 남은 돈을 다 끌어모아 수도권에 있는 골프아카데미로 옮겨서 아들의 실력을 확끌어올리겠다는 생각이었다. 이 일로 아들과의 관계, 부모와 프로님과의 관계가 완전히 깨지기 직전까지 갔었다. 아들을 3년 동안 지도했던 프로님은 아들의 인성훈련과 기본 체력에 많은 공을 들이고 있었다. 그런데 상세한 설명도 없이 떠나겠다고 하니, 배신감을 느끼셨을 것이다. 내가 용기를 내어 프로님께 집안 사정을 말씀드렸다. 레슨비를 한동안 반만 드릴 수밖에 없는 사실을 밝히고 아들의 지도를 계속해서 부탁했다. 프로님은 자존심이 상했지만, 부모보다 선수의 끈기와 가능성을 보고 계속 지도해 주셨다.

고3이 끝나가는 마지막 가을 아들은 〈2017 시리즈 5 주니어 골프대회〉에서 처음으로 입상하였다. 프로님과 아들이 이룬 값진 결실이었다. 야생마 기질이 있는 아들을 인성과 정교한 기술을 가진 자질이 있는 선수로 만들기까지의 과정은 참으로 험난했다. 내가 보기엔 헬렌 켈러와 설리반 선생님과 같은 관계였다.

전지훈련을 갔을 때 찍었던 사진 한 장이 떠오른다. 잘하는 선수들 앞에서 기가 죽거나 부끄러움을 많이 타서 훈련을 열심히 하지 않는 아들에게 프로님이 고민 끝에 한 가지 벌을 내렸다고 한다. 많은 선수들이 오가는 길목에서 골프 백을 역도처럼 들어올렸다 내렸다 하는 벌이었다. 아니 담력을 키우는 훈련이었다. 아이가 다른 사람의 시선을 의식하지 않고 목표 횟수를 다 채운 것을 보고 프로님이 사진 한 장을 찍어 내게 보내주셨다. 아들도 그 사진을 지금까지 소중하게 간직하고 있다. 이를 악물고 골프를 열심히 하겠다는 의지다.

장하다! 아들아.

거문고 소년 엄마로도 살아보자

저의 인생을 살겠습니다

"직여주사승(直如朱絲繩), 청여옥호빙(淸如玉壺氷)"

남조(南朝)시대 송(宋)나라 시인 포조(鮑照)의 시로, 우리말로 번역하면 '곧은 절조는 붉은 거문고 줄과 같고, 맑은 성품은 옥 항아리 속의 얼음 같네.'다. 청렴 강직한 성품을 거문고 줄과 얼음에 비유한 시로, 서예가들은 이 시를 여름날 부채에 적어 귀인들에게 선물하기도 한다.

나는 작은아들의 타고난 성품이 위에 예시한 시처럼 맑고 온유

하다고 생각했다. 아들과 대화를 나눌 때면 언어의 품격과 따뜻한 마음이 느껴진다고나 할까? 예를 들어, 내가 "음식이 먹을 만하냐?"고 물으면 "먹을 만해요."가 아닌, "먹기에 좋아요."라고 예쁜 말로 대답했다. 요리한 엄마로서 행복을 느꼈다. 게다가 까칠한 형을 키우며 힘들어하는 엄마의 마음을 헤아릴 줄 아는 늘 고마운 아들이었다. 그런데 이 아이가 초등학교 6학년 때 내게 반기를 들었다. 말로 하지 않고 어느 날 한 통의 편지를 내밀었다. 당황했지만 아들의 심리를 이해하는 계기가 되었다. 충격도 크고 반성하려고 내 일기장 속에 붙여 놓았다.

"이거 보면 아무 말도 하지 마세요. 그냥 읽으세요. 일단 저의 인생을 살고 싶어요. 그런데 '앞머리가 길다.' '독서를 해라.' 하시는데, 오히려 그런 말이 안 좋은 행동을 발생시키는 발언입니다. 그리고 머리카락과 독서를 하는 건 필수사항이 아닌 선택사항입니다. 제가 게임을 하는 것에 참견을 버리십시오. 제가 친구를 사귀겠다는 것인데 거기까지 간섭할 필요는 없다고 봅니다. 엄마가 이렇게 생각하시겠죠. 게임으로 친구 사귀면 너까지 이상해진다고. 하지만 요즘은 다릅니다. 공부하는 친구는 극소수입니다. 공부와 독서로 친구를 사귀는 것은 거의 불가능합니다.

하지만 게임은 친구들과 만나지 않아도 즐겁게 놀 수 있고,

게임으로 인한 즐거움이 추가됩니다. 방금 엄마가 말씀하셨는데 '밥이랑 옷, 학원비나 게임비 대주면 그런 게 엄마의 역할이냐?'고. 누가 옷 사달라고 했습니까? 항상 엄마가 먼저 사주겠다고 하고 설령 제가 사달라 해도 이상한 것 사와 놓고선 '좋은 거다.' 하시고, 학원비는 형 때문에 지불하는 것입니다. 제가 처음에 다니고 싶다고 말한 적도 없는데. 그 시간에 오히려 친구와 놀 수 있는 자유를 뺏어 가는 거라 생각합니다. 게다가 다니기 싫은 학원을… 저의 인생은 저의 것입니다. 참견하지 마세요."

아주 단숨에 써 내려간 긴 편지를 요약해 봤다. 아이의 마음이 간섭하는 나로 인해 질식할 수준이었다는 것을 느꼈다. 그간 많이 참았던 것을 쏟아낸 것이었다.

형이 중3 때 골프를 시작하자 모처럼 자유를 얻어 친구도 사귀고 게임도 실컷 하려고 했는데, 엄마가 새로운 구속자로 등장했기 때문에 불만이 쌓였던 것 같다. 당시 나는 직장에 나가지 않고 교육원에만 출퇴근하고 있어서 아들에게 좀 더 관심을 가질 수 있는 시간적인 여유가 있었다. 그런데 관심이 아니라 "독서해라, 일찍 일어나라, 공부해라, 용모 단정히 해라." 등의 말을 내가 입에 달고 살아 아이가 심한 스트레스를 받은 것으로 생각된다. 아들과 나의 교육환경이 30년 넘게 차이가 나는데, 내가 옛날 방식으로 자녀를 리드한 것 자체가 문제라고 조목조목 지적한 점은 어느 정도 일리가 있었다.

이후 작은아들은 많은 학원을 정리하고 영어학원과 실험 전문 과학학원만 다니게 됐다. 실험 실습복을 별도로 준비할 정도로 과학학원을 제일 즐겁게 다녔는데, 오래 다닐 수가 없었다. 일부 극성스러운 엄마들이 실험보다 특목고 진학에 필요한 이론 위주로 가르쳐 달라고 요청하여 학원 원장님이 실험과목을 폐강했기 때문이다. 이게 엄마들의 실상이다. 아이들이 좋아하는 예체능이나 체험형 학원은 고학년에 올라가면서 거의 다 정리된다. 국·영·수 중심으로만 선행학습을 시키니 아이들 대부분이 스트레스를 받아 게임에 더 집착하는 거 같다. 다양하게 감정도 표현하고 몸도 풀어줘야 하는데, 부모의 공부 욕심으로 게임 시간까지 통제하니 갈등이 깊어질 수밖에 없다. 나도 은연중에 같은 부류의 엄마였다. 큰아들이 운동선수의 길을 가니까, 작은아들만큼은 공부로 성공시키고 싶은 욕심이 다소 있었던 것을 인정한다.

거문고를 친구삼아 배워볼래?

편지를 받은 이후 자기 생각이 분명한 작은아들에게 좀 더 자유를 주게 되었다. 작은아들은 '스스로 잘하겠지.' 하며 운동을 하는 큰아들을 집중적으로 돌보기 시작했다. 주말에는 거의 대전에서 살다시피 했다.

반면에 손위 친척들은 나에게 조언을 하기 시작했다. "공부 잘 하는 둘째 아이를 왜 방치하느냐? 잘 이끌어주면 우수한 인재가 될 텐데." 하고 아쉬워했다. 그 조언에는 "돈 많이 드는 큰아들 뒷바라지에 올인하는 게 마땅치 않다."는 쓴소리도 내포되어 있었다. 그렇지만 내 소신인 큰아이는 큰아이대로, 작은아이는 작은아이대로 잘 키워야 한다는 것에는 변함이 없었다. 다만 큰아이는 오직 운동 하나만을 잘하니까, 그 운동을 전적으로 뒷바라지해 주고 싶었다. 하라는 공부는 안 하고 까칠한 성격을 지닌 큰아이를 북돋아 주고 지지해 줄 사람은 부모밖에 없었다. 작은 아이는 뭐든 잘하니까, 진로 선택에 있어서 오히려 느긋했다. 그런데 어느 날 한 사람이 작은아이 인생에 적극적으로 개입하였다.

2016년 7월, 큰집 작은집까지 다 함께 모여 1박2일 여름 정기모임을 가질 때였다. 작은집 형님이 큰 방에서 사춘기에 접어든 조카들을 데리고 도란도란 이야기를 나누다가 주무셨다. 이튿날 아침 뜻밖에도 형님이 남편에게 작은아들의 성품과 어울리는 거문고를 가르치면 좋을 거 같다고 조언하셨다. 작은집 형님은 한국 음악을 전공하셨고, 지방국악원에서 판소리를 가르치는 교수님이시고, 시숙님은 한국사를 전공한 박사님이다. 남편과 나는 전통문화를 계승 발전시키고 있는 형님 내외분을 평소에 존경하고 잘 따르고 있었다. 당시 남편과 나는 거문고와 가야금을 구분할 줄도 몰랐다. 거문고를 추천한 이유를 너무 멋지게 설명해 주셔서 일단 마음이 넘어갔다. 거문고는 백악지장이라 하여 여러 악기 중에 으뜸이며, 깊고 웅장한 소리는 심금을 울려 예로부터 선비들이 마음을 수양할 때 감상하는 악기라고 한다.

아들도 "거문고를 친구삼아 배워볼래?" 하시는 당숙모의 말씀에 마치 자신을 특별하게 인정해주는 귀인을 만난 듯 순종했다. 이렇게 해서 아들은 중2 때부터 당숙모가 소개해 준 선생님 댁으로 가서 거문고를 배우기 시작했다. 처음에는 소년용으로 아들 키 크기의 중고 거문고를 가지고 다녔는데, 정말로 소중한 친구처럼 악기를 대했다. 마침 거문고 선생님도 아들 형제를 키우고 계셨는데, 우리 집 작은아이를 늦둥이처럼 대해주셨다. 〈한갑득류〉를 금방 배워서 중3 때는 지방에서 열린 거문고 대회에 참가해 입상하였다. 그리고 자연스럽게 예술계 고등학교로 진학하게 되었다.

작은아들이 어릴 때부터 예능에 소질이 있다는 걸 보여준 몇 가지 사례가 떠오른다. 검도를 배울 때 〈후의 한〉이라는 무용공연에서 호위무사 군무로 특별출연한 적이 있었다. 명성황후 스토리인데, 아들이 출연 소감을 "무대 뒤에서 배우들의 두근거림을 경험했다."며 내게 흥분하면서 말해줬다. 완벽하게 연기하려는 배우들의 긴장과 떨림을 읽은 것이었다. 서울 남산 한옥마을에서 열린 공연을 다녀온 날, 나는 일기에 아들에 대한 남다름을 기록해 두었다.

네 살 때 유치원에서 처음으로 재롱잔치를 할 때도 좀 특별했다. 남아들이 율동을 마치고 이어서 여아들이 율동할 차례였다. 그런데 작은아들이 여아 복장을 하고 또다시 무대에 선 것이었다. 율동을 너무 잘해서 무대에 두 번 올렸다고 뒤늦게 담임 선생님께서 알려 주셨다. 초등학교 때도 피리를 잘 불어 아들 친구들이 부러워했다. 그때는 그냥 '잘하는구나. 남자아이도 악기 하나 정도 잘하면 좋지.' 하는 정도였다. 그런데 세월이 흘러 당숙모의 권유로 거문고를 배우게 될 줄은 전혀 몰랐다.

큰 예술가가 작은 예술가를 제대로 알아본 걸까? 어찌 보면 무대의 삶은 작은아들에게 어려서부터 준비된 필연인 것 같다.

나는 어떤 엄마로 기억될 것인가?

자꾸만 어린 시절이 떠오른다

친정에 두 분의 스님이 계신다. 한 분은 삼촌이시고, 나머지 한 분은 오빠다. 두 스님의 공통점은 모두 청소년기에 준수한 외모와 지성이 뛰어났었다는 점이다. 높은 정신세계를 지니신 분들인데, 집안의 가난과 부모님들의 불행한 삶을 되풀이하기 싫어서 출가를 결심한 것 같았다. 스님 삼촌은 출가하기 전부터 시를 좋아하셨는데, 30대 때 신춘문예에 당선되셨고, 지금도 승려시인으로 문인 활동을 하고 계신다. 스님 오빠는 대학 시절에 대금 동아리를 창단할 정도로 전통음악과 명상을 좋아했다. 전공은 회계학이었는데, 회계사 공부하러 절에 들어갔다가 승려가 되셨다. 지금은 불경을 번역하시면서 콩, 포도, 벼, 고구마 등을 재배하는 농부 스님이다. 한마디로 톨스토이 느낌을 주는 분이다. 위 두 분은 친정 집안에서 유일하게 자신들이 하고 싶은 대로 젊은 날부터 한길을 걷고 계신다. 내게는 종교를 떠나 많은 영향을 주셨고, 멋지게 기억되는 분들이다. 반면에 아들을 스님으로 둔 할머니와 어머니의 한은 이루 말할 수가 없었다.

스님 어머니란 공통분모가 있어서 그런지 할머니와 어머니는 나머지 자손들이 가난을 대물림받지 않고 세상에서 주류로 잘 살도록 고등교육에 헌신적이셨다. 할머니와 어머니가 인정하는 공부란 자녀들의 타고난 재능계발은 결코 아니었다. 오로지 상급학교 진학에 필요한 입시 공부와 취직에 필요한 공부였다. 교과서 외의 책을 보거나 취미를 갖는 건 용납하지 않으셨다. 언니는 소설책을 좋아했는데, 부모님 몰래 이불을 뒤집어쓰고 읽었다.

나는 용케도 중학교 1학년 때 미술 선생님으로부터 재능이 보인다고 해서 특별지도를 받았다. 겨울방학 동안 미술실에서 원근법, 비율 등을 배우며 아그리파상을 소묘로 완성하였다. 첫 작품이 너무너무 자랑스러웠다. 4절지 크기의 그림을 집으로 가져와 내 방에 붙였다. 이튿날 내 방에 들어온 어머니의 행동을 평생 잊을 수가 없다. 묻지도 않고 확 찢어 버린 것이었다. 무서워서 눈물을 쏟지 않았다. 맞을 것 같아서였다.

어릴 때 내 취미는 다양했다. 뜨개질, 수예, 그림, 서예, 요리 등 손으로 표현하는 것이었는데, 이후 국어 선생님을 좋아하여 국어 국문학과에 진학했다. 부모님이 말리시지 않은 이유는 교직과목 이수 후 국어 선생님이 되길 원하셨기 때문이다. 유일하게 나의 국어국문학과 진학을 축하해 주신 분은 스님 삼촌이었다. 입학선 물로 세계문학전집과 한국문학전집 세트를 사주셨다. 부모님께는 차마 소설가가 되겠다는 말을 못 하던 중에 대학 4학년 가을학기 때 신문사 추천이 들어왔다. 면접까지 봤지만, 이번엔 아버지가 출근을 말리셨다. 기자는 가난하게 산다는 이유였다.

문학 관련 대학원 진학과 독립자금을 합법적으로 마련하기 위해 공무원 시험을 보겠다고 말씀드렸다. 기꺼이 학원비 두 달을 대주셨다. 1년간 번 돈은 친정집을 양옥으로 새로 짓는 데 보태드리고, 이후 월급은 대학원 진학을 위해 저축해 두었다. 그런데 내가 아침부터 저녁까지 공무원만 만나다 보니, 문인의 꿈을 차츰 뒤로하고 직장에서 인정받고 승진하기를 원하게 되었다. 30대를 앞두고 대학원을 진학했는데, 문학과 거리가 먼 행정대학원이었다. 결혼 상대도 감성적인 사람이 아니라 아주 이성적인 법원직 공무원을 만나게 됐다.

1991년부터 2013년까지 22년간 쉼 없이 공직 일을 하다가 병이 나서 2014년도에 업무를 내려놓고 교육만 받으며 모처럼 나를 돌아보는 시간을 가진 적이 있었다. 영적으로는 기독신앙을 받아들였고, 오래전부터 쓰고 싶었던 할머니와 어머니의 이야기를 소설화하고 싶은 마음이 살아났다. 일제강점기와 6.25를 겪는 등 가장 어려운 시기에 가족의 생계를 책임지면서 자녀를 키우는 데 헌신하셨던 그분들의 인생에 의미를 부여하고 싶었다. 실제로 소설 쓰기 길라잡이 책을 구독하면서 소설을 쓰기 시작했는데, 3페이지를 못 넘었다. 국어국문학을 전공한 것은 불과 4년이 전부였고, 22년간 문학과 거리가 먼 생활을 한 사람이 소설을 쓴다는 것은 무리였다. 공직 일은 각종 사업에 필요한 계획서를 작성하거나 이를 뒷받침하는 예산을 편성하고 집행 후 결과 보고서를 작성하는 것이 대부분이었다. 그나마 전공을 조금이라도 살리는 분야는 사업에 관한 보도자료 작성, 상사의 인사말 작성이었다. 아쉽지만 소설 쓰는 걸 결국은 포기하고 말았다.

예체능 자녀교육 에세이스트 꿈

교육을 마치고 2015년도에 다시 업무에 복귀했는데, 예전에 하던 일의 연속이었다. 다른 것이 있다면 아이들을 어떻게 키울 것인가를 진지하게 생각했다는 점이다. 그래서 아이들의 소중한 시간을 여러 학원으로 내몰지 않았다. 다니고 싶은 학원만 선택하여 다니게 하거나 예체능에 필요한 전문레슨만 받게 했다. 뒤늦게 외손주의 진로를 알게 된 친정어머니는 수시로 아쉬움을 표하셨다. 외손자까지 공무원이 되길 바라셨기 때문이다. 좋아하는 일을 하고 사는 시대가 되었다고 아무리 말씀드려도, 내가 짜증이날 정도로 "공무원이 되어야 하는데."라고 반복적으로 말씀하셨다. 한평생 시골에서만 사셔서 그런지 체육인은 농사일처럼 뜨거운 볕에서 고생하는 것이고, 음악인은 딴따라 혹은 한량처럼 사는 것으로 얕잡아 보는 시각을 지니고 계셨다.

"부모의 역할은 자녀가 하겠다고 하거나 잘하는 것을 격려해주고 지원해 주는 것이에요." 이렇게 엄마를 가르칠 수도 없어서 참으로 답답했다. 어머니의 말씀대로 오늘날에도 직업으로서 공직은 단점보다는 장점이 많다. 그래서 내가 애초에 뜻하지 않았어도 공직 생활을 30년 넘게 하고 있는 것이다. 다만 내가 원했던 것을 해보지도 못하고 20대 초반부터 50대 중반이 되도록 기성세대가 선호하는 공직에만 한 우물만 판 것이 조금은 아쉽다.

나는 두 아들이 어려서부터 보인 예체능 소질을 갈고 닦을 기회를 충분히 주고 싶었다. 마치 내가 국어국문학과에 진학했을 때 스님 삼촌이 내게 문학전집 세트를 사주신 것처럼 말이다. 향후 두 아들이 예체능인의 길을 가던 중에 이 길이 아니라고 돌아서 선다면 그 또한 아들의 선택이니 존중할 것이다. 다만 내가 염려하는 것은 끝까지 하고 싶은데 가정 형편상 아이들이 중도에 하차할까 걱정이다. 내가 할 수 있는 데까지는 힘껏 밀어주고, 나머지는 아이들 스스로가 길을 찾을 것이라고 확신하면 다시 마음이 편해진다.

최근에 큰아들이 내 직장을 찾아온 적이 있었는데, 운동선수의 길로 방향을 잡아주길 잘했다는 것을 다시 한번 확인하였다. 당시 내 근무지가 연수시설이었고, 공개된 범위 내에서 시설을 구경시켜 주었다. 일단 넓은 운동장을 맘에 들어 했다. 이어서 골프연습장, 농구장, 헬스장을 둘러보면서 아들의 눈이 얼마나 반짝거렸는지 모른다. '맞아. 저 눈빛이 바로 코칭 수료식 날 봤던 사진 속 그 눈빛이야. 배드민턴 스매싱할 때 빛났던…'

나는 내 판단이 옳았음을 기뻐했다. 그 눈빛이 여전하니 아들은 분명히 선수로서 기량을 펼칠 것이다. 이윽고 산책로를 돌아 4백 명 규모의 대형강의실을 보여주었다. 아들이 이곳에서 명사 특강을 언젠가는 할 수도 있겠다는 즐거운 상상을 해보았다. 아들은 겸손했다. 큰 무대에 서기만 해도 떨릴 것 같다고 말한다. 한편으로는 작은아들도 이 큰 무대에서 연주하면 참 좋겠다는 엄마로서의 꿈이 부풀어 올랐다.

　계속해서 내가 할 일은 큰아들에 대해서는 본인이 간절히 하고
자 하는 골프 운동을 힘껏 밀어주고, 작은아들에 대해서는 본인
의 음악 세계를 스스로 결정할 때까지 자유를 주고 도와달라고 말
할 때까지는 기다려주는 것이다. 물론 아이들이 보내는 신호를 놓
치거나 잘못 해석하는 일은 없도록 부모로서 관심과 분별력은 가
져야 한다. 그 방법으로 개인 블로그에 〈예체능 꿈돌이들〉이란 제
목 아래 틈틈이 글을 올리고 있다. 뒤늦게 쓰는 예체능 육아일기
인 셈이다. 기억하고 싶은 순간은 영상으로도 올리기도 한다. 행
여 아이들의 프라이버시를 해칠 우려도 있지만, 엄마로서의 느낌
은 솔직히 적고 싶었다. 훗날 아이들에게는 소중한 기록이요, 추
억이 될 것임을 믿는다. 자녀들의 성적 기록이 아닌, 성장 기록이
될 것이다. 성과를 냈다면 이루기까지 어떤 노력을 기울였고, 성
과가 좋지 않았을 때는 어떻게 극복해 나갔는지와 또 부모는 그
결과를 어떻게 받아들이고 어떤 마음으로 뒷바라지했는지를 남기
고 싶다.

　얼마 남지 않는 공직을 보람있게, 예체능을 하는 아들들의 뒷바
라지를 즐겁게, 나이 든 어머니를 이해하려는 나의 50대 일상이
두 아들에게 훗날 좋은 자료가 되고 추억이 되기를….

chapter
2

일하며 예체능 자녀
엄마로 산다는 것

일하며 운동선수 엄마로
산다는 것

하루 24시간이 부족하다

흔히들 운동선수 엄마는 만능이라고 생각한다. 운전, 요리, 심리상담, 훈련일지 기록, 스케줄관리 등등. 성공한 선수들의 부모를 보면 아버지와 어머니 중 한 분이 거의 개인비서요, 매니저 역할을 하고 있다.

나는 본업이 따로 있어서 아들을 전담하여 돌보지는 못했다. 조금 했다면 어설픈 운전기사 역할뿐이었다. 그것도 아들이 운전면허를 취득할 때까지만 했다. 나머지 역할은 내가 도와줄 수 있는 범위 내에서만 했다. 내가 일을 함으로써 가정 경제에는 어느 정도 도움이 됐지만, 아들을 돕는 시간 면에서는 아주 부족했다. 나는 하루 24시간이 부족해서 잠을 안 자도 될 만큼 내가 건강했으면 하고 바랄 때가 많았다. 그러나 이런 부족한 시간이 아들과 나의 관계가 애증의 관계로 악화되는 일 없이 오래오래 좋은 관계를 유지할 수 있게 했다. 같이 있는 시간의 양보다 질적인 측면이 더 중요하다는 생각이 든다.

집에서 며칠 쉬거나 가족여행을 가기 위해서 사용했던 여름휴가는 아이들 초등 시절로 끝났다. 큰아들이 골프를 시작하면서부터는 경기와 사전연습 지원을 위해 내게 주어진 연가를 당겨써야 했다. 직장의 중요한 업무와 아들의 경기가 중복될 때는 매번 쉴 수가 없어서 남편이 직장을 쉬기도 했다. 하지만 남편이 법원직 공무원으로 법정에 참여할 때가 많아 주로 내 담당이었다. 남편이 등기소로 자리를 옮기고 나서야 교대할 여유가 생겼고, 아들이 성년이 되어 운전면허를 취득할 때까지 나의 운전기사 역할은 계속되었다.

전주에서 한 시간 거리인 군산, 익산에서 경기가 있는 날은 경기 당일 새벽에 경기장까지 데려다주고 나서 출근했다. 경기가 끝나는 오후에는 시간에 맞춰 반가를 내고 아들을 데리러 가는 날이 많았다. 남편과 내가 둘 다 바쁠 때는 다른 학부모의 신세를 지곤 했다. 점심은 물론 때때로 잠을 재워주셨다. 정말 고마우신 분들이었다.

청주, 태안 등 멀리서 경기가 있는 날은 이틀씩 연가를 사용했다. 경기 전날 저녁에 대전으로 올라가 새우잠을 자고 이튿날 새벽에 아들을 깨워서 고속도로를 달렸다. 대형화물차들이 많았다. 나는 경기 성적보다 안전 운행을 더 많이 기도하며 운전했다.

새벽 네 시에 출발하면 보통 아침 여섯 시경 클럽하우스에 도착한다. 간단하게 아침을 먹고, 경기가 시작되면 나는 넓은 창가로 자리를 옮겼다. 골프장을 조망하거나 책을 읽었다. 골프소년 엄마가 갖는 네 시간 정도의 여유였다. 졸리면 자동차 안으로 들어가 창문을 조금 열고 잠을 청했다. 경기가 끝나면 다시 뒷좌석에 아들을 태우고 대전과 전주로 향했다. 아들이 차에서 잠을 자면 놔두고, 대화가 가능하면 이런저런 이야기를 하면서 운전했다. 3월부터 10월 말까지 이렇게 전국 골프장을 다니며 길 위에서 연가를 다 썼기에, 여름휴가는 별도로 낼 수가 없었다.

명목상 휴가였지만, 즐거운 운전은 아니었다. 경기가 만족스럽게 잘된 날은 드물었고, 경기 규칙상 실격하거나 몸이 아파서 골프 백을 내리는 경우가 있었다. 그날은 아이도, 나도 참담한 날이었다. '내가 무엇 하러 이 먼 길을 왔던가?' 하고 내가 울컥하거나 울적할 때가 있었다. 하지만 엄마니까 아들의 심정이 더 중요했다. 입맛이 없더라도 조금이라도 먹이고 싶었다. 그 어떤 음식이나 격려의 말도 위로가 안 될 땐 숙소에 조용히 내려주었다. 푹 쉬고 나면 스스로 회복되었다. 실수 내용에 대해서는 절대 내가 먼저 묻지 않았다. 난 경기에 대해서 잘 알지도 못하거니와 말을 아끼는 편이었다. 선수 본인이 더 잘 알고 있고, 또 지도하시는 프로님과 별도로 피드백이 시간이 있었다. 그저 엄마로서 안전하게 운전해 주고 잘 먹이는 게 제일 중요했다.

아들이 골프를 하기 전까지 내 운전실력으로는 집에서 직장, 동네 마트, 병원, 친정, 시댁에 가는 길이 전부였었다. 전국 골프장을 다니다 보니 조금씩 운전실력이 늘게 되었다. 위로는 청주, 아래로는 무안까지 참 많이 다녔다. 운전할 때 고속도로 휴게소와 졸음쉼터를 자주 이용해서 지치지 않았지만, 늘 긴장을 놓칠 수는 없었다.

안전운행과 체력은 필수다

한번은 교통사고 직전까지 갔는데, 아들 때문에 내가 정신을 차려 사고를 면한 적이 있었다.

밤 아홉 시가 넘어 대전에서 전주를 내려오는 길이었다. 서대전을 지나면 굽이진 경사길 코스가 몇 차례 이어진다. 그런데 내 뒤를 따라오는 자동차 한 대가 나더러 빨리 달리지 않는다고 경보음을 울리고 계속해서 쌍라이트를 켜댔다. 급하면 뒤차가 2차선으로 변경해서 내 차를 추월해야 하는데, 나에게 '더 빨리 달리거나 2차선으로 비켜!' 하며 협박을 하는 것 같았다. 2차선은 계속해서 화물차들이 곡예를 하여 끼어들기가 더 무서웠다. 어두운 저녁 시간대의 내리막길이고 굽이진 길이어서 능숙하게 차선을 변경할 수가 없었다. 오히려 나는 1차선에서 한 번씩 브레이크를 살짝살짝 밟으며 안전하게 커브를 돌았다. 내가 정상이었다. 도로 여건상 호남고속도로는 최고속도가 100킬로미터이다. 그런데 대다수 운전자는 110킬로미터에서 120킬로미터로 달린다.

도로 상황을 이해하지 못하고 나를 몰아대는 뒤차가 미웠다. 어느 순간 뒤차가 드디어 내 차를 추월하였다. 안심하려는 순간, 그 차가 나에게 보복을 가했다. 내 앞에서 커브 길도 아닌데 한 번씩 일부러 급브레이크를 밟으며 속도를 멈추는 것이었다. '뒤차 속 터지는 심정을 체험하라'는 것으로 해석되었다. 고의성이 느껴졌다.

나도 화가 나기 시작했다. 순간 내 머리가 돌았다. '눈에는 눈! 이에는 이! 너도 한번 당해 봐라!' 하며 쌍라이트를 번쩍이고 경보기를 눌러댔다.

　아들이 있다는 걸 잊은 상황이었다. 아들이 위험을 느끼고 "엄마, 그러지 말아요." 하며 울다시피 호소하였다. 그 순간 내가 정신을 차렸다. '아! 이게 보복 운전자 심리로구나.'

　내리막길에서 자동차 사고가 나면 무조건 대형 사고다. '왜 그랬냐?'고 묻거나 핑계 댈 사람 모두 이 세상 사람이 아닐 수 있다. 그날 엄마의 어리석은 보복심리를 멈추게 해준 아들이 상대 운전자와 내 생명의 은인이었다. 겁을 준 운전자를 미워하기보다는 큰 교훈을 얻었다. 그 후로 아들을 태우고 운전할 때는 가급적 2차선으로 달렸고, 지금까지 큰 사고가 없어서 얼마나 다행인지 모른다.

　사실 나는 운전을 좋아하지도 않았고, 빈혈로 장시간 운전할 만큼 튼튼한 체력은 아니다. 하지만 주말마다 테니스 레슨을 꾸준히 받은 것이 지구력에 도움이 되었고, 당초 운동선수용으로 구입했던 건강보조식품이 내게 맞아 장거리 운전을 해도 잘 버틸 수 있었다.

　계속해서 내가 격무부서에 근무한 것은 아니었지만, 하필이면 큰아들이 골프를 시작한 지 2년 차부터 프로가 될 때까지 출장이 많은 부서에서 근무했다. 국가예산 확보를 위해 아침 일찍 세종청사, 여의도 국회를 방문하고 나서 저녁에는 귀청하여 출장 결과

보고서를 쓰거나 다음 날을 위한 회의자료를 준비하는 경우가 많았다. 아들의 새벽 경기가 있는 날엔 또 일찍 일어나야 하니까, 깊은 잠을 못 자거나 평균 서너 시간만 잤다.

사람들은 내게 "어떻게 버텼냐?"고 묻곤 했다. 그냥 습관이 되어 괜찮다고 말했다. 간호사로 일하고 있는 친언니가 말하길, 잠이 부족하면 치매에 걸리거나 쓰러질 수 있다며 수시로 경고했다. 하지만 내가 반드시 해야 하거나 꼭 하고 싶은 일을 하기 위해서는 잠을 줄일 수밖에 없었다. 공직자로 맡은 일에 최선을 다하고 싶었고, 아들이 운동선수로 잘 자라주길 소망했기에, 내 건강이 허락하는 한 그 어느 것 하나 놓치고 싶지 않았다.

그러나 '세월 앞에 장사 없다. 잠이 보약이다.'라는 말을 50대 중반에 실감했다. 운전에서 해방되었는데도 요즘 많이 아프다. 운동선수 뒷바라지하는 엄마로 살기 위해서는 재력보다 체력이 더 중요하다는 걸 아프고 나서야 깨닫게 되었다. 건강해야 일도 능률이 오르고, 아들을 오래오래 뒷바라지할 수 있다. 운동선수 엄마가 아프다면 아들이 과연 즐겁게 운동할 수 있겠는가? 잠깐이라도 자고 나면 회복력을 가진 내 몸을 너무 맹신하지 말고 이제부터라도 좀 더 잠자는 시간을 확보해봐야겠다. 나와 가족을 위하여….

내가 짠순이가 될 줄은 몰랐다

궁하면 변하고 통한다

'궁즉변 변즉통 통즉구(窮則變 變則通 通則久)'

주역에 나오는 말인데 원문을 번역하자면 '궁하면 변하고, 변하면 통하고, 통하면 오래 간다.'는 뜻이다. 여기서 '궁'은 '극에 달함'을 의미한다.

그런데 사람이 어디 그리 변하기가 쉽던가? 하지만 부모는 자식을 위해서 변할 수 있다. 올해로 10년째 예체능을 하는 자녀를 키우다 보니 내가 변했다.

지방에서 맞벌이 공직자 부부면 중소기업이라는 소리를 들을 정도로 대체로 생활에는 여유가 있었다. 우리 집의 경우 양식은 시댁에서 대주었고, 시댁이나 친정 부모님 부양 부담은 특별히 없었다. 그래서 아이들이 어릴 때는 해외여행도 다녔고, 아들 형제를 두 번이나 어학연수를 보냈다. 아이들이 중학교 때 공부하지 않고 게임에 푹 빠졌을 때는 망설이지 않고 두 아이를 연달아 예체능으로 진로를 잡아주었다.

　　남편과 나는 주식시장이 좋았을 때 화려한 생활을 하였다. 국산 명품 가방을 계절별로 백화점에서 살 정도였다. 큰아들이 좋아하는 브랜드 운동복도 거의 다 사주었다. 골프선수 뒷바라지에 큰돈이 들고 빛을 보는 사람은 극소수라는 말을 귀담아듣지 않았다. 아들이 좋아하고 잘하는 분야를 찾아서 학창 시절을 즐겁게 보내면 부모로서 최선이라고 생각했다. 공부에 취미가 없는 아들을 고등학교 3년 동안 시험시간에 이름만 쓰고 자게 할 수는 없었다.

　　그런데 큰아들이 골프를 시작한 지가 4년 차, 작은아들이 거문고를 시작한 지가 2년 차 되던 2017~2018년도에 주식시장은 암흑기였다. 더구나 국제정세에 민감한 중국 관련 주식만 보유한 우리 집의 타격은 컸다. 무섭게 긴축재정을 하였다. 큰아들 레슨비를 프로님께 사정하여 반으로 줄였고, 작은 아이는 전공자용 새 거문고를 사지 못하고 선생님 것을 빌려 대회에 나가곤 했다. 우유, 가사도우미, 외식을 포기하는 등 생활비를 확실히 줄였다.

게다가 5~6년 전 여름은 정말 무더웠다. 집에는 오래전 중고로 들인 에어컨이 있었는데, 콘센트에 꽂는 플러그가 너무 삭아서 구리 선이 노출되어 켜기가 겁이 났었다. 그간 구형이라 전기요금도 많이 나왔고, 당연히 새로 사야 했다. 그러나 살 수 없었다. 레슨비를 보험을 해약하거나 담보대출로 내는 형편이었다. 혹시나 하여 서비스센터 홈페이지에 구구절절하게 편지를 썼다. 고맙게도 서비스 기사님이 노출된 구리선 부분만 잘라내고 플러그를 새로 붙여주었다. 이후 4년을 더 사용했는데, 다시 전선이 삭아서 결국엔 2022년도 3월에 처분하였다. 할 수 없이 진열 제품으로 에어컨을 저렴하게 구매했다. 신형을 새로 산 기쁨이 얼마나 컸던지, 블로그 일기를 세 편이나 썼다. 일기를 쓰면서 '자녀 뒷바라지를 언제까지 해줘야 할까?'를 잠깐 고민했다. 그러나 항상 결론은 아들 형제가 실력을 인정받아 경제적으로 독립할 때까지 계속해서 힘껏 밀어주자고 마음먹었다. 그런데 나를 시험하듯 우리 집 가전 제품들이 연달아 파업이라도 하는 양 고장이 나기 시작했다.

주방 후드랜지가 소음만 나고 기능을 상실하였다. 단종상품이라 고치지도 못하고 어쩔 수 없이 신형으로 교체하였다. 뒷 베란다에 있는 빌트인 냉장고도 고장이 났다. 보조용으로 사용하고 있어서 고장이 난 줄도 몰랐는데, 어느 날 열어보니 냉기가 없었다. AS를 신청했지만, 이 또한 단종되어 고칠 부품이 없다는 것이었다. 최종 선택은 버리지도, 새로 사지도 않았다. 현재 두 식구만 살고 있기에, 냉장고가 많이 있을 필요가 없다고 생각했다. 고장 난 냉장고는 건어물이나 통조림 수납장으로 사용하기로 했다. 신선식품을 소량으로 사서 바로바로 먹게 되니까 오히려 좋았다.

이렇게 오랫동안 살림살이를 바꾸지 않은 만큼 예체능 레슨비라든지 골프클럽과 악기 구입비는 어떻게든 목돈을 마련하여 지금까지 잘 버텨왔다.

10년 된 내 자동차의 운명은?

살림살이 파업이 끝날만 하니까 이번엔 자동차가 말썽이었다. 2022년 10월에 내가 타고 다니던 차가 자동차 종합검사일에 불합격 판정을 받았다. 차량 연식이 10년 되었으니, 여기저기 고장이 나는 것은 당연했다. 당시 내가 겪은 스트레스는 엄청났다. 엎친 데 덮친 격으로 가전제품에 이어 자동차까지 속을 썩이니까 내신세가 처량하게 느껴졌다.

현재 우리 가족이 운행하는 자동차는 세 대다. 남편은 사무실 영업용으로 운행하고 있고, 골프선수인 장남은 전국 투어용으로,

나는 출퇴근용으로 사용하고 있다. 막내가 제대하면 내년엔 네 대가 될 상황이다. 내 차를 작은아들에게 양보하면 여전히 세 대로 그리 고민할 일은 아니지만, 당시 내 근무지가 원거리여서 자동차는 꼭 필요했다. 더구나 아들에게 잔고장이 많은 차를 준다는 것은 위험하기도 하다. 우선 내 차는 고쳐가며 타면서 가까운 곳으로 발령이 나면 폐차하고, 이후 작은아들에게는 중고차를 사주는 방향으로 정리하니까 마음이 편해졌다.

작은아들에게 '차를 사줘야겠다.' 아니 '정말 차가 필요하겠다.'고 인정한 것은 아들이 연주자이기 때문이다.

"엄마, 공연 나갈 때마다 매번 다른 선배나 친구 차를 타고 갈수는 없잖아요."

맞는 말이다. 국악인들은 몸만 움직이는 게 아니라 악기랑 같이 움직인다. 대회만 나가는 것이 아니라 공연도 자주 나간다. 아들은 연주할 때마다 산조용과 정악용 악기 두 대를 가지고 나선다. 학생대회나 대입시까지는 부모가 전적으로 수송해 주었다. 앞으로는 코로나가 종식되어 공연이나 대회가 많아질 텐데, 매번 부모가 직장을 쉬고 수송해 줄 수는 없다.

거문고의 크기는 보통 성인 남자 키만 하다. 거문고 두 대를 가지고 내가 수도권에서만 움직인다고 상상해 보았다. 지하철이나 택시를 탈 때 다른 사람에게 불편을 줄 뿐만 아니라 악기에 상처가 날 우려가 있다. 아들은 악기를 들고 전주를 다녀갈 때는 2인용 표를 예매하여 이동하기도 했다. 이래저래 듣고 보니 작은아들이야말로 나보다 더 자동차가 절실했다. 이제 뭐가 문제인가? 비용이다. 처음엔 비용을 아끼기 위해서 내가 타고 다니는 차를 주는 방법을 생각해 보았다. 그런데 내 차는 2012년산으로 지난해로 만 10년이 넘었고, 엔진오일 누수 등 여러 가지가 좀 문제였다. 정비소에서는 계속해서 고장 나서 고치는 값이 더 든다고 폐차를 권했다. 정말 많은 고민이 되었다.

아들에게 내 차를 줄 것인가, 안 줄 것인가는 차후 문제고, 우선 점검할 때마다 엔진오일이 새는 것이 더 심각했다. 자동차 서비스센터에 정밀진단을 의뢰했다. 엔진오일 누수의 원인은 잡지 못하고 혹시 모를 사고에 대비하여 컴퓨터 프로그램을 설치해 주는 것으로 끝났다. 내 스스로 두 달에 한 번씩 자동차 본넷을 열고 엔진오일양을 체크하여 수시로 보충하기로 마음먹었다. 그동안 본넷을 열지도 몰랐는데, 지금은 면장갑을 차에 넣고 다니며 능숙하게 점검하며 안전하게 운행 중이다. 엔진오일을 보충하는 일이 손에 익을 무렵, 이번에는 또 좌우 사이드 미러가 펴지질 않아서 화가 머리끝까지 났다. 창피를 무릅쓰고 정비소를 찾아갔는데, 아들 뒷바라지하는 내 상황을 아는 사장님이 부품을 구해 고쳐주었다.

이렇게 6개월째 차를 고쳐가며 그럭저럭 출퇴근용으로 타고 다니다 보니까 애정이 더 깊어졌다. 퇴직할 때까지 타고 싶은 생각이 들기 시작했다. 이 차는 10년 전 돌아가신 시어머니께서 남편에게 마지막 정으로 사주신 것인데, 당시로서는 최신형이었다. 시어머니께서 남편에게 사랑을 베푸신 것처럼 나도 좀 더 근검절약하여 아들에게 안전한 자동차를 사주고 싶어졌다. 어느덧 나의 근검절약은 생활 다방면에 완전히 자리를 잡았다. 지금까지 수많은 난관을 헤쳐 나왔듯이 앞으로도 궁하면 변하고 통하리라.

자녀교육 목표는
몸 튼튼 마음 튼튼

4H에서 자녀교육 목표를 찾는다

나는 새마을 운동이 한창이던 1970년대에 농촌 면 소재지에서 어린 시절을 보냈다. 관공서 마다, 마을 입구마다 4H 운동 표석이 있었다. 4H는 미국에서 시작된 운동인데 명석한 머리(head), 충성스런 마음(heart), 부지런한 손(hand), 건강한 몸(health)을 갖춘 청소년을 육성하는 것이 주된 목적이다. 우리나라에서는 기독청년회를 통해 처음 소개되었는데, 우리말로는 지(智)·덕(德)·노(勞)·체(體)로 번역되었으며, 농촌을 중심으로 새마을 운동과 함께 청년지도자 양성프로그램으로 크게 활성화되었다.

당시 학교에서도 4H 이념을 바탕으로 전인교육을 강조했었다.

즉, 지·덕·노·체를 겸비한 전인적인 사람을 목표로 학생의 신체적 성장, 지적 성장, 정서적 발달, 사회성 발달을 조화롭게 교육시켰다는 말이다.

그런데 오늘날의 교육은 어떠한가? 교육목표는 시대에 따른 민주시민 양성인데, 현실은 아니다. 아무리 좋은 교육프로그램을 기획해도 부모부터가 이것이 대학을 가는 데 도움이 되냐를 먼저 따져본다. 자녀교육의 목표가 초등학교에 들어갈 때부터 의대 진학인 엄마가 있다고 들었다. 학교에서는 조화로운 전인교육이란 말이 사라지고 입시지옥이란 말이 등장하고 말았다. 드라마는 현실을 반영한다고 했는데, 2019년도 2월에 종영된 JTBC 드라마 〈SKY 캐슬〉에서 보여준 부모들과 입시 코디네이터의 광기는 정말 오싹했다. 그 드라마 방영 이후 서울 대치동의 사교육은 더욱 과열되었다는 말을 들었다.

일하는 엄마로서 입시정보력도 없고, 할아버지의 재력도 없는 우리 집 아이들을 생각해 보았다.

두 아들이 한국 사회의 성공의 길에서 멀어진 것인지, 아니면 좋아하는 예체능을 하며 행복한 청소년기를 보내고 있는지를… 나는 후자라고 생각한다. 다만 대다수 학생이 일반 중·고등학교에서는 예체능을 마음껏 누리거나 배울 수 없는 구조라는 것이 문제였다.

나는 학교 자모회나 운영위원회 활동을 한 적은 없어서 학교의 상세한 교육방침이나 입시 트랜드는 잘 모른다. 그래도 귀동냥으로 학교 교육이 어떻다는 것은 어느 정도 들었다. 입시에 필요한 국·영·수 과목 시간을 늘리고 예체능 수업 시간을 줄이는 것까지는 짐작했는데, 더 놀라운 것은 예체능 교과 선생님이 학교마다 안 계신다고 한다. 예체능 교사들이 수업 시간을 채우기 위해 여러 학교를 순회한다는 말을 듣고 깜짝 놀랐다. 예체능에 소질이 있는 아이들은 학교에서 찬밥이고, 그래서 사교육 시장을 찾을 수밖에 없다. 결국 내 아이를 제대로 교육시키려면 개별적으로 부모가 정신을 차려야 한다.

한마디로 고등학교에서는 학교의 명예를 높이는 수도권 대학 진학률만을 중요시하고, 그렇게 치열하게 공부해서 들어간 대학에서는 공직이나 은행권에 취업한 학생만을 실적 삼아 자랑스럽게 현수막으로 게양해 둔다. 예체능대학마저 '○○○ 임용고시 합격'이란 현수막을 누구나 볼 수 있도록 크게 걸어둔 걸 보고 참 기분이 묘했다. 학교를 탓할 수는 없다. 부모들이 먼저 자녀의 조화로운 성장보다는 안정적인 직업을 갖는 걸 최우선시했기 때문이다.

나는 큰아들을 공부 잘하는 학생만 우대하는 고등학교의 들러리로 세울 수 없어서 체육특기생을 육성하는 고등학교에 보냈고, 이후에는 대학 대신 골프존 시스템과 개인 레슨 선생님을 의지했다. 그 결과는 대만족이다. 지도하시는 프로님이 내 아이에게 필요한 맞춤형 교육을 해주셨다. 골프라는 스포츠만 가르친 것이 아니었다. 인성, 매너, 독서, 교양, 청결의 중요성까지…. 술, 담배는 절대 금하게 했다.

그리고 운동선수에게 다소 부족할 수 있는 감성을 위해 음악 학원을 권하셨다. 아들의 숙소에서 기타를 볼 때마다 아들의 부드러운 마음을 보는 것 같아서 정말 흐뭇했다. 외강내유형의 아들을 나는 좋아한다. 진정한 스포츠맨으로 잘 성장하길 바란다.

최근에 영국의 명문 사립 중등학교인 이튼 칼리지의 교육방침에 관한 기사를 읽은 적이 있다. 설립 배경, 교훈, 졸업생 모두 훌륭했다. 그중에서 눈에 번쩍 뜨인 말이 있었다. 제일 중요한 과목이 체육이란다. 일신의 영달을 위한 공부가 아닌, 육체적인 건강과 더불어 팀워크, 공정, 용기, 수양을 중요하게 여긴 것이다. 그래서 국가와 사회가 어려울 때 먼저 달려가 선두에 설 줄 아는 총리 열아홉 명을 배출한 것이 아닐까?

외강내유, 외유내강 두 청년을 기르는 재미

자녀교육과 관련하여 사람들이 내게 많이 하는 질문 서너 개가 있다. 첫째 질문은 어떻게 둘이나 예체능을 시킬 생각을 했느냐인데, 대답은 입시교육을 강요하고 싶지 않았기 때문이라고 말한다. 둘째 질문은 재능을 어떻게 알아봤느냐인데, 중학교 때 진로 코칭을 받았고, 타고난 특성은 드러나기 마련이라고 말한다. 마지막으로는 가르치는 데 들어가는 그 많은 돈을 어떻게 마련했느냐인데, 그렇게 돈이 많이 들 줄 몰랐고, 하다 보니 계속해서 밀어주게 됐다고 말한다.

나는 대학 진학용으로 전락한 인문계고 3년의 세월은 낭비라고 생각한다. 게다가 어렵게 입학한 대학을 1학년 내지 2학년까지만 다니다가 휴학한 후 공직을 준비하는 추세다. 나는 두 아들이 입시와 취업 준비만 하다가 소중한 청년기를 다 보내게 하고 싶지 않았다. 큰아들은 체육을 잘하니까, 그에 합당한 강인한 정신력과 따뜻한 마음을 심어주고 싶었고, 작은아들은 음악을 잘하고 심성이 고우니까, 강인한 체력을 보충해 주고 싶었다. 즉, 나의 자녀교육 목표는 몸 튼튼, 마음 튼튼이다.

큰아들은 10년째 1대 1일 맞춤형으로 설리반 선생님과 같은 프로님을 만나 훌륭한 선수가 될 자질을 배워나가고 있어서 안심이다. 작은아들은 여러 친구와 여러 레슨 선생님을 만나면서 자신의 음악세계 밑그림을 그려나가는 중이다. 어떤 그림이 그려질지

나도 궁금하다. 다만 엄마로서 걱정되는 것은 작은아들의 체력이다. 작은아들의 외모는 군대 입대 전까지 한마디로 마른 대나무였다. 다리는 학다리 같고 가슴통은 가냘프다. 객지에서 학교를 다니다가 집에 오면 반가운 마음에 안아주는데, 어린 새가슴을 안은 듯 엄마로서는 마음이 아려왔다. 물론 폭이 넓은 한복을 입고 연주할 때는 단아한 도련님이다. 태어날 때는 3.7킬로그램에 얼굴이 넓어서, 시어머니께서는 장군감이라며 좋아하셨다. 유아 때는 포동포동 살이 쪄서 사랑을 많이 받았었다. 네 살 때 전주로 이사를 와서는 품어주는 사람 없이 형 따라 여기저기 학원을 다니기가 벅찼는지 또래보다 좀 마르기 시작했다. 조기교육과 손위 형을 늘 의식해야 했기 때문에 정신적으로는 조숙했다. 그래서 유치원 선생님과 학교 선생님은 아이가 아이답지 않은 면이 있다며 안쓰럽게 생각했다.

거문고를 배우면서부터는 양반다리를 하고 한 시간씩 도 닦는 자세를 하니 더욱 운동이 필요한데, 걷기와 손아귀 힘을 늘리는 게 전부였다. 엄마가 걱정하면 줄넘기도 하고 나름 건강을 챙기니 걱정하지 말라며 또 어른스럽게 말한다. 아들은 많이 걷는 걸 좋아했다. 그러면서 생각이 깊어진 것 같았다. 즉, 작은아들은 신체보다 내면의 키가 크다.

지금은 군 복무 중인데, 균형 잡힌 식사와 수면으로 예전보다 더욱 건강한 몸으로 제대할 것을 기대하고 있다. 아들은 휴일에 안부 전화를 해오는데, 엄마를 안심시키려고 입대 전보다 살이 쪘다고 말한다. 제대 후에도 쭉 유지해 주길 바라는 마음이다.

두 아들에 대해 곰곰이 생각해 본다. 큰아들 골프 청년은 외형상은 단단해 보이지만, 속은 진국을 가진 외강내유의 알로에 선인장 같다. 거문고 청년 작은아들은 겉은 동양란 잎새처럼 가늘지만 줄기마다 유연함의 힘이 느껴지는 청년이다. 각자 타고난 인품대로 잘 자라줄 것이다. 일을 하는 엄마였기에, 어렸을 때는 따뜻한 육아를 방치했는지 몰라도 성장기에는 아이들을 맹목적인 입시 지옥으로 내몰지 않은 현명한 엄마였다고 자신 있게 말하고 싶다. 엄마의 교육목표가 틀리지 않았다고 아이들이 훗날 인성으로, 실력으로 증명해 주기를 바란다.

눈물 젖은 소고기구이 맛보다

도대체 소고기가 뭐길래?

괴테의 인생관이 형성되는 과정을 담은 자전적 소설 《빌헬름 마이스터의 수업 시대》에는 유명한 명언이 있다. 바로 '눈물 젖은 빵을 먹어보지 않은 자는 인생의 의미를 모른다.'인데, 소설 속 하프 타는 노인의 노래에서 나온 말이다.

'눈물과 함께 빵을 먹어본 적이 없는 자
근심에 싸인 수많은 밤을
잠자리에서 일어나 앉아
울며 지새본 적이 없는 자

천국의 힘을 알지 못하나니…'

나는 작년 가을에 아들 형제가 나란히 보낸 한우 선물 세트를 눈물 젖은 빵처럼 일주일 동안 먹은 적이 있었다. 내 평생 그렇게 많은 소고기를 먹은 적은 처음이었다. 아이들이 효심이 깊다는 걸 진심으로 느껴서 남편과 나는 울컥했다. 그 귀한 소고기를 아침마다 구운 뒤 들기름에 찍어서 꼬박꼬박 먹었다. 보통 나는 귀한 선물을 받으면 시골 부모님께 갖다 드리곤 했는데, 그때만큼은 아들들의 성의를 봐서 우리 부부가 다 먹었다. 어찌 이런 소고기 복이 터졌을까? 그 사연이 좀 구슬프다.

2022년 8월은 가족 전체가 바쁜 달이었다. 작은아들은 서울에서 군악대 시험을 준비하고 있었고, 큰아들은 대전에서 투어 프로 선발전을 위해 맹훈련 중이었다. 나는 지방에서 국가기관으로 파견발령을 앞두고 초긴장 상태였다. 남편은 전주 CBMC 일터사역 분과장으로 부산에서 2박 3일간 펼쳐지는 한국 CBMC 대회에 참가할 계획이었다. 게다가 큰아들은 숙소 임차기간이 만료되어 연장 또는 새로운 곳으로 이사를 해야 했다. 남편은 광복절 연휴를 이용하여 나와 함께 부산에 가기를 간절히 원했다. 나는 큰아들의 이사를 도와주고 싶었고, 경기를 앞두고 몸보신을 시켜 주고 싶었는데, 결국 남편을 따라 부산에 갈 수밖에 없었다. 아들의 이사도

도와주지 못하고 경기에 내보내는 심정은 정말 미안했다. 기도 시간마다 아들의 승리를 간절히 기도했다.

일행 중에 국가대표 배구선수 출신인 여성회원이 있었는데, 그녀는 내가 운동선수를 키우는 걸 알았기에 도움이 되는 말을 많이 해주었다. 결론은 체력이라며, 내 손을 붙잡으면서 "꼭 잘 먹여야 한다."고 당부하였다. 맞는 말이었다. 아들이 뙤약볕에서 네 시간 이상 경기를 하려면 정신력과 체력이 받쳐 줘야 한다. 더구나 아들은 경기장까지 직접 장거리 운전을 하고 다닌다. 그럼에도 우리 부부는 잘 먹이지 못했다. 레슨비와 방세를 지원해 주기도 벅찼기 때문이다. 한국CBMC 대회를 마치고 돌아오는 버스 안에서 아주 기쁜 소식을 들었다. 본선에 진출했다는 것이다. 얼마나 기쁘던지… 버스 안에 기쁜소식이 전해지자, 이번에는 한 원로회원이 당신의 아들이 미국에서 프로선수로 활동하고 있다며, 젊었을 적에 아들을 훈련시켰던 과정을 들려주셨다. 내게는 마치 괴테의 소설 속 하프 타는 노인의 노래처럼 골프선수를 키우는 부모의 애환처럼 들렸다. 나는 전지훈련도 못 보낼 형편이었고, 해주신 말씀이 먼 나라 이야기로만 들렸다. 오직 어서 빨리 전주에 도착하여 좋은 소고기를 사서 대전으로 달려갈 것만 생각했다.

나는 남편 사무실 앞에 자리한 완주로컬푸드 효자점에 들러 최상급 한우고기를 30만 원어치를 주문했다. 이튿날 새벽에 얼음 팩, 후라이팬, 집게, 소금, 된장, 김치, 키친타올까지 챙겨서 대전 으로 올라갔다. 물어물어 새로 이사 간 집을 찾아갔다. 그런데 아 들은 본선 경기를 앞두고 훈련 중이어서 집에 없었다. 고기를 구 워서 먹이고 싶었는데, 아들이 운동을 하느라 시간을 낼 수 없다 고 했다. '프로님과 잘 구워 먹어라.' 하는 메모를 남기고 허탈하 게 돌아왔다. 평소에 잘 먹여야 하는데 아쉽게 됐다.

이후 아들은 지도하시는 프로님과 4박 5일 동안 본선 경기에 다녀왔는데, 낙방의 고배를 마셨다.

견디기 힘들었을 텐데도, 아들은 애타는 부모의 마음을 생각하 고 카톡으로 경기 결과를 알려주어서 고마웠다. 딱 여기까지만 소 식을 주고받았으면 좋았는데, 남편은 위로해 주고 싶어서 그날 저 녁 아들에게 긴 전화를 걸었다. 남편은 소고기 이야기를 왜 꺼냈 을까? 4박 5일간의 경기를 마치고 돌아와 숙소 냉장고를 열어봤 는데 고기가 상해서 버렸다고 했다. 옆에서 듣는 나도 버렸다는 소리를 듣는 순간 참 속상했다. 남편은 화를 참지 못했다. 몇 마디 가 부자지간에 오가더니 좀 긴장된 상황이 벌어졌다. 남편은 씩씩 거리며 전화를 끊었다.

효심에 눈물이 난다

우선 내 옆에 있는 남편의 기분을 진정시켜 줘야 했다. 결과를 보면, 아들이 그 비싼 소고기를 안 먹고 버리다니, 부모의 마음도 모르는 괘씸한 녀석이었다. 하지만 아들 편을 들어주기로 마음먹었다. 사실 고기는 평소에 먹어줘야 살로 간다. 경기 직전 날은 아무리 맛있는 걸 차려줘도 입맛이 없다. 그런데 우리 부부는 구워준 것도 아니고 냉장고에 넣고만 왔으니….

"7~8년간 큰돈을 계속 들여서 아들 뒷바라지할 때는 기꺼이 했는데, 그까짓 버려진 소고기 때문에 아들에게 화를 낸다는 것은 부모인 우리가 멘탈이 약한 것 아니냐?"며 남편을 달랬다.

얼마 후 추석이 되어 아들이 집에 왔다 갔는데, 그때도 집안의 분위기는 썰렁했다. 서로 상처받지 않기 위해서 말조심을 했지만, 나는 아들과 남편 사이에 살얼음을 걷는 기분이었다.

추석을 쇠고 일주일 후였다. 월요일 저녁에 퇴근하니 택배가 왔다. 큰아들이 전남 나주산으로 모두 1등급인 안심, 등심, 채끝을 골고루 보내왔다. 한우를 맛있게 굽는 설명서까지 동봉되어 정말 맛있게 구워 먹었다. 이틀 후 수요일 저녁에는 작은아들이 카카오몰을 통해서 경기 고양산 프리미엄 소고기 선물 세트를 보내왔다.

부채살, 살치살….

큰아들은 레슨비를 벌어서 부모에게 보낸 것이다. 효심에 눈물
이 났다. 아들의 마음을 읽고 아끼지 않고 아침마다 구워 먹었다.
작은아들은 학생인데 어떻게 보냈는지 궁금했다. 아들 친구 중에
먼저 입대한 친구가 추석 명절에 즈음하여 우리 집에 선물을 보내
고 싶다 해서 대행했다고 한다. 나는 아들 친구에게 특별히 잘해
준 것이 없었다. 아들이 친구네 집에 놀러 갈 때 가끔 신선한 과일
을 조금씩 보냈을 뿐인데, 이렇게 소고기로 돌아오다니 황송할 뿐
이었다.

사실 나는 그 전 주간에 새 근무지에 적응하느라, 또 투어프로
낙방 건으로 몸도 마음도 아픈 상황이었었다. 빈혈까지 찾아와서
무척 어지러웠는데, 남편이 내게 뭐가 제일 먹고 싶냐고 물은 적
이 있었다.

"걸어서 4분 안에 갈 수 있는 우리 동네 순대국밥!"

순대국밥은 1만 원이 넘지 않는데 맛과 영양이 만점이었다.
직장생활을 30년 넘게 했어도 자녀 뒷바라지하는 엄마가 편하게
먹을 수 있는 보양식은 순대국밥이 최고였다. 그런 상황에서 느닷

없이 아들 형제로부터 한우 두 세트를 선물 받으니 참으로 가슴 뭉클했다. 운동선수인 아들에게 비싼 소고기를 사서 보내는 아버지의 마음, 아픈 아내에게 값싼 순대국을 사주는 남편의 마음, 어머니에게 소고기를 보내는 아들의 효심이 오버랩되면서 기쁨의 눈물이 났다.

효심이 배인 값진 소고기 맛은 평생 잊을 수 없을 것 같다. 또한 아내가 건강하길 바라는 마음에 사준 순대국은 내게 늘 사랑의 국물이었다.

엄마, 집이 너무 더러워요

어려서는 지저분한 집을 편하게 생각하더니

아들만 키워서 그런지 우리 집은 좀 지저분하다. 청소할 시간도 없었고, 솔직히 청소하기가 싫었다. 딸만 둘 키우는 동료가 자신도 가사도우미 도움을 받는다며 나에게 좋은 분을 소개해 주었다. 나는 용기를 냈다. 집을 남의 손에 맡기는 걸 싫어하는 남편에게 양해를 구하고 주 2회 정도 가사도우미의 도움을 받았다. 확실히 여사님이 다녀간 날은 거실이 넓어 보이고 주방과 욕실이 반짝였다.

퇴근할 때 집이 깨끗하면 기분이 좋았다. 하지만 여사님이 안

오시는 날은 여전히 집이 지저분했다. 아이들이 주문해서 먹다 남은 치킨이나 햄버거 뒷정리는 내 몫이었다. 개미가 들끓을 때는 참 난감했다. 가족 중에 청소나 설거지를 솔선해서 도와주는 사람은 아무도 없었다. 가끔 작은아들이 빨래를 개어 주고, 엄마가 현관에 들어설 때 기분 좋아지라며 신발 정리를 해주곤 했다. 그러나 큰아들은 어질러 놓고 노는 것에 선수였다.

아들 친구들이 우리 집에 많이 놀러 왔는데, 그 이유는 엄마인 내가 낮에 거의 없고 집이 원래 지저분하여 편하게 놀 수 있었기 때문이었다. 아들 친구들이 놀면서 어질러 놓아도 눈에 더 띄는 것은 아니었다. 어차피 지저분하게 어질러져 있기에, 나도 맘 편히 놀다 가라고 관대했다.

한번은 내 친구가 우리 집에 아들과 함께 놀러 온 적이 있었다. 친구는 남편이 너무 깔끔해서 아이들이 집안에서 포도도 못 먹을 정도라고 말했다. 듣고 보니 이해가 갔다. 달콤한 포도는 유독 초파리가 끓기 때문이다. 우리 집이 지저분한 게 친구에겐 좀 창피했지만, 아이들은 마음껏 먹고 놀 수 있어서 차라리 나았던 것 같았다.

큰아들이 고등학교 때부터 집을 떠났고, 작은아들도 대학생이 되어 집을 떠난 지금 우리 집은 많이 깨끗해졌을까? 아니다. 지저분한 원인은 남편도 아니고, 여전히 내가 청소와 정리에 관심이 없었기 때문이다. 아파트 분양 후 같은 집에서 무려 17년을 살았으니, 묵은 짐이 많았다. 이사를 자주 다녔다면 버렸을 물건이 여전히 자리 잡고 있다. 또 집안 여기저기 손볼 곳이 많았다. 불가피할 경우는 부분적으로 수리만 하고 살았다. 리모델링은 아니었다. 습기가 차서 너덜거리는 욕실 나무 문짝을 플라스틱 문으로 바꾸는 수준이었다. 오래된 가전제품이나 옷가지와 책들은 여전히 쌓여만 갔다.

코로나가 창궐한 2020년부터 2022년까지 집안은 더 지저분해졌다. 코로나 기간 동안 집에 머무는 시간이 많아진 동료들은 집안 리모델링을 많이 했다. 나는 정반대였다. 그간 집에 큰 손님이 오거나 명절을 앞두면 대청소를 했는데, 코로나로 친척들이 우리 집에 오지 않자 집안살림을 거의 방치했다. 긴긴 시간 동안 우리 식구들은 도대체 무얼 했을까?

2020년도에 남편은 법무사 개업 초기로, 오로지 사무실을 홍보하는 데 올인하였다. 둘째 아들은 고3으로 서울에서 아예 연습실을 얻어놓고 숙식을 해결하고 있었다. 큰아들은 군 복무 중이었다. 나는 결혼 20년 차를 맞아 그간 써온 일기를 토대로 《완벽한 결혼생활 매뉴얼》이란 책을 쓰고 있었다.

2021년도에는 작은아들이 대학기숙사에 들어갔고, 큰아들은 제대 후 다시 대전에서 생활했다. 본인 훈련과 골프존 아카데미에서 초보자를 레슨하는 중이어서 거의 집엘 오지 않았었다. 나는 의회 예산결산전문위원실로 발령이 나서 새 업무에 적응 중이었다. 추경 등 수시로 예산과 결산심사 지원을 해야 해서 회기 전후 야근이 많았다. 특히 연말엔 새해 본예산 심사 시기로 완전 파김치가 되었다. 저녁밥도 사무실에서 먹었고, 집은 잠자고 옷만 갈아입는 곳이었다. 의사일정이 없는 1월이 되어서야 잠깐 여유로웠다.

커서는 깔끔한 집을 좋아해

2022년 1월 말 설 명절을 맞아 오랜만에 온 가족이 다 함께 모이기로 약속했었다. 그런데 큰아들이 집에 오자마자 다시 대전으로 올라가겠다고 했다.

"엄마, 우리 집이 너무 더러워요. 집이 너무 지저분해서 잠을 잘 수가 없어요."

그즈음 아들은 코로나 시국으로 전지훈련을 가지 않고 골프존 아카데미 만년점에서 아르바이트를 하고 있었다. 모든 영업장은 청결을 제일로 여겼던 때였다. 아들은 화장실 세면대는 물론 냉난 방기까지 늘 청소하고 소독하는 것까지 제대로 배웠던 것 같았다.

집안 창틀의 먼지와 겨울옷에서 굴러다니는 솜털 먼지를 보더니 아들은 기절할 지경이 된 것이다. 우리 집에는 몇 해 전까지만 해도 가사도우미가 왔었는데, 중단한 이유를 아들은 누구보다도 잘 알고 있었다. 집이 지저분하다고 집을 나가기가 미안했는지 다음과 같이 말했다.

"제가 청소해 줄 수는 없고요. 청소 전문업체를 통해 대청소 한 번 하세요. 명절 용돈 대신 청소비를 드리겠습니다."

나는 자존심이 무척 상했다. 그리고 창피했다. 한 번씩 볼 일이 있어서 우리 집을 다녀간 친정 언니와 직장 언니의 충고가 떠올랐다. 나의 최대약점인 짐 늘어놓기를 지적했고, 그 해결책으로 "청소 좀 해라."였다. 반면에 남편은 내가 청소를 안 하고 사는 것에 익숙해져서 신경 쓰지 않았다. 너무 심하다 싶으면 먼저 청소기를 돌렸고, 한 번씩 도우미를 부르자고 했다. 솔직히 나도 정리를 잘 하고 깔끔하게 살고 싶었다. 하지만 지출 우선순위에 늘 밀렸다. 아들의 충고를 받아 밤새 인터넷 '숨고' 사이트에서 청소 고수님 세 분을 찾았다. 섣달그믐날 아침 일곱 시부터 오후 네 시까지 욕실, 부엌, 베란다를 대대적으로 청소해 주셨다. 이후 잘 정리된 집 안을 사진으로 찍어 아들에게 보냈다. 주방 기름때가 사라지고 욕실 곰팡이가 사라지면서 마치 새집처럼 반짝거렸다. 아들은 자신의 제안을 곧바로 수용하고 실행한 것에 만족해하며 청소비를 아주 넉넉하게 보내왔다.

대청소 한 번 했을 뿐인데, 너무너무 기분이 좋아졌다. 친정 언니가 추천한 《하루 15분 정리의 힘》과 《나는 단순하게 살기로 했다》를 읽기 시작했다. 그 후 내 생각이 조금씩 바뀌었고 하나씩 실행에 들어갔다. 일단 안 쓰는 것을 버리거나 처분했다.

오랫동안 베란다를 차지했던 내 골프클럽과 안방의 내 기타를 당근마켓에 팔았다. 한참 망설였는데, 손 놓은 지가 오래되어 앞으로도 내가 골프와 기타를 칠일은 희박하다고 결론을 내렸다. 두 아들의 거문고와 골프클럽을 보관하기에도 우리 집은 좁았다.

이런 엄마의 모습이 큰아들에게 어떻게 보였을까? 삶의 질을 챙기지 않는 부모가 궁상맞아 보였을까? 뒷바라지에 대한 고마움과 죄책감을 느꼈을까? 후자일 것 같다.

얼마 전 5월 가정의 달 연휴 때 아들이 집에 왔다. 이번에도 집에 관한 말을 했다. 청소 타령이 아니었다.

"엄마, 내가 돈 많이 벌면 집은 못 사줘도 리모델링은 해줄게요."

　엄마가 청소를 안 하고 바쁘게 산다는 것을 다 이해한다는 말로 들렸다. 어느덧 자라서 쾌적함의 가치와 엄마의 마음을 헤아릴 줄 아는 아들이 나는 너무너무 대견스럽다. 나를 이해해 준 아들에게 부끄러운 엄마가 되지 않기 위해 나는 기꺼이 변하기로 마음먹었다. 쉬는 날마다 청소기는 못 돌려도 묵은 짐은 버리기로 했다. 아파트 평수도, 내 마음도 넓어지는 기분이다.

카톡으로 전하는 뜨거운 사랑

토끼띠 청년에겐 당근이 최고예요

나는 멀리 있는 큰아들과 대화할 때 주로 카카오톡을 이용한다. 아들이 경기를 하거나 훈련 중일 때 전화벨이 방해될까 봐 소식이 궁금해도 먼저 전화를 걸지 않는다. 문자로 일단 남겨두면 아들이 시간이 날 때 전화를 주거나 카톡으로 답한다. 때로는 아들이 먼저 내게 카톡을 준다. 주로 골프대회 신청비를 정중하게 부탁하는 내용이다. 매번 신청비를 부모의 돈으로 골프협회에 송금해 달라는 것을 미안해하고 있다. 부탁하는 표현도 다양했다. "부탁드립니다.", "혹시 오늘도 가능할까요.", "한 번만 부탁드리겠습니다.", "신청 부탁드리겠습니다.'라고.

그 마음이 너무 안쓰러워서 "내일도 할 수 있단다.", "두 번도 할 수 있단다."라고 말했건만 부모의 도움을 받는 걸 늘 미안해한다. 올해 여름까지 벌써 18회째 예선을 신청했다.

"○○회 예선 가능할까요?"
"응. 더운데 음식 잘 챙겨 먹어야 해."
"감사합니다. 두 분도 꼭 건강 챙기세요!"

뒤늦게 카톡을 발견한 남편도 "꾸준하게 준비하다 보면 좋은 결과가 있을 거야."라고 격려했다. 이어서 내가 총정리를 하며 마무리한다.

"천조자조(天助自助)… 하늘은 스스로 돕는 자를 돕지요. 부모도 하려고 하는 자를 돕지요. 우리 ○○이가 하고자 하는 뜻이 있으니 하나님이 크게 응답하실 것입니다."
"너무 당근만 주십니다. 채찍을 주십쇼."
"토끼띠 청년에겐 당근이 최고예요."

카톡의 가장 큰 장점은 환경 설정만 잘해두면 소음이 없다는 것이다. 주변 사람에게 방해가 되지 않는다. 단톡을 하면 여럿이 실시간 대화가 가능하다. 게다가 이모티콘을 활용하면 감정을 충분하게 표현할 수 있다. 문자로 보내기에 시간이 지나서도 반복해서 볼 수 있다. 바쁜 사람에겐 정말 최고의 소통 수단이다. '1'이란 숫자만 사라지면 일단 상대가 보았으니까 하고 안심이 될 정도다.

나는 가족과 단톡방 세 개를 운영하고 있다. 큰아들과 우리 부부가 참여하는 3인방은 '골프의 신과 함께'이다. 작은아들과 우리 부부가 참여하는 3인방은 '거문고 명인과 함께'이다. 남편과 두 아들이 다 볼 수 있는 4인방은 남편 사업장명을 따라 '포도나무 가족 사랑방'이라고 명명했다. 작은아들과의 카톡 대화는 고3 때 서울로 레슨을 받으러 다닐 때 본격적으로 시작했다. 내려올 때 마중 나가는 시간 예측에 아주 유용했다. 현재는 군 복무 중이기에 예전처럼 카톡을 실시간으로 활발하게 주고받지는 못한다. 상대적으로 큰아들과의 대화가 더 많아졌다. 경기 종료 후에 카톡을 많이 나눈다. 일단은 KPGA 홈피에서 대회 성적을 조회한 뒤 적절한 말문을 내가 먼저 연다. 아주 잘 친 날은 내가 나설 필요가 없다. 전화가 먼저 걸려 오니까.

경기가 잘 안 풀린 날은 선수나 부모 모두 먼저 말 꺼내기가 어렵다. 내가 먼저 카톡을 보내면 반드시 아들은 오늘 경기를 분석하고 차분하게 답을 해온다. 남편도 아들의 경기에 대해서 할 말도 많고 서운했겠지만, "수고했다."는 짧은 말로 격려하고 아들을 쉬게 한다. 나는 경기 성적보다 아들이 경기장까지 오가는 먼 길을 늘 안전하게 운행하는 것이 가장 큰 바람이다.

"오늘 수고 많았어요. 늘 안전 운행하세요."
"죄송합니다. 샷감이 나쁘지 않았는데 마지막 홀에 오비가 두 방이 났어요."
"수고했다."(뒤늦게 들어온 아빠)
"오늘의 아쉬움은 내일 밑거름이 될 거야."
"내일 포기 안 하고 잘하겠습니다."

가족을 뜨겁게 안아 주는 카톡 대화 기술

'포도나무 가족 사랑방' 4인방은 온 가족이 참여하는 방이다. 내가 가족 뉴스처럼 운영하는 곳이다. 지난 봄날이었다. 결혼기념일에 세 남자가 모두 무심했다. 내가 먼저 "아빠랑 결혼 만 24년! 내일부터는 25년 차입니다."라고 올렸다.

군에 있는 아들로부터 일과가 끝난 저녁에 "행복한 하루 되셨길 바랍니다."라고 답이 왔다. 큰아들도 "축하드립니다. 대단하십니다. 항상 건강하십시오."라며 두 아들이 차례대로 축하해 주었다. 남편이 그래도 아무 말이 없자, "아빠가 엄마랑 결혼 안 했다면 귀한 두 아들을 어찌 만나리…" 하고 글을 올렸더니 저녁 식사가 외식으로 바뀌었다.

두 아들이 생일을 맞이할 때는 온 가족의 축하를 받을 수 있도록 4인방에도 올리고 개별 카톡으로는 용돈을 송금한다. 가장인 남편이 법률 상식에 대해 TV에 출연하거나 신문칼럼을 썼을 때는 아나운서인 내가 꼭 공유한다. 아빠를 자랑하려는 목적과 더불어 아들에게 법률 상식을 시청하거나 읽게 함으로써 세상에 대한 지식을 가르치기 위함이다. 그러면 두 아들은 "대단하십니다."라며 아빠의 기를 살리는 이모티콘을 보내온다.

이렇게 오래도록 카톡방을 운영하다 보니 몇 가지 나만의 원칙이 생겼다.

첫째, 보는 이가 아들이라도 높임말을 쓴다. 반말을 쓰면 화를 내거나 무시당하는 느낌을 받을 수 있기 때문이다.

둘째, 헷갈리는 글자일수록 맞춤법에 따라 철자를 정확히 쓴다. 시각화를 통한 아들에 대한 맞춤법 교육목적이다. 맞춤법이 틀리면 '운동선수라 무식하다'라는 소리를 들을까 걱정되기 때문이다.

셋째, 바쁘지 않을 땐 한자나 고사성어를 쓰고 우리말로 한 번 더 풀어쓴다. 아들의 문장력과 이해를 높이기 위해서다.

넷째, 준말이나 속된 말은 쓰지 않는다. 말과 행동으로 이어지기 때문이다.

다섯째, 읽기 쉽게 두 줄에 한 번씩 엔터를 사용하여 빈 줄로 여백을 준다. 전하는 메시지가 아무리 좋아도 문장이 길면 읽는 사람이 피곤하기 때문이다.

여섯째, 주민등록번호, 계좌번호, 비밀번호 등은 절대로 적지 않고 직접 전화로 주고받는다. 스미싱을 방지하기 위해서다.

일곱째, 다른 사람을 험담하지 않는다. 쓰는 사람이나 읽는 사람 모두에게 해롭다. 한 번 발송된 문장은 회수할 수가 없다.

여덟째, 화가 날 때는 내 마음의 상태를 최대한 절제된 언어로 표현하거나 답을 보류한다. 자칫하면 서로를 분노케 하니까.

아홉째, 카톡의 마지막 문장은 가족 구성원에 대한 격려와 소망의 글로 마무리한다.

열 번째, 한 번씩 계절의 변화를 알리는 사진과 좋은 성경 글귀가 있는 카드 뉴스를 전한다. 한 주의 시작과 하루의 시작을 하나님의 마음으로 축복하고 싶은 아내와 엄마의 마음이다.

물론 열 가지를 매번 다 이행하지는 않는다. 바쁜 엄마지만 카톡을 통해서라도 사랑하는 마음을 담아 늘 격려해 주고 싶었다. 또 따뜻한 언어습관으로 SNS상 지켜야 할 예절을 가르치고 싶었다. 두 아들이 성장할수록 대화의 주제는 더 다양해지고, 나의 스마트폰은 계속 뜨거워질 것이다. 가족 소통 채널 세 개를 운영하면서 몸은 떨어져 있지만 마음은 늘 함께 있음을 느낀다. 가족의 마음을 뜨겁게 안아주는 카톡 대화의 기술을 계속해서 개발해야봐야겠다.

군 복무가 엄마에겐
숨 고르기 시간

꽃도 피기 전에 군에 입대한 큰아들

큰아들은 2019년 1월에 입대하여 2020년 8월에 제대하였다. 큰아들의 군 입대는 오래도록 내게 큰 슬픔으로 남아 있다. 가정 형편상 큰아들이 자원했기 때문이다. 고교 때 같이 골프를 했던 친구들에 비해 가장 빨리 군에 입대했다. 그것도 인생에 있어서 가장 기쁨이 컸던 프로테스트에 합격했던 해에.

2018년 8월 1일 프로 선발전 이후 몇 차례 축하 파티를 하면서 우리 부부는 프로만 되면 '고생 끝 행복 시작'인 줄 알았다. 골프 인생에 대한 구체적인 청사진이 없었기에 프로 이후의 세계를 잘 몰랐다. 프로대회는 주니어 대회보다 더 많은 돈이 필요했다. 계속 드는 연습장 이용료와 헬스장 비용, 레슨비, 라운딩비, 전지 훈련비, 시합 출전비, 골프공 등 소모품비, 숙식비 등등… 아들은 계속 훈련을 받아 선수로 활동하며 기량을 펼치고 싶어 했다.

2018년도는 우리 집이 경제적으로 매우 힘든 시기였다. 살고 있는 아파트라도 지키려고 주택담보대출 이자만 갚다가 매월 10만 원이라도 원금을 상환하기 시작했다. 작은아들은 예술계고에 진학한 상태였다. 대전에 있는 큰아들의 레슨비는 물론 원룸 비를 지원하기도 벅찼다. 아들은 선택의 여지가 없었다. 군 입대를 결심했다. 입대 전날까지 운동선수 체력을 활용하여 밤에 가전제품 상하차 아르바이트를 하였다. 조금 벌었던 돈은 추운 겨울날 밤을 이길 털외투와 니트 티셔츠를 사는 것으로 끝났다. 그때를 생각하면 지금도 눈시울이 뜨거워진다.

2019년 1월, 강원도 고성으로 입대하게 됐다. 원주에서 하룻밤을 자야 할 만큼 전주에서 고성은 왕복 이틀이 꼬박 걸리는 먼 거리였다. 밤새 잠을 못 잔 남편이 아들에게 말했다.

"군에 가 있는 동안 아빠가 돈 많이 벌어서 골프 뒷바라지해 주겠다."

법무사 자격증을 활용하여 개업하기로 결심한 것이다. 당시 공직 정년을 10년이나 앞두고 있어서 양가 집안 어른들의 반대는 정말 대단했다. 사업이 성공한다는 보장도 없고 자식을 위해 공직 명예와 안정적인 월급을 포기하는 것이 무모해 보였던 것이다.

남편은 바로 사표를 쓰는 대신 2019년 1년간 법무사 개업에 필요한 사업 플랜을 짜겠다는 심정으로 창업경영대학원에 입학했다. 논문 대신 성공한 사업가들의 창업철학과 성공 핵심요인을 분석하여 읽기 쉬운 자기계발서 《창업, 4천5백 송이 포도나무 플랜으로 하라》라는 책 한 권을 펴냈다. 사업밑천으로 책 한 권을 가지고 2020년 1월 4일 출판기념식과 함께 법무사업을 시작했다. 운동선수 기량이 출중한 아들을 돈이 없어서 막노동시키는 수모를 다시는 주지 않을 결심으로 오늘도 열심히 일하고 있다.

아들은 포병으로 골프와 무관한 병과였지만 코로나로 훈련은 많지 않았고, 쉬는 날이면 유튜브로 골프 영상을 시청하면서 골프 감각을 계속 유지하려고 노력했었다. 또한 그간 학교생활보다 훈련에만 치중하여 다소 사회성 발달이 우려되었는데, 군 복무 기간 중에 자연스럽게 상하 동료 간 인간관계 및 예절을 배운 것도 작은 성과 중의 하나였다.

2023년 8월로 아들이 제대한 지 3년이 넘었다. 전역 후 필드에 다시 적응하는 데는 많은 시간이 소요되었다. 다행히도 2년 차에 접어들면서 각종 경기에서 본선에 진출하기 시작했다. 물론 무리한 연습으로 손목에 염증이 와서 몇 차례 경기에 나가지 않았다. 한번은 진통제를 먹고 폭풍우 속에서도 경기를 끝까지 했던 적도 있었다. 그런 끈기와 투지로 생애 첫 우승의 날은 반드시 올 것이라 믿는다.

군악대, 작은아들이 국비장학생 된 느낌

큰아들이 군 복무하는 동안 나는 작은아들 지원에 집중했다. 그래도 버거웠다. 작은아들은 가정 형편상 개인 레슨을 쉰 적이 있었지만, 그 대신 학교에서 많이 챙겨주었다. 여름방학 때는 국악 캠프에 보내줬고, 학교 수업을 성실하게 받아서 학과 성적도 우수하였고, 거문고 연주자로 기본기를 갖추었다는 평도 들었다.

고3 때는 학교 선생님과 강사님들의 추천으로 동아국악콩쿠르에 도전하여 학생부 거문고 부문 은상을 수상했다. 학교에서는 학교의 명예를 높였다며 학교 소식지에는 물론, 도 교육청을 통해 보도자료를 배포하였고, 그 결과 신문에 아들의 이름이 처음으로 게재되었다.

그 기세를 몰아 대학 1학년 때 일반부 대회에도 출전하였다. 첫 해에 예선을 통과해서 얼마나 놀라고 기뻤는지 모른다. 더구나 2021년도는 거문고 분야가 병역면제 특례혜택을 받는 해였다. 하지만 본선은 경쟁이 치열했다. 2022년 6월에 다시 한번 도전하였지만, 예선 탈락하고 말았다. 여러 가지 이유가 있었다. 대학생 2년 차로 진로, 군 복무, 기말시험, 대회출전, 교우관계, 탈모 등 등 고민거리가 많았다. 가장 큰 이유는 부모의 경제적인 형편이었다. 큰 대회를 앞두고는 집중적인 연습이 필수다. 그리고 실력이 뛰어난 선생님으로부터 개인 레슨을 병행하면 훨씬 수월하게 대회를 준비할 수 있다. 그런데 부모의 형편을 잘 아는 작은아들은 레슨비를 지원해 달라는 말을 하지 못했다. 그때는 이미 형이 제대하였기에 부모의 경제적 지원이 분산되고 있었다.

사실 수도권 사립 예술대학을 보내는 것은 내겐 큰 부담이다. 학비 부담, 숙식비, 레슨비, 연습실 사용료 등등 모든 게 지방보다 비쌌다. 수도권과 지방국립대에 동시에 합격했을 때 부모인 나는 고민에 잠시 빠졌는데, 아들과 선생님은 당연히 수도권을 선택했다. 입시를 위해 엄청난 연습과 고도의 중압감을 견뎌낸 아들의 시간에 대한 보상을 위해서라도 서울로 보내기로 마음먹었고, 입학선물로 갖고 싶었던 악기를 사주었다.

아들이 개인 레슨비용을 벌기 위해 아르바이트를 하겠다고 말했을 때 나는 모순이라며 반대했다. 차라리 그 시간에 공부를 더 해서 장학금을 받는 게 낫다고 생각했다. 그런데 이해가 안 되는 일이 발생했다. 성적이 상위권이었는데도 아들이 다니는 대학은 성적우수장학금 제도가 없었다. 할 수 없이 다른 장학재단 장학금을 여러 차례 신청했는데, 그 또한 예술분야는 가정형편이 좋은 집안 자녀들이 다닌다는 편견으로 지급되지 않았다. 부채 등 부모 재산은 반영되지 않고 부모의 건강보험료 등 급여소득만 반영되어 탈락되었을 땐 참 속상했다.

이렇게 해서 작은아들도 큰아들처럼 여러 가지 당면한 고민을 한꺼번에 해결하는 방안으로 군악대 시험을 준비했다. 바로 코앞에 있는 시험은 아쟁연주자 단 한 명을 뽑는 시험이었다. 아무리 비슷한 국악기라도 아쟁을 한 달 만에 배워서 당당히 합격하다니, 참으로 음악에 소질이 있는 아들이었다. 아들은 현재 전통악대에서 다양한 국악기를 배우며 국가 행사에 참여하고 있다. 능력이 출중한 여러 음악전공자들과 교류하는 기회이기도 하다. 내 생각엔 국비장학생이 된 느낌이다. 아들은 D-000이라며 카톡 프로필에 전역 날짜를 표시해 두고 손꼽아 기다리는데… 한편으로는 미안한 마음이 든다.

오래전 내가 20대였을 땐 학우들의 가정은 보통 5~6남매였다. 남학생들의 경우 군 입대를 통해 부모님의 학비 부담이 일시에 몰리지 않도록 다른 형제자매를 배려했다. 그 사이에 동생이 진학하고, 또 그 동생이 때가 되면 입대했다. 여학생들은 1년간 휴학하고 공장에서 아르바이트를 하여 본인의 학비를 스스로 벌기도 했다. 두 아들의 군 입대를 통해 경제적으로 숨 고르기를 한 번씩 한 나는 문득 1980년대의 대학 시절이 생각났다. 지금은 다자녀 시대가 아닌데도 우리 집 두 아들이 부모에게 서운해하지 않고 차례로 입대한 후 군 생활에 잘 적응해 주어 고맙기만 하다.

흔히들 예체능 분야 청년과 부모들은 군에 입대하면 재능이 계속해서 개발되지 않고 저하될 것을 우려한다. 당연히 재능 면에서는 아쉽다. 하지만 같은 시대를 살아갈 청년과의 교류는 물론 부모로부터 독립하여 스스로 살아갈 방법을 배울 수 있는 절호의 기회이기도 하다. 엄마가 생각하는 것보다 아들은 강하다. 그래서 나는 군 복무를 너무 걱정하지 말라고 말하고 싶다. 물론 아들의 안전과 건강에 대해서는 방심하지 않아야 한다. 오늘도 기도한다.

자꾸만 아프니까
정말 건강하고 싶다

테니스로 건강만큼은 자신했는데

오랫동안 나는 건강한 편이라고 자부했었다. 주말마다 테니스 레슨을 받아왔기 때문이다. 등산할 때 흘리는 땀방울보다 운동할 때 흘리는 땀방울이 내게 더 활력을 주었다.

최초의 시작은 남편과 취미생활을 같이 하기 위해서였다. 아침에는 출근하고, 저녁에는 아이들을 돌봐야 해서 평일 새벽반에 등록하였다. 과 서무를 맡게 된 뒤로는 아침 출근이 빨라져 주말 새벽반으로 옮겼다. 주말에는 레슨을 마치고 초보자들과 게임을 했다. 파트너를 잘 만나면 결승까지 올라가서 주말 오전을 다 보냈다.

한번은 작은아들이 초등학교 다닐 때 컵스카웃트 행사로 에버랜드를 가는 날이었다. 내가 변경된 버스 시간을 알리는 전화를 놓치고 테니스 게임에만 집중하다가 아들이 단체버스를 못 타게 됐다. 아들에게 너무나 미안하여 목적지까지 두 시간가량 위험을 무릅쓰고 태워다 준 일을 계기로 나는 게임을 멈추었다.

엄마가 평일에는 직장을 다니고, 주말에 하고 싶은 취미생활까지 다 하다 보면 아이들과 같이 보낼 시간이 전혀 없다. 너무 이기적인 엄마라고 생각해서 레슨만 받게 되었다. 그걸로 족했다. 타공 소리와 함께 땀을 흘리다 보면 몸에 활기가 돈다. 이후 운동 승부욕은 점점 사라졌고 끈기만 남았다. 금요일 저녁에 밤 열두 시가 넘어 잠을 자도 습관이 되어 주말 다섯 시면 어김없이 눈이 떠졌다. 꾸준한 운동 덕분에 오랫동안 감기약 한 번 안 먹고 건강을 유지해 왔다.

2013년 가을에 부인과 수술을 딱 한 번 받았는데, 이는 과로가 주된 원인이었다. 야근을 넘어 새벽 두세 시까지 사무실에서 일하다 보니 몸에 이상이 온 것이었다. 아무리 직장 일이 중요하다고 해도 지금 생각하면 참 무지막지하게 일했던 것 같았다.

수술한 뒤로 나를 돌아보는 계기가 되어 내 몸도 챙기고 가정도 돌보면서 일과 잘 병행하게 되었다. 먹는 약이 철분제, 비타민제, 홍삼엑기스까지 늘었고, 채식 식단을 선호하면서도 몸에 좀 기력이 딸린다 싶으면 선지국과 피순대국을 자주 먹었다.

그런데 2023년 올봄부터는 너무 많이 아팠다. 급성 방광염으로 한 달에 병원을 세 번이나 갔다. 5월에는 뒤늦게 코로나까지 걸려 병원에 입원하였다. 항생제 주사와 항생제를 너무 많이 먹어 내성이 생길까 걱정이 될 정도였다. 최근엔 몸무게가 3킬로가 빠지면서 밤에 잠이 안 오고, 눈까지 침침하고 자주 떨리니 걱정이 된다. 귀도 잘 안 들리고 혈압도 160까지 올라가서 제발 일시적인 현상이길 바라고 있다.

나름 내 취약한 부분도 잘 알고 예방도 하는데, 도대체 왜 이렇게 아픈 걸까? 여러 가지 이유를 찾아봤다. 치매로 고생하시던 아버지가 머리 시술 후 갑작스럽게 돌아가셔서일까? 하지만 이유가 안 된다. 아버지가 입원하셨을 때 간호는 언니와 남동생이 도맡아 하였다. 나는 주 1회 찾아뵙는 정도였다. 직장이 바뀌어서 그럴까? 약간은 이유가 됐다. 당시 국가기관에 파견 중으로 업무영역이 전국이었다. 전북권이 아닌, 전국 대상 출장이 많을 수밖에 없다. 올해 상반기 중에 다녀온 곳만 해도 서울, 대구, 경주, 울산, 함양, 창원 등이다. 갈 때마다 현지 병원을 들를 정도로 고생하니까 제주, 춘천 등 아주 먼 곳은 가끔 동료들이 대신 다녀왔다. 전 근무지에서도 출장 업무도 많았고, 예전에 골프선수인 큰아들을 전국

각지로 수송하기도 했는데 올해처럼 장기간 아픈 적은 없었다.

간호사 언니에게 요즘 자주 아프다고 고민을 말했더니, 수면 부족이 가장 큰 원인이라고 지적했다. 동생이 먼저 치매 걸리거나 죽을까 봐 걱정인 언니다. 언니는 수면에 대해서 깊게 공부를 한 사람답게 일장 연설을 했다. 수면이 정신건강과 육체 건강을 좌우한다고 한다. 수면은 뇌에 축적되는 노폐물 제거, 예민함 감소, 집중력 향상, 만성질환 위험 감소, 근육 이완과 회복 등 건강한 삶을 위한 필수조건인데, 듣고 보니 잠이 부족한 것이 내가 아픈 주된 이유인 것 같았다.

가족들의 위로가 힘이 된다

지금까지 직장 일에 32년, 아들 뒷바라지에 23년, 사업하는 남편 뒷바라지에 4년, 총 누적된 시간이 내 나이보다 많은 59년이다. 힘이 고갈될 만도 하다. 다행히도 지금은 남편 사업이 4년 차로 본궤도에 오르기 시작했고, 큰아들은 스스로 목표를 정하고 열심히 운동하고 있다. 작은아들도 전공을 살리면서 군 복무 중이다. 예전보다 내 시간을 조금 더 낼 수 있고, 대출 원리금도 조금씩 갚아나갈 여유가 생겼다. 이 시간을 정말 더 알차게 보내고 싶었다. 정년이 5년 정도 남았는데, 무사안일보다 도전을 한 번 더 해보고 싶었다. 그래서 50대 중반에 선뜻 지원하기 어려운 국가 기관으로 파견을 지원했다.

그리고 나 자신도 잘 돌보고 싶었다. 나는 하고 싶은 일을 퇴근 후 주로 밤에 하고 있다. 책 읽기, 유튜브 시청, 영상편집, 블로그, 일기 쓰기 등등 많았다. 고요한 밤에 즐겨하는 일을 하기가 너무 좋아 보통 새벽 두 시경에 잔다. 아침형 인간, 새벽형 인간, 야행성 인간을 다 살아봤다. 뭐가 좋다고 단정 지을 수는 없다. 필요에 따라 나는 변신하고 있다. 아프지만 않다면 좋아하는 일에 하루 24시간을 다 쏟고 싶다. 집중력과 꾸준함은 자신 있는데, 이젠 체력이 부족하다는 걸 느낀다. 인정해야 할까 보다. 사실 아프니까 너무 힘들다.

평일에 부족한 잠을 주말에라도 보충해야 하지만, 새벽 운동을 나간다. 피곤함을 잠으로 푸는 대신 나는 약이나 음료에 너무 의지해서 콩팥이나 방광에 무리를 준 것 같았다. 잠자는 시간이 부족한데, 잦은 소변으로 자주 깨니 수면의 질도 형편없었다. 잠자는 시간을 획기적으로 늘릴 수는 없고, 그래서 수면의 질을 찾아보기로 했다. 콩팥에 부담을 주는 것 같아서 오랫동안 복용했던 비타민제와 커피, 달콤한 음료를 6개월 동안 끊어봤다. 생수만 계속 하루 1.5리터 가까이 마시는 중이다. 사람의 몸이 70%가 물이라 했다. 맑은 물을 마시니 몸이 가벼워진 느낌이다. 단백질 섭취는 순대국, 선지국을 먹다가 이제는 완전 단백질 식품인 계란으로 대체했다. 한때 검정콩을 삶아 먹어봤지만, 맛이 없었다. 소금으로 간을 하면 고혈압을 부채질했다. 합성비타민 대신 토마토를 올리브기름에 볶아먹고, 당근과 비트를 삶아 먹고 있다. 혈압이 조금씩 내려갈 땐 안도의 숨을 쉰다. 테니스를 멈추고 주말에 늦잠을 실컷 자볼까도 몇 번을 고민했다. 날아오는 공을 정확히 바라보고 라켓으로 맞추는 기쁨과 땀 흘린 뒤의 상쾌함을 놓치기는 싫었다.

결국은 하고 싶은 일은 여전히 하되 평소 부족한 잠은 주말 오후에 낮잠으로 보충하고, 깊은 잠을 자기 위해 핫팩을 껴안고 자고 있다. 약간의 효과가 있음을 느끼며 지금은 많이 회복 중이다. 그리고 가족과 지인들이 보내주는 관심과 메시지로 힘을 얻고 있다. 너무 아프니까, 나도 모르게 가족들에게 아픈 티를 냈다. 가족들이 아플 때 나는 그리 살갑게 해준 적이 없었는데도 미안할 만큼 사랑을 많이 받았다. 먹고 기운을 내라고 동생은 추어탕을, 남편은 들깨 삼계탕을, 큰아들은 소고기를, 교회 전도사님은 과일과 갈낙탕을 보내왔다. 언니는 용돈을 보내왔다. 다 고마운 사람들이다. 이 중에서 나를 제일 기운 내게 하는 이는 큰아들이다.

"꼭 건강 챙기세요!"

수시로 위와 같은 카톡 메시지를 보내준다. "엄마, 사랑합니다. 골프 잘 쳐서 엄마에게 효도하고 싶어요."라고 호소하는 것 같았다. 이미 효도하고 있는 아들이다. 아들의 마음이 아프지 않게 나는 정말 건강하고 싶다. 오래전부터 나의 명의는 내 마음속에 있는 아들이었다.

부모와 선생님의
역할에 대하여

그 안에 묻힌 완성품을 보라

미숙한 엄마만 있을 뿐 문제아는 없다

두 아들이 학창 시절 때 심리상담을 두세 번 받았다. 아들들이 문제행동을 보일 때 검사한 것으로, 심리평가보고서는 한동안 나를 우울하게 했다. '문제아'로 보여서가 아니라 바로 나 자신이 '문제 엄마'로 보였기 때문이다.

큰아들 심리상담 보고서 첫 페이지는 이렇게 시작한다.

'부모가 맞벌이로 24개월까지 이웃집 아주머니가 양육해 주셨고, 유치원에 일찍 들어갔다. 어머니가 직장 일이 많아서 매일 늦

게 퇴근하고 자녀와 함께하는 시간이 부족했다. (이하 생략)'

작은아들의 심리상담 보고서도 대동소이했다.

'차남이며, 어릴 적 부모가 바빠 형과 있는 시간이 많았는데, 형에게 놀림, 폭력을 자주 당했었고, 지금도 그 얘기를 하면 눈물이 나온다고 한다. (이하 생략)'

아주 오래된 보고서인데 한 번씩 볼 때마다 가슴이 먹먹하다. 처음엔 엄마로서 낙제 성적표를 공인된 기관으로부터 받는 것 같아 분노까지 일었다. 억울했지만 인정했다. 아이들과 함께하는 따뜻한 엄마가 아니라 직장 입장에서만 열심히 일하는 일꾼 엄마였다. 집에 와서는 피곤한 얼굴로 숙제나 학원 등원 여부만 점검하는 차가운 엄마였다.

심리상담을 계기로 아이들이 10대 중반이 될 무렵부터 아이들의 진로와 교육에 적극 개입하기 시작했다. 또 교회를 다니면서 아이들의 방황은 엄마가 인간으로서 미성숙한 데서 기인했음을 깨달았다. 성경 읽기와 설교 말씀을 통해서 자녀 사랑의 마음을 키웠고, 자녀교육의 가치관을 정립하게 되었다. 목사님은 설교 중에 성도들의 이해를 돕기 위해 문예 작품과 예술인들을 소개하셨는데, 예체능을 하는 아이를 양육하고 있는 나는 많은 동기부여를 받았다.

작은아들이 막 거문고를 배우기 시작했던 2016년 8월, 목사님은 "주님은 조각가와 같다."라고 하시면서 미켈란젤로의 다비드 상 일화를 들려주며 설교하셨다.

'미켈란젤로는 어느 날 성당 뒤뜰을 걷다가 방치된 큰 바위를 발견했다. 뚫어지게 쳐다보더니 미친 듯이 "저거다. 다비드다. 다비드가 여기 있다. 다비드가 걸어 나온다."며 말했다. 다들 미쳤다고 했는데도 그는 그 돌을 가지고 기존 다비드상과는 다른 젊은 육체의 아름다움과 힘을 잘 표현한 위대한 작품 다비드 상을 제작했다. 미켈란젤로는 자기 손에서 다듬어질 그 미래의 조각상을 미리 바라본 것이다.'

흔히 예술을 전공하는 사람은 다들 머리가 돌았다고 하지만, 메디치 가문에서는 미켈란젤로의 천재성을 알아보고 그를 후원했다. 오늘날 불후의 명작들은 이렇게 탄생했다고 한다.

우리 집 이야기로 돌아가 보자. 부자도 아닌, 공무원 부모가 예체능을 하는 자녀 둘을 가르친다고 하면 다들 미쳤다고 말한다.

나는 예수님도 아니고, 조각가도 아니고, 메디치 가문처럼 부자도 아니다. 그런데 미켈란젤로의 일화가 내게 강하게 꽂혔다.

호기심에 이탈리아의 천재 예술가 미켈란젤로를 검색해 보았다. 원재훈 시인님의 글이 마음에 와닿았다.

'로맹 롤랑은 "천재란 어떤 인물인지 모르는 사람은 미켈란젤로를 보라."고 했다. 미켈란젤로는 망치와 끌로 대리석을 조각하여 물질 안에 속박되어 있는 개념을 보여주었다. 미켈란젤로는 조각 작업을 불필요한 부분을 제거하는 과정이라고 표현했다. 자연에서 얻어온 돌덩어리를 응시하고 있는 미켈란젤로. 그는 돌 안에 가두어져 있는 위대한 형태를 보고 그것을 우리에게 보여주기 위해 작품 주위를 둘러싸고 있는 돌을 조금씩 뜯어내는 것이다.'

(네이버 지식백과 인물세계사 미켈란젤로 편 요약)

부모와 선생님의 역할을 깨닫다

목사님의 설교와 원재훈 시인님의 글을 읽은 후 나를 정의할 수 있게 되었다. '나는 사람들에게 감동을 줄 위대한 예체능인을 키우고 있는 엄마.'라는 자긍심이 생겼다. 그리고 나를 예체능인의 어머니로 깎아내고 세워주는 주님의 손길을 느끼게 되었다. 하나님은 내게 '커다란 바위 같은 두 아들'을 선물로 주셨다. 나는 선물인지도 모르고 근 10년을 방치하였다. 아니 때로는 짐이라고 느꼈다. 10대 중반에 상담 선생님과 코칭 선생님을 만나 내 아들이 예체능에 소질 있다는 것을 알게 되었다. 그러나 내게는 망치와 끌이 없었다. 설령 있다고 하더라도 기법을 몰랐다. 망치와 끌 사용법은 먼저 그 길을 걸은 선생님만 알고 계셨다. 단계별로 선생님을 찾아가 아들의 재능을 키워주시기를 부탁한 지가 어언 10년이 되어간다.

자녀교육에 도움이 될 책들을 읽던 중에 네빌 고다드의 《믿음으로 걸어라》란 책을 읽었다. 이 책에는 예체능을 하는 자녀를 둔 부모에게 울림이 있는 시 한 편이 소개되어 있는데, 미켈란젤로의 일화를 떠올리게 한다. '대기만성'형의 큰아들과 '다재다능'한 작은아들을 키우면서 이 시만큼 내게 위안을 주고 힘을 주는 시를 아직 만나지 못했다. 나를 위한 시 같다.

'조각가는 아무런 모양도 없는 대리석 덩어리를 볼 때

그 안에 묻혀있는 완성된 예술품을 본다.

그는 작품을 만들어 나가는 것이 아니라

단지 자신의 생각을 감추고 있는 대리석들을 제거해,

완성된 작품의 모습을 바깥세상에 내놓을 뿐이다.
이와 같은 원리가 그대의 삶에도 작용한다.
그대의 형체 없는 인식 안에는
앞으로 그대가 자신의 모습으로 품을 것들 모두가 묻혀있다.
이 진리를 이해한 그대는

원하는 모습을 만들려고 애쓰는
미숙한 노동자가 아닌,
원하는 모습이 이미 되어 있는 것을 인식하는
위대한 예술가가 될 것이다.'

위 시에서 제일 인상적인 것은 마지막 부분인데, 노동자와 예술가 차이를 분명히 말하고 있다. 나는 내가 원하는 모습을 만들려고 애쓰는 미숙한 노동자인지, 원하는 모습이 이미 되어 있는 것을 인식하는 위대한 예술가인지를 생각해 보았다. 나는 32년간을 성실한 공무원으로 근무하고자 노력했다. 보람도 있었지만, 한평생 근로자의 길을 걸으며 고달프기도 했다. 가정에서만큼은 프로 골퍼와 거문고 연주자의 어머니요, 두 아들의 완성된 인격체를 바라보며 기도하는 어머니이다. 하나님께서 내게 공직자로 일할 능력과 예체능을 하는 자녀를 키우는 능력을 주셨음을 감사하게 생각한다.

아들의 선생님은
엄마에게도 선생님

프로님의 특별한 선물, 3분 30초 영상

　큰아들은 고1 때 만난 골프선생님에게 9년째 골프를 배우고 있
다. 아들은 선생님을 프로님이라고 부른다. 나는 그 프로님을 선
생님이라 부르기도 하고 프로님이라고도 칭한다. 마음속으로는
아들의 스승님이라고 생각한다. 아들에게 골프만 가르치는 게 아
니라 인성을 겸비한 청년으로 성장하게 해주셨기 때문이다.

　노래와 방송실력까지 뛰어난 분이시다. 골프존 조이마루 송년
행사에서 김광석 님의 〈거리에서〉라는 노래를 영상과 함께 잘 불
러 회원들과 그 가족들로부터 뜨거운 박수를 받기도 했다. 이런
선생님의 영향으로 큰아들도 기타를 배우고 있다. 아들이 체력과

인성과 감성이 겸비된 조화로운 사람으로 자라는 데 큰 영향을 주신 아주 훌륭한 선생님이시다.

2019년 큰아들이 입대한 후에도 선생님과의 인연은 계속되었다. 프로님이 우리 부부와 일가친척은 물론, 남편 손님들까지 크게 감동시킨 적이 있었다. 2020년 1월, 남편의 책 《창업, 4천5백 송이 포도나무 플랜으로 하라》 출판기념식과 법무사 개업식 날에 오셔서 뜻깊은 축사를 해주셨다. 특별한 선물로 아들이 프로골퍼로 성장하기까지의 과정을 영상으로 제작하여 상영해 주셨다. 남편의 책을 미리 읽으시고 포도나무 플랜과 아들을 연계하여 작은 묘목에 불과한 아들이 어떻게 세찬 비바람을 견뎌내고 특별한 포도나무가 되기 위해 어떤 노력을 했는지를 잘 담아 주셨다. 박수갈채를 받았다.

남편은 프로님의 허락을 받아 그 영상을 '자녀를 프로골퍼로 키우는 과정'이라는 제목하에 〈포도나무법무사 TV〉에 올렸다. 메시지 한 줄 한 줄이 제자를 향한 프로님의 사랑 고백 같아서 가슴이 뭉클했다.

'힘든 훈련을 견뎌내고, 부상과 싸워 내며, 자신의 한계를 넘어서 내 안의 잠재력을 깨우고, 나만의 무기를 만들기 위해 끊임없이 자신을 시험한다.

비록 시작은 작은 묘목에 불과했지만, 세찬 바람을 견디어 거름과 물을 만나 특별한 포도가 되기 위한 준비를 한다.

두려움을 넘어 확신으로 실패를 분석하고 또 분석하여 원하는 결과가 나올 때까지 도전을 멈추지 않는다.

포기하지 않고 현재에 집중하여 기필코 해내고 말 것이다.

내가 가는 길이 어딘지 방향을 잃어 길을 헤맬지라도 나 자신을 믿고 또 믿는다면 결국 언젠가는 반드시 나만의 길을 찾게 될 것이다.

바로 지금이 그 순간이며 그토록 바라던 꿈이다.

드디어 난 포도가 되었다.

더 큰 꿈을 위한 여정은 끝나지 않았다.

접을 붙여 성공의 뿌리를 내리자.

나에겐 한계가 없다.

천천히 그리고… 한 걸음씩 계속해서 나아갈 것이다.

그 길 끝에는 너와 내가 있다.'

3분 30초짜리 영상에서 아들이 프로가 되기 위해 3년간 연습했던 장면들이 사진으로 파노라마처럼 펼쳐진다. 큰아들은 처음에는 '작은 묘목'으로 비유되었고, 나중에는 프로라는 '특별한 포도'에 비유됐다. 포도나무가 성장해서 열매를 맺기 위해서는 농부가 물과 거름을 줘야 하고, 병해충에 강하고 번식력이 강한 포도나무와 접을 붙여야 한다. 세찬 비바람에도 뿌리가 튼튼하다면 흔들리지 않는다. 여기서 뿌리를 튼튼하게 하는 물과 거름을 주는 이는 부모이며, 접붙이는 포도나무는 스승이다. 시련에 흔들리지 않으려면 서로 신뢰하고, 성공을 위하여 한 걸음 한 걸음 계속 나아가야 하는 것이다. 남편이 쓴 책을 단숨에 읽고서 아들의 성장과정을 이처럼 교육적으로 풀어낸 프로님을 내가 어찌 존경하지 않겠는가?

골프 자체를 즐기면서 할 수 있기를

2020년 8월, 큰아들이 전역하자마자 새전북신문으로부터 후원을 받게 되었다. 남편이 카네기 인으로 남다른 열정을 갖고 경제동아리를 이끌면서 자녀교육에 헌신한 것을 지켜 본 두재균 박사님의 추천으로 이뤄졌다. 2020년 9월 16일 후원 조인식에 프로님이 참석하셨다. 강교현 사회부 기자님이 프로님과 인터뷰한 내용을 보면, 내 아들을 나보다 프로님이 더 잘 알고 계신다는 것을 알 수 있었다.

프로님은 큰아들에 대한 첫 질문에 "골프 실력뿐만 아니라 좋은 인성을 가진 선수"라고 말했다. 고1 때 처음 만났는데, 아들에 대한 첫인상은 "또래에 비해 큰 키도 아니었고 골프에 흥미도 없어 보였다."고 솔직히 답했다. 일단은 골프에 관심을 갖고 즐길 수 있도록 지도했고 이후 많은 시간을 함께하면서 훈련에 성실하게 임하는 태도와 나날이 발전하는 모습을 보며 지도에 보람을 느꼈다고 설명했다. 아들이 고3 때 체격과 실력이 급격하게 성장하면서 전국 주니어골프대회에서 입상하고, 이듬해 KPGA 프로테스트에 합격하여 스승으로서 뿌듯했다고 말했다. 프로님은 하루 여덟 시간 이상을 아들과 함께 지내며 기술적인 부분 외에도 성장기에 있는 아들에게 정신적으로 많은 가르침을 주셨다. 그래서 아들의 실력은 물론 인성이 다른 또래에 비해 예의 바르고 성실하다고 골프존 조이마루 회원들로부터 많은 칭찬을 받았다.

프로님이 말하는 아들의 선수로서 가장 큰 강점은 우수한 신체 조건으로 300미터 비거리가 나오는 장타력이다. 장타가 뒷받침되기 때문에 잠재적인 성장 가능성이 무한하다고 한다. 다만 군 복무 기간 동안의 공백으로 실전 감각이 떨어지고 신중함이 부족하다고 아쉬움을 토로했다. 2020년에는 코로나 때문에 대회가 많지 않지만, 실전 감각을 끌어올리고 꾸준한 연습과 훈련을 통해 2021년부터 좋은 결과를 내보겠다고 말했다. 마지막으로 프로님은 아들이 "무엇보다도 골프 자체를 즐기면서 할 수 있는 여유를 가진 선수가 되길 바란다."며 인터뷰를 마쳤다.

코로나가 계속되자 프로님은 아들에게 아주 특별한 기회를 주셨다. 골프존 아카데미 만년점에서 프리랜서로 초보자를 가르치게 하였다. 가르치는 것도 일종의 훈련이었고, 부모의 경제적 부담을 일부 덜어주었다. 코로나가 잠잠해진 2022년도 여름부터는 본격적으로 경기에 출전하여 2022년 7월 26일 군산CC에서 치러진 예선경기에서 67타로 대회 최저타수를 갱신하였다. 알토란 같은 귀한 성적은 아주 오랜 시간 인내심을 갖고 인성교육과 체력단련에 힘써 주신 프로님 덕분이었다. 이어서 9월 투어프로선발전 본선에 진출하였다. 최종 본선을 통과하지 못해서 아쉬움이 컸지만, 프로님은 아들과 4박 5일간 경기를 함께하면서 아들의 부족한 점을 명확히 분석하였다. 멘탈이었다. 멘탈은 평생을 가다듬어야 하는 숙제라고 한다.

아들은 2023년도부터는 초보자 레슨을 그만두고 오직 경기에만 전념하고 있는데, 한번은 예선경기 성적이 70타 후반으로 나왔다. 아들이 무척 힘들어할 것 같아서 집에 내려와서 쉬었다 가라 했건만 아들은 '잘 치고 싶다. 언더를 치겠다.'며 계속해서 연습 중이다.

아들은 성적으로 선생님과 부모님께 보답하고 싶어 했다. 문득

지도하시는 프로님의 마음이 얼마나 애타실까 염려가 되어 주말에 안부 인사를 보냈는데 뜻밖의 답과 훈련 영상이 왔다.

"점점 다부져 보입니다. 골프를 대하는 자세도 전보다 진지하게 변하고 있는 것 같습니다. 최근 스윙 폼이 아주 좋습니다. 성적까지 이어지길 바라며 열심히 준비하고 있습니다. 좋은 주말 보내세요!"

아들의 심신을 정확히 관찰하고 지도하시는 참 훌륭한 선생님이시다. 부모의 마음도 잘 헤아려 주신다. 나는 너무 기뻐서 내 속마음을 드러내고 말았다.

"프로님은 제게도 인생 스승님입니다. 감사드립니다."

말띠 소년을
서울로 보내주신 선생님

서울로 레슨을 받으러 가는 까닭은

'말은 나면 제주로 보내고 사람은 나면 서울로 보내라.'라는 말이 있다. 지난 6월 국회에서 대정부질문을 할 때 김예지 의원이 감동적인 연설을 해서 주목을 받았던 '코이의 법칙'과도 일맥상통한다. '코이'라는 비단잉어는 노는 물에 따라 성장하는 크기가 다르다고 한다. 사람의 역량도 주변환경과 마음먹기에 따라 얼마든지 성장하고 변화할 할 수 있으니, 사회적 약자와 젊은이에게 기회를 주라는 뜻이다.

위 말의 취지를 100번 공감하면서도 예향 남원에서 자란 나는 국악을 배우려는 사람들이 전주로, 서울로 향하는 것에 한동안 이해가 안 되었다. 남원은 동편제 탯자리로 국악의 성지로 인정받았는데도 국악인들은 예술활동 지역으로 전주와 서울을 선호한다. 평소 존경했던 지인께서는 국악의 산지가 남원이라면 국악 유통 시장은 사람이 많은 전주와 서울이라면서 아무래도 대도시에 문화 기반시설도 많고 문화예술단체도 많아 국악인들이 몰릴 수밖에 없다고 했다.

작은아들이 지방 예술계고에 진학했는데, 아들의 친구들은 1학년인데도, 아니 중학생 때부터 서울로 레슨을 받으러 다닌다는 사실을 알게 되었다. 정규수업 차질, 숙식비 발생, 체력부족, 고액 레슨비 등 여러 가지를 감수하고도 서울로 주 2회 정도 다니고 있었다. 나는 긴장도 되면서 한편으로는 너무 과한 것이 아닌가 했다. 아들도 은연중에 서울에서의 레슨을 희망하는 것 같았는데, 가정 형편상 전주에서 받던 레슨마저 중단하게 되었다.

나는 심적 부담을 느껴서 학교 음악학과장 선생님께 상담을 신청했다. 사람이 꼭 전공대로 사는 것도 아니고, 아들이 국·영·수를 고루 잘하고 있으니까, 대학을 음대가 아니더라도 일반대학 일반학과로 보낼 생각이 있다고 말했다. 담임선생님은 예술고에 진학시킨 목적과 동떨어진 말을 하는 나를 의아하게 생각했다. 잠시 후 나는 사실대로 말했다. 두 아들에게 예체능을 시키다 보니 경제적으로 너무 어렵다고 울먹였다. 그 후 학교에서는 학교 내 거문고 전공 선생님을 중심으로 아들에게 많은 도움을 주셨다. 방학 때는 국악캠프에 참가하게 해주셨고, 문화재단 장학금을 받을 수 있도록 추천해 주셨다. 잠깐 지인의 도움으로 멀리 일산에 계신 선생님을 만나 개인레슨을 받았지만, 너무 장거리여서 오래가지 못했다. 이후 학교 기숙사에 입사하여 학교 연습실을 최대한 이용하였고, 학교 수업에만 충실하였다.

그런데 거문고를 전공하신 학교 선생님이 결혼을 앞두고 퇴직하셨다. 남편분을 따라 전주를 떠날 계획이 있었던 것 같다. 아들과 나에게는 위기이자 큰 기회였다. 법적으로 공립학교 선생님은 재직 중에 과외를 할 수 없지만 이제는 자유인이 되었다. 더구나 그 선생님은 아들의 모교를 졸업한 선배님이자, 유명 음대와 대학원을 졸업한 실력이 출중하신 분이었다. 선생님의 결혼 준비기간에 내가 먼저 잠깐이라도 배워보고 싶었다. 나는 남원 출신으로 판소리를 배운 적이 있었고, 시청 문화관광과에서 근무하면서 국악에 호의적이었다. 더구나 아들이 거문고를 배우기에, 엄마도 한 곡조를 배우고 싶었다. 내 수업이 끝나면 화제는 자연스럽게 작은 아들과 입시정보에 대한 이야기였다. 아들이 시창과 청음에 뛰어나다는 소리를 들었다. 시창은 악보를 보고 부르는 것이며, 청음은 음정을 듣고 악보에 적는 것이다. 국악과 서양음악을 불문하고 음악을 하는 사람에게 아주 중요한 필수능력이라고 한다. 대학 입시와 국악원 입단 심사 때는 초견이 중요하다고 했다. 초견은 처음 보는 악보를 보고 읽고 바로 연주할 수 있는 능력을 말한다. 초견은 선천적인 소질보다는 후천적인 연습에 의해 향상되므로 별도로 초견 레슨을 받아야 한다고 들었다. 나는 그때까지 만해도 거문고 소리를 듣는 것만 좋아했고, 입시전형에 대해서는 아무것도 모르는 상태였다. 선생님을 통해 입시에 대해 조금씩 눈을 뜨게 되었다. 그간 음악은 감동을 주는 연주만 잘하면 되는 줄 알았었다.

그제야 다른 친구들이 왜 서울로 레슨을 받으러 가는지를 이해하게 되었다. 전에는 지역 대학에 국악학과가 많아 관련 입시지도를 하는 선생님들이 많았는데, 지금은 국립대 하나만 존재하고 있다. 그러다 보니 입시 전문 선생님을 만나기가 매우 어려웠다. 나는 결심을 했다. 이렇게 입시에 정통한 선생님께 내가 소양으로 배울 일이 아니라 아들이 전문적으로 배워야 한다고.

어디서 누구한테 배웠냐?

당초에 선생님은 결혼 후 전주를 떠날 줄 알았지만, 신혼집이 전주에 마련되었다. 드디어 아들을 부탁했다. 그렇게 해서 아들은 모교 선생님으로부터 안정적으로 거문고를 배웠다. 어느덧 고3을 앞두고 있었는데, 하루는 선생님께서 대화를 청하셨다. 선생님이 남편분을 따라 혹시 전주를 떠나시는가 했는데 뜻밖의 말씀을 하셨다. 가르칠 만큼 가르쳤고 아들이 잘 따라왔다고 하시면서, 이제부터는 수도권 대학입시 준비를 위해 서울에 가서 레슨을 받는 게 좋겠다고 말씀하셨다. 서울의 유명한 선생님을 추천해 주셨다. 선생님은 제자를 서울에 있는 대학에 보내고 싶어 하셨다. 그러면서 음악단과 대학보다 종합대 음대 진학을 권하셨다. 살아보니 대학의 유명세와 선후배 인맥이 중요하다고 말씀하셨다. 갈수록 음대의 숫자가 줄고, 지방 국립대학에 들어가기도 만만치 않은 상황에서 선생님의 추천을 받게 되어 내 마음은 무척 기뻤다.

설레는 마음으로 아들과 나는 난생처음으로 핸드폰 번호 하나만 들고서 서울 선생님 댁을 찾아갔다. 인사를 드리고 선생님 댁 악기로 연주실력을 보여드렸다. 과연 선생님이 무슨 말씀을 하실까?

"어디서 누구한테 배웠냐?"

'아니 잘못 배웠다는 소리인가? 실력이 없다고 문전박대하면 어떡하지?' 내 가슴이 두근두근했다.

"국립국악고생 실력이다. 기본을 잘 알고 연주한다."라는 칭찬을 받았다. 이렇게 해서 작은아들은 서울에서 이름난 거문고 명인으로부터 레슨을 받게 되었다. 레슨 중에 새 선생님으로부터 동아국악콩쿠르 출전을 권유받았다. 이 콩쿠르는 권위 있는 대회로 알려져 있다. 아들도, 엄마인 나도 기대하지 않았다. 경험 삼아 나가는 것으로 생각했다. 그런데 예선을 통과하더니 본선에서 학생부 은상을 받게 되었다. 새 선생님이 아들의 실력이 내놓을 만하다고 판단했기 때문이란 걸 훗날 알게 되었다. 지도하신 선생님께서는 오래전에 동아국악콩쿠르 학생부와 일반부에서 모두 큰상을 수상한 화려한 경력을 갖고 있으셨다.

대회를 마치고 시상금 수령을 위해 제반 서류를 우편 발송하는 날이었다. 근무지 부설 우체국에서 나는 우연히 S대 음대 졸업 후 어린이국악관현악단 업무를 보는 동료를 만났다. 내 우편물 수신처를 알아보고 먼저 동아국악콩쿠르 수상 가치를 높이 평가해 주었다. 내 자존감이 확 올라가는 기쁨은 이루 말할 수 없었다. 아들의 학교에서도 신문 기사화해 주셨다. 이렇게 아들의 실력이 껑충 향상되고 대회에서 인정받기까지는 모교 선생님의 공이 크셨다. 기본을 잘 가르쳐 주셨고, 한 단계 더 도약할 수 있도록 아들을 내로라하는 거문고 명인 선생님께 추천해 주신 점이 두고두고 고맙기 만하다.

그 후로 아들은 더 열심히 연습에 매진해서 인서울을 했고, 해마다 일반부 동아국악콩구르에 도전 중이다. 예체능 선생님을 내가 많이 모셔봤지만, 먼저 제자를 다른 분께 추천해 주신 분은 거의 없었다. 취미보다 전공자 레슨 단가가 비싼 현실적인 이유도 있고, 제자가 잘되면 지금껏 가르친 선생님의 공이 아닌, 후임 선생님의 공이 되기 때문인 듯하다. 나는 아들의 고교 시절 선생님처럼 제자의 앞날을 생각한다면 학생의 실력과 가능성을 정확히 알아보고 그에 맞는 길을 열어주는 게 스승의 역할이라고 생각한다. 열심히 배워서 익힌 아들도 기특하다. 아들이 부디 기량이 출중한 명연주자가 되어 왕초보 때부터 아들을 가르치거나 추천한 선생님들께 보람 있는 제자가 되었으면 한다. 고3 때 말띠 소년을 서울로 보내주신 선생님께 진심으로 감사드린다. 그분은 레슨 선생님이 아닌, 진정한 교육자라는 생각이 든다.

악기와 연주자는 한 몸이다

새 악기 선택의 교훈

취미용 악기와 전공자용 악기의 가격은 많게는 열 배 정도 차이가 난다. 작은아들은 중2 때 처음으로 취미로 거문고를 배우기 시작했다. 첫 악기는 선생님 제자의 악기를 중고로 구매했다. 감당할 수준의 가격이었다. 입문용이었고 집에서 연습할 때 활용했다. 대회 때는 선생님의 거문고를 빌려 출전했다. 예술계고 입시 때도 선생님의 악기를 활용했다. 고등학교에 진학하여 전공자용 악기를 살 때가 되었지만, 바로 사주지 못하고 망설였다. 두 아들 뒷바라지와 주식 폭락으로 인해 경제적으로 매우 어려웠기 때문이다.

선생님이 아들에게 적합한 거문고를 골라주시겠다고 여러 차례 권했다. 전공자용은 최소 5백만 원이 넘는다. 목돈 마련에 부담을 가져서 선뜻 따라나설 수가 없었다.

이런 고충을 내 속 사정을 잘 아는 지인에게 말씀드렸더니, 고향 분이라며 악기 장인 한 분을 추천해 주셨다. 그분은 개량국악기의 선두 주자이며, 국악기 가격 안정화에 앞장서시는 분이었다. 먼 길을 찾아온 만큼 한나절 이상을 국악기 전반에 대하여 설명을 해주셨다.

악기사에 마침 모 대학 국악과 교수님이 들르셨다. 교수님은 여러 대의 거문고를 직접 시연하시면서 악기마다 특성을 설명해 주셨다. 우선 당장 소리내기 좋은 가벼운 악기와 오랜 시간 길을 들여야 소리가 좋은 육중한 악기 두 대가 최종 후보가 되었다. 아들은 어른들의 분위기에 눌려 아무런 말도 하지 않았다. 비용을 부담하는 주체인 내가 용기를 냈다. 육중한 악기는 '대학에 진학해서까지 사용할 수 있다.'라는 말에 후자를 선택했다. 예상했던 것보다 고가였지만, 악기장께서 공들여 만든 악기라며 낙관을 새겨 주셨다. 그러나 아들에겐 버거운 악기였다. 아들은 대학생이 아니었고, 체형도 마른 편이어서 오래도록 다루기 힘든 악기였다. 엄마의 입장에서 마치 초등학교 저학년인 아들에게 커서도 입으라고 아주 큰 옷을 사준 격이었다.

결국 아들은 그 악기에 정을 붙이지 못했다. 3년 동안 학교의 거문고를 빌려서 연습했다. 고3이 되어서야 고1 때 산 악기로 본격적으로 연습하게 되었다. 주로 정악용으로 연주했다. 그 거문고가 빛을 본 것은 동아국악콩쿠르에서였다. 그걸로 감사한다.

　대입을 앞두고 산조용 거문고 한 대가 더 필요했다. 이번에는 서울 레슨 선생님 추천을 전적으로 따랐다. 나는 악기사에 동행하지 않았다. 선생님이 직접 골라준 악기에 아들은 바로 적응하였다. 고1 때 내가 선택한 거문고는 점점 뒷전으로 밀려났다. 물론 아들이 악기를 구입할 때 도와주신 교수님의 제자가 되었다면 그 악기는 계속해서 사랑을 받았을 것이다. 한동안 나는 아들이 엄마의 마음도 몰라주고, 그 악기를 추천한 교수님과 만든 장인의 마음도 몰라주는 것 같아 서운했었다. 그런데 지금은 내가 아들이 그 거문고를 즐겨 연주하지 않은 이유를 이해하게 되었다. 레슨 선생님마다 신뢰할 만한 악기 장인이 따로 계신 것이었다. 악기 상인과 레슨 선생님과의 뒷거래를 말하는 게 아니다. 장인과 명인과의 관계다. 악기 제작자는 본인이 만든 악기로 연주를 잘하는 명연주자를 만나고 싶어 한다. 또 연주자는 가장 소리를 잘 내는 악기를 만드는 명장을 만나고 싶은 것이 인지상정이다. 이렇게 악기장과 명인은 오랜 세월을 동행하면서 함께 성장해 나간다고 한다. '악기가 연주자를 닮아가고, 연주자가 악기를 닮아 간다'는 말이 있을 정도다.

그러니까 처음에 내가 거문고를 가르치는 레슨 선생님과 상의 없이 엄마의 장기적인 경제적 관점으로 골라준 것 자체가 문제였다. 음악 세계에서는 '유능한 목수는 연장 탓을 하지 않는다.'라는 속담보다는 '백아절현(伯牙絶絃)'이란 고사성어가 더 적합하다고 말하고 싶다. 악기는 뭐니 뭐니 해도 소리다. 가르치는 선생님과 배우는 아들 그리고 악기가 서로 궁합이 맞아야 좋은 소리를 낼 수 있다는 걸 그때는 왜 내가 몰랐을까?

이 일을 계기로 나는 아들이 전공자의 길로 접어든 만큼 앞으로는 거문고 구입에 관여하지 않기로 결심했다. 나는 제작자도 아니고, 연주자도 아니고, 선생님도 아니기 때문이다. 다만 새 악기의 필요성과 그 비용을 어떻게 부담할 것인가가 내 일이었다. 그렇게 마음먹었는데도 거문고에 대한 애정은 점점 깊어만 갔다.

아들이 좋아하는 악기는 따로 있었다

악기 장인에 관한 신문 기사와 제작 과정에 대한 영상을 보면서 거문고가 예술품으로 보이기 시작했고, 장인정신에 감탄하곤 했다. 그 이유는 내가 옻칠 목기 등 목공예로 유명한 남원에서 어린 시절을 보냈고, 또 첫 새 악기를 구입할 때 거문고를 만드는 과정 전반에 대하여 상세한 설명을 들었기 때문이다. 오랜 시간 연못에 띄워진 오동나무 판자와 술대로 쓰이는 해죽, 벼락 맞은 대추나무, 명주실 등등 거문고 악기에 들어가는 모든 재료 하나하나가 정성으로 감동으로 다가왔다.

내가 주말마다 다니고 있는 효자테니스 클레이코트장에 아주 기품이 있는 오동나무 한 그루가 있다. 그 나무를 볼 때마다 내 아들에게 거문고를 만들어 주면 얼마나 좋을까를 상상할 정도였다. 오동나무를 예찬한 시 한 수도 외게 되었다.

'동천년노 항장곡이요(桐千年老 恒藏曲)

매일생한 불매향이라(梅一生寒 不賣香)

월도천휴 여본질하고(月到天虧 餘本質)

유경백별 우신지라(柳經百別 又新枝)'

조선시대 유명한 문장가인 상촌 신흠(1566~1628) 선생님이 선비의 지조를 노래한 시인데, 첫 소절이 '오동나무는 천 년이 지나도 항상 그 곡조를 간직한다.'고 시작한다. 선비들이 왼쪽에 책을 놓고, 오른쪽에 거문고를 놓고 학문과 수양을 쌓았다는 말을 실감나게 하는 명시다.

엄마가 이렇게 오동나무에 점점 심취할 때 아들은 어느새 대학생이 되었다. 남편은 아들에게 입학선물로 거문고 한 대를 사주었다. 험난한 입시 관문을 잘 통과해 준 아들에 대한 보상이었다. 전에 구입했던 두 대의 악기가 수시를 일곱 번 치르면서 많은 연습량으로 훼손되었다. 아들이 갖고 싶은 악기는 따로 있었다. 오래전에 아들과 나는 함께 국립무형유산원을 다녀온 적이 있었다. 아들은 현관 유리 진열장에 전시된 중요무형문화재 악기장 선생님이 만든 거문고를 한참 동안 부럽게 바라보았다. 고1 때 무형문화재 선생님이 만든 거문고를 지닌 친구가 있었다. 고3 때는 아들의 초견 과외 선생님도 무형문화재 선생님이 만든 악기로 지도해 주었다. 당시 선생님은 S대 음대생이었다. 그러니 그 악기가 얼마나 갖고 싶었겠는가 짐작이 간다. 입시 때는 초견 선생님의 거문고를 빌려 시험을 치르기도 했다. 그 마음을 잘 알았기에 남편은 무형문화재 선생님의 거문고를 사주기로 한 것이다.

그런데 아들이 그토록 갖고 싶었던 무형문화재 선생님의 거문고를 사서 집으로 가지고 오는 날 얼굴에 그늘이 있었다. 그분의 악기를 사려면 평소 그분의 악기를 가지고 초견을 가르친 선생님 도움을 받거나, 고3 때 주로 가르치신 서울 레슨 선생님과 충분히 상의를 했어야 했는데 그러질 못했다. 아버지의 돈이 준비되는 날 아들이 바로 악기사를 찾아갔다. 무형문화재 선생님의 악기는 맞춤형 주문이 좋다고 했지만, 아들은 빨리 갖고 싶은 마음에 서둘렀다. 아들의 갑작스런 동행요청에 서울 레슨 선생님은 당황했지만, 무형문화재 장인의 악기를 갖고 싶은 아들의 마음을 잘 알았기에 이미 만들어진 진열 제품에서 가장 소리가 좋은 걸로 골라주셨다. 사실 주문 제작하는 비용은 고가이다. 아들로부터 그날 있었던 자초지종 내막을 듣고서 악기구매 절차에 대해서 아들과 내가 정말 문외한이란 생각이 들어서 참 속상했다. 큰돈을 지출하고도 바보가 된 느낌이었다. 어쨌든 아들은 유명한 세 분의 국악기 장인이 만든 거문고를 모두 경험하게 되었다. 그것이 귀한 결과다.

악기를 구입하면서 몇 차례 혼쭐이 났지만, 그래도 나는 거문고를 구입할 때마다 아들의 새 친구를 맞이하는 것처럼 언제나 설레는 기쁨이 더 컸다.

아들이 여러 거문고를 연주해 본 경험이 축적된 만큼 어떤 악기가 주어져도 연주를 잘하는 명인이 되었으면 좋겠다. 아들이 연주하는 거문고와 그 소리가 천 년을 가길 바라는 내 마음이다.

엄마의 말에는 결과가 따른다

타란티노의 독설이 무섭다

"자녀들을 대하는 당신의 말에는 결과가 따른다. 아이들에게 의미 있는 것에 대해서 부모가 비꼬는 듯 말하는 것은 그에 상응하는 결과가 따른다."

할리우드의 명감독 쿠엔틴 타란티노의 말이다. 타란티노 감독은 아카데미 각본상을 두 차례 수상할 정도로 만드는 영화마다 작품성을 인정받고 흥행하여 쌓은 부는 약 1,400억 원이다. 그는 2021년 8월 미국 팟캐스트 프로그램 '더 모멘트'에 출연하여 어린 시절 자신에게 모욕적인 말을 했던 친모 때문에 마음고생이 심했다며 재산을 한 푼도 주지 않겠다고 털어놨다. 온 세상에 어머니를 공개적으로 망신시키다니, 얼핏 보면 패륜아 같다.

도대체 어머니가 얼마나 모욕적인 말을 했기에? 그가 여러 매체에 인터뷰한 내용을 살펴보면, 그는 어렸을 때 TV를 무척 즐겨 보거나 주말마다 영화에 심취했다. 안 본 영화가 없을 때는 본 걸 또 봤다. 학교에 잘 적응하지 못했고, 운동이나 장난감 자동차 같은 것에도 흥미를 못 느끼고 그저 영화나 만화책, 괴물 잡지를 좋아했다고 한다. 그럴 때마다 어머니는 아들에게 자주 화를 냈다.

"쿠엔틴, 넌 어린애가 왜 이 모양이냐? 축구를 하든, 뭘 하든 제발 좀 나가 놀아!"

또 학교 공부보다 시나리오 쓰기에 몰두한 아들에게 "글 쓰는 게 인생에 무슨 도움이 되겠느냐?"라며 꾸짖었다고 한다. 이에 쿠엔틴은 '성공한 작가가 되면 어머니께 한 푼도 주지 않겠다. 집도, 휴가도, 고급 차도 얻을 수 없을 것이다. 당신이 그렇게 말했으니까.'라고 마음먹었다는 것이다.

방송 진행자가 "어렸을 때의 맹세를 지키고 있는가?"라고 묻자, "국세청을 통해 도움을 준 적은 있지만, 돈을 드린 적은 없다."라고 대답했다. 이어 "어머니가 틀렸다는 것을 증명하기 위해 집을 사드리는 것은 어떠냐?"라고 묻자, 타란티노는 "자녀들을 대하는 당신의 말에는 결과가 따른다."라는 그 유명한 독설을 날렸다. 타란티노의 인터뷰를 대서특필한 신문 기사는 많은 파장을 불러일으켰다. 그 후 아들을 동정하는 사람, 아들을 비난하는 사람, 엄마를 동정하는 사람, 엄마를 비난하는 사람들의 댓글이 넘쳐났다.

　호기심에 타란티노의 어머니 코니 자스투필에 대해 알아봤다. 그녀는 16세 때 음악가 토니 타란티노와 결혼하지 않는 상태에서 아들을 낳았다. 이후 다른 음악가와 결혼했다. 10대 소녀가 미성숙한 상태에서 아들을 낳았으니, 소녀가 아이를 키우는 격이었다. 그러나 어린 아들은 미혼모 혹은 재혼한 엄마가 겪어야 할 엄마의 힘든 상황을 알 리가 없다. 오직 어린아이였을 뿐이다. 어머니 또한 영화광이었음에도 아들이 영화를 보거나 시나리오를 쓰는 걸 꾸짖은 것은 왜일까? 자식을 공부 잘하는 아이로 키우고 싶은 이 세상 모든 엄마들의 본능 때문이다. 다만 공부와 운동을 해야 하는 이유를 아이가 알아들을 수 있도록 설명을 차분히 잘했다면 타란티노는 어머니에 대한 적대 감정을 평생 키우지는 않았을 것이다.

　나를 포함하여 엄마들이 자녀들을 위해 하는 소리는 정말 머릿속으로는 맞는 말인데, 아이들의 마음에는 필요 이상의 참견하는 소리로 들린다. 이건 동서양을 막론하고 공통된 현상일 것이다.

같은 여자로서 타란티노 어머니에게 연민이 간다. 타란티노와 그의 어머니가 말년에라도 모자지간의 정을 회복하고 서로 화목하게 살길 바란다. 사랑하기만 해도 시간이 없는데…

김이나 작사가의 〈잔소리〉 노랫말이 그녀에게 위로가 될까?

'하나부터 열까지 다 널 위한 잔소리
내 말 듣지 않는 너에게는 뻔한 잔소리
그만하자 그만하자
사랑하기만 해도 시간 없는데'

첫 국악대회, 엄마랑 가고 싶지 않다

타란티노에 관한 신문 기사를 의미 깊게 읽은 이유가 있다. 내가 작은아들에게 성급하게 했던 말과 행동으로 아들이 상처를 받은 적이 종종 있었고, 나도 아들의 예상치 못한 말로 울었던 일이 있었다. 어려서부터 두루두루 잘하는 작은아들에게 나는 많은 욕심을 부렸다. 욕심은 어느 정도 기대를 낳았고, 결과가 기대에 못 미쳤을 때는 나도 모르게 주어진 과제에 완성도를 높이려는 행동을 서슴없이 하곤 했다. 아이에게 동의를 구한 것도 아니고 오직 결과에 집착했던 점을 고백한다.

유치원 때부터 그림 솜씨가 제법이었는데, 2000년대에 유행하던 '졸라맨' 만화책을 즐겨보더니 사람을 세모와 네모, 동그라미로 단순하게 그리기 시작했다. 내 눈에는 사람이 아니라 개미로 보였다. 아이의 눈에는 사람의 얼굴 표정이 재미있고 중요했지만, 나는 사람 전체의 균형을 중요시했다. 그래도 아들이 그냥 재미로 연습장에 그리는 것이려니 했다.

그런데 초등학교 때 방학이 끝나갈 무렵이 되자 다급하게 풍경화 숙제를 그리기 시작했는데, 단순하게 만화처럼 그리고 있었다. 그걸 본 나는 화가 나기 시작했다. 혼을 내면서 내가 거의 다 새로 그려주었다. 아이는 숙제를 대신해 주는 엄마에게 고마워하기보다는 울상이 되었다. 엄마가 자신의 그림을 망쳤다고 생각해서였다. 자신이 표현하고자 하는 세계는 따로 있는데 말이다.

또 한 번은 국악캠프 신청서에 자신이 음악을 하게 된 동기와 꿈을 적는 칸이 있었다. 아들이 칸을 조금밖에 안 채운 것 같아서 내가 거들었더니, 이번에는 자신의 꿈을 강제하는 엄마에게 강하게 불만을 토로했다. 남편도 아들 편이었다. 나는 숙제를 검사하는 선생님이나 추천서를 심사하는 분이 내 또래여서 내 시각이 옳다고 생각해서 도와줬을 뿐이었다. 한참이 지난 지금에 와서 생각해 보니까, 정말 나는 항상 아이의 중심에서 생각하고 도와준 게 아니라 기성세대의 시각으로 성급하게 나선 격이었다.

그러다가 내가 아들로부터 가장 기쁜 날에 배척당하는 일이 생겼다. 중3 때 모 대학 국악대회에 출전하기 전날이었다. 내가 대회에 나가는 것처럼 가슴이 부풀어 있었는데, 레슨 선생님으로부터 전화가 왔다. "아들이 엄마랑 같이 가고 싶지 않다."라는 내용이었다. 나는 엄청난 충격을 받았다. 아들이 엄마보다 선생님을 더 의지하는 것에 화가 났고, 첫 국악대회 날 엄마로서 함께하는 기쁨을 빼앗긴 것에 분노가 일었다. 마치 엄마의 자격을 박탈당한 느낌이었다. 나는 울고불고 난리를 쳤다. 남편이 자초지종을 듣고 아들을 겨우 달래서 같이 갔던 날이 지금도 생생하다. 아들은 차 안에서 스트레스를 많이 받아 멀미를 한두 차례 했다. 다행히도 대회 시간에는 침착하게 연주를 잘해서 입상했다. 나중에 안 일이지만, 아들은 엄마의 기대치에 늘 중압감을 느꼈다고 말했다. 아들은 첫 대회 무대에 서는 떨리는 날이었는데, 엄마는 이를 축제인 양 기다렸다. 엄마의 이런 분위기가 아이를 질리게 했을 것이다.

항상 내 입장, 내 방식대로 아이를 챙기고 나선 점을 반성한다. 마치 직장에서 일을 속전속결 하듯이 아이를 대했다. 직장의 일은 효율성이 중요하고, 육아는 아이 눈높이에서 함께 하고 아이가 스스로 할 때까지 기다려주는 것이 중요한데 나는 이를 간과했다. 엄마의 성급함을 아들에게 정식으로 사과한 적은 없었다. 사과할 날이 자연스럽게 찾아왔다.

군대라는 공간과 시간이 그간 숨 가쁘게 달려온 엄마와 아들의 마음에 여유를 주었다. 서로의 마음을 이해하는 데는 얼굴이 꼭 필요한 것이 아니었다. 대화면 충분했다.

긴 생애는 아니지만, 대학 진학과 군악대 입대 등등 아들 스스로가 목표를 설정하고 성취할 때가 많았다. 아들 본인도 기뻤고 바라보는 나도 무척 대견스럽게 생각하였다. 앞으로도 모자지간에 좋은 관계를 유지하려면 아들이 의미 있어 하는 일에 내 시각으로 참견하는 것을 자제해야 한다고 생각한다. 의미가 있고 없고의 판단 그 자체는 아들의 몫이다. 다만, 생명과 안전, 선과 악에 관한 문제라면 언제든 적극 개입할 것이다.

사랑한다면 행동으로 옮겨라

"괜찮습니다"는 "힘들다"는 뜻

나는 두 아들이 20세가 넘었어도 해마다 어린이날을 챙기고 있다.

2023년 5월 4일 늦은 저녁에 카톡으로 축하 메시지와 용돈을 보냈다. 큰아들이 바로 카톡을 봤고 서로 인사를 주고받았다.

"귀한 아들! 행복한 어린이날 되렴♡"
"괜찮습니다. 편안한 밤 되세요. 건강 잘 챙기시고!"
"효심이 늘 나를 행복하게 해주는구나. 고맙다."

요즘 자주 아픈 나를 걱정해 주는 큰아들의 마음이 고마워서 행복했다. 만 하루가 지난 5월 5일 늦은 저녁에 카톡이 또 왔다.

"(송금 봉투 받기 완료!)유혹을 못 참고 송금 봉투 받기를 눌렀어요."

그때가 되어서야 아들이 전날 보내준 '괜찮습니다.'라는 말뜻을 알게 되었다. 내가 보내는 용돈을 받을까 말까 고민한 흔적이었다. 받기가 미안했던 것이었다. 아들은 훈련에 집중하기 위해 아르바이트를 그만뒀다. 매월 세 번의 경기에 출전하고 있었다. 곧 다가올 어버이날이 부담되었는지도 모른다. 이 상황을 남편에게 말했더니 아들에게 안부 차 전화를 걸었다. "연휴를 어떻게 보냈느냐?"는 질문에 "홀로 노래방에 갔다."는 말을 듣고서 남편의 마음이 흔들리기 시작했다.

'운동만 하느라 친구도 없이 얼마나 외로웠으면…' 하고 독백을 했다.

남편은 5월 7일 주일날 아침에 1부 예배를 드리고 아들을 만나러 혼자 대전에 갔다오겠다고 말했다. 나는 예배 직후 대구행 고속버스를 타고 이틀간 출장을 떠나기로 예정되어 있었다. 잠깐이라도 아들을 만날 기회라고 생각한 나는 남편을 따라나섰다. 함께 대전으로 가서 아들과 식사를 마친 후 대구로 가는 KTX를 타면 좋을 것 같았다. 왕갈비탕에 산양삼까지 정말 훈훈한 점심이 되었다. 식후 나는 출장지로 떠났고, 남편은 계속해서 아들의 연습장까지 동행하며 오후를 함께 보냈다. 저녁 식사까지 잘하고 집에 도착했다는 카톡이 왔다. 연습하는 아들의 영상을 보내왔다. "굿샷!" 하며 기합을 넣어주는 아버지의 목소리에 힘이 느껴졌다.

나도 가끔 혼자서 대전에 있는 아들을 만나러 가는 경우가 있다. 학생 때는 청소와 빨래를 해주었다. 군 전역 후에는 빨래와 청소를 스스로 잘해서 대부분 식사와 차 한잔 정도 나누고 돌아온다. 지난 삼월 말에 친정아버지 탈상에 즈음하여 휴가를 받아 아들에게 홀로 다녀온 적이 있었다. 친정아버지 장례 때 손님 접대 등 많이 도와준 아들에게 고마움을 표할 겸 저녁 식사로 소고기를 사주었다. 식후 차를 마실지 바로 전주로 내려올까 망설이는 순간, 아들이 벚꽃이 흐드러지게 피는 봄날이어서 그런지 나에게 산책을 청했다. 아들이 한 번씩 간다는 식장산으로 향했다. 대전과 충청북도 옥천군에 걸쳐있는 산이었다. 백제시대 때 군량미를 많이 저장하고 신라의 침공을 방어했던 요충지라 하여 '식장산'(食藏山)이라 불렸다는 유래가 있다.

내가 보기엔 산길이 좁으면서 급경사가 많고 휘어서 운전하기에 아찔한 곳이 많은데도 아들은 능숙하게 운전을 잘했다. 나는 긴장하면서 목적지에 도착했다. 해발 600미터 정상에서 바라보니 대전 시내 야경이 한눈에 다 보였다. 아들은 헬기장과 식장루를 비롯해 이곳저곳을 구경시켜 주었다. 높은 곳에서 바라본 대전은 수많은 보석을 뿌려놓은 듯 찬란하게 반짝이고 있었다.

그중 최근에 개장한 신세계백화점과 오노마 호텔은 다이아몬드처럼 우뚝 솟아 더 화려한 자태를 뽐냈다. 내 눈은 이어서 신세계 호텔 옆 골프존 조이마루에 꽂혔다. 아들이 그곳에서 프로가 되기까지 10대 후반 청소년기를 보냈기 때문이다. 호화찬란한 야경을 감상했던 탄성이 사라지고 갑자기 가슴이 아려왔다.

큰아들과 1박 2일

아들은 식장산을 올 때마다 무얼 생각했을까? 어린 나이에 프로가 된 기쁨도 잠시였고, 계속해서 더 피나는 노력으로 정상을 향해 고군분투해야 할 심정이 얼마나 답답했으면 이곳을 찾아왔을까? 차마 "골프하기 힘들지?"라고 물을 수가 없었다. "신라의 화랑들처럼 호연지기를 잘 기르길 바란다." 하며 내려왔다.

나는 그날 저녁 식장산을 다녀온 뒤 몸도 피곤하고 마음도 아파서 바로 전주까지 운전할 기운이 없었다. 아들의 숙소에서 잠을 자다가 갈증이 나서 새벽에 냉장고를 향했다. 냉장고 문짝에는 아들의 2023년도 목표를 적은 종이가 부착되어 있었다. 참으로 반가운 버킷리스트였다. 순간 근심 걱정이 사라졌다. 스스로 계획을 세워 잘 매진하고 있는 아들임에도 내가 너무 애를 태웠다. 아들의 소원이 모두 이뤄지길 바라며 소중하게 간직하고자 사진으로 찍어 뒀다.

1. 스릭슨 투어 예선 4번 이상 통과

시합마다 느낀 점 적기. 시합 뒤 돌아가기 전 카페에 들러서 라운드 복기하면서 개선하여야 할 점 적기.

2. 정회원 되기

예선, 본선 코스 확인하고 코스 선택 뒤 연습라운드 하면서 공략설정 및 개선해야 할 점 확인 후 중점적으로 연습.

3. 골프 관련 세미나 듣기

4. 독서 하기

한 달에 1권 읽고 실천해 볼 것들을 바로 실행하기.

하루 최소 30분이라도 시간 내서 읽기, 쉬는 날 카페 같은 곳에 가서 책 읽기.

5. 기타 연습

원하는 곡 버벅거리지 않고 연주할 수 있을 정도로 연습하기.

쉬는 날 30분 이상 연습하기.

위 다섯 가지 목표는 언뜻 봤을 땐 소박한 것 같았다. 그러나 그 목표를 행하기가 얼마나 어려운 것인지를 나는 안다. 특히 매번 경기를 마치고 피곤할 텐데도 그날의 경기 내용을 잊기 전에 하나하나 복기하면서 피드백한다는 것은 자기 자신과의 치열한 싸움이다.

엄마로서 '4번 항의 독서하기'에 도움을 주고 싶었다. 집에 돌아와서 남편이 즐겨보던 타이거 우즈의 《나는 어떻게 골프를 치는가》와 내가 즐겨 보던 《읽으면 멘탈이 강해지는 책》 등 책 네 권을 아들에게 소포로 보냈다.

아들이 타이거 우즈의 책을 펼쳐 읽고 있는 모습을 인증샷으로 보내왔다. 이 책은 골프천재 타이거 우즈가 20대에 쓴 오래전 책인데, 골프 교습서로 사랑받고 있다. 경기에 임하는 마음가짐, 컨디션 유지법까지 자신의 골프 노하우를 모두 집약해 소개한 책이다. 책 중간중간에는 친구가 돼준 골프에 관한 여담과 그의 아버지에게서 골프를 배우던 시절의 추억담이 있다. 다음은 책 속에 있는 타이거 우즈의 고백이다.

'클럽과 공은 내게 놀이 친구가 되어주었다. 골프는 그것이 주는 고독감과 자기 신뢰감으로 내게 더욱 매력적이었다. 그 느낌은 지금도 변함이 없다. 내가 골프를 사랑하는 까닭은 솔직함 때문이다. 골프는 순수하고 정직하며 아첨에 넘어가지 않는다. 물론 강제로 정복할 수도 없다. 인내심을 가지고 천천히 구애를 해야 한다.'

골프만 바라보고 사는 20대 초반의 아들에게 딱 들어맞는 책으로 많은 공감을 불러일으킬 것이다. 때가 되면 여자친구도 사귀고 결혼도 하여 아들의 인생이 외롭지 않길 바란다. 좋은 인연을 만나기 전까지는 부모와 골프가 아들의 친구다. 현실적으로 아들과 자주 만나긴 어렵다. 하지만 백 번의 염려보다 한 번이라도 더 찾아가서 얼굴을 보며 밥도 같이 먹고 격려해 주는 것이 자녀에 대한 부모의 사랑이라고 말하고 싶다.

탕자의 귀향에서 배우는
아버지 마음

자녀교육에 거울이 되는 그림

종교화가 렘브란트의 그림 〈탕자의 귀향〉과 이와 관련된 헨리 나우엔 신부님의 책을 통해서 많은 영혼이 구원받았다고 한다. 나도 그중의 하나다. 누가복음 15장 11절부터 32절까지의 돌아온 탕자의 이야기 줄거리는 다음과 같다.

'어떤 사람에게 두 아들이 있었는데, 작은아들이 자신 몫의 재산을 미리 받아내 객지로 떠난다. 허랑방탕하며 재산을 탕진하더니 먹고살기 위해서 돼지치기로 전락한다. 아들은 아버지의 품꾼보다 못한 자기 신세를 후회하고 풍족한 품꾼이라도 하겠다며 아버지께로 돌아간다.

유대사회와 맏아들 입장에서는 패륜아인데도 아버지는 환대하고 잔치를 베풀어 아들로서 지위를 복원시켜 준다.'

나는 예배 시간에 렘브란트의 〈탕자의 귀향〉 그림을 처음 보았다. 2016년 7월, 담임목사님께서 그림 한 장을 대형 스크린에 띄어 놓고 열정적인 설교를 하셨는데, 깊은 감명을 받았다. 예배 직후 목사님이 소개한 헨리 나우엔 신부님의 《탕자의 귀향》이란 책을 구입해서 읽었다. 책 속의 이야기와 그림을 동시에 보면서 〈탕자의 귀향〉에 등장하는 모든 인물의 눈빛과 태도를 세밀히 살펴보았다. 내 인생도 그림 속 여러 사람의 얼굴로 살아왔다는 걸 느꼈다. 나의 여러 가지 내면 심리를 들여다보는 것 같았다.

10년 전 40대 중반의 나는 빈털터리가 되어 아버지에게 돌아온 맨발의 탕자였다. 젊은 날 일에 미쳐 건강을 잃고 나서야 하나님께 돌아와 '살려달라'고 애원하는 내 모습이었다. 동생을 냉정하게 바라보는 큰아들의 눈빛에서 친정 오 남매 중 가운데로 태어난 나의 이기적이고 불안한 모습을 떠올렸다. 가르쳐야 할 형제자매가 많아 '부모님이 내 학비를 끝까지 지원하지 못하면 어떡하지?' 하며 걱정할 때가 많았다. 탕자와 탕부의 상봉을 거리를 두고 바라보는 그림 속 남자와 여자의 모습은 이웃의 슬픔과 기쁨을 같이하지 못하는 방관자적인 나의 모습처럼 느껴져 뜨끔했다.

돌아온 탕자 이야기의 주인공은 당연히 탕자의 아버지다. 나는 주인공이 아닌, 그림 속 탕자요, 탕자의 형이요, 구경꾼이었다. 반면에 나는 남편을 탕자의 아버지와 같다고 생각한다. 남편은 나보다 먼저 교회에 다녔는데, 가장 결정적인 동기는 아들의 교육에 대한 답을 찾기 위해서라고 나에게 진지하게 말한 적이 있다. 자신의 영혼 구원이 아니라 10대에 접어든 큰아들을 감당할 수 없게 되자, 자녀를 잘 키우기 위해 하나님께 매달렸다. 성경 에베소서 6장 4절의 말씀을 남편은 가슴 깊이 새겼던 것 같다.

"아비들아! 너희 자녀를 노엽게 하지 말고 오직 주의 교훈과 훈계로 양육하라."

자녀를 노엽게 하지 않는 것이 얼마나 중요했으면 사도 바울이 명령어로 말했겠는가?

내가 그간 엄마로서 시도했던 어설픈 훈육은 사실 두 아들과의 관계만 나쁘게 하였다. 큰아들에겐 화를 증폭시켰고, 작은아들에겐 내면에 응어리를 쌓게 했던 것 같았다. 성경이 진리라며 자녀 교육의 답을 성경에서 찾겠다는 남편의 말이 처음에는 와닿지 않았다. 나는 아이들이 어릴 때 소아정신과 전문의 교수들이 쓴 자녀교육 지침서를 많이 의지했었다. 공감하고 옳다고 생각되는 내용을 내가 실천하느냐가 관건이었지 종교에 의지할 바는 아니라고 생각했다. 갈팡질팡하면서 먼저 자녀를 키워본 분들의 조언과 같은 또래 어머니의 말을 따르기도 했다. 야단도 치고 회초리도 들었다. 큰아이가 점점 자라나자, 훈계하는 내 논리는 부족했다. 또 엄마를 힘으로 밀어내는 아들을 감당하기 버거웠다. 자녀교육은 경험과 이론이 우선되어서는 안 된다. 또 잘되기를 바라는 욕심이 앞서도 안 된다. 가슴속 사랑에서 시작되어야 한다는 것을 난 뒤 늦게 깨달았다.

남편은 나와 달랐다. 절대로 아이들을 닦달하지 않았다. 같이 놀아주고 같이 교회를 다녔다. 남편은 아이를 논리로 키우기보다 성경 속 지혜와 기도로 키우기 시작했다. 남편은 본인의 어린 시절을 자주 회고했다. 남편은 공부 머리가 늦게 트였다. 시어머니는 남편이 공부에 취미가 없고 노는 걸 좋아했어도 공부 잘하는 누나나 다른 친구들과 비교하지 않았다. 아들로 태어난 것 그 자체로 감사하고, 허물이 있어도 품어주시고 늘 기도하며 키웠다고 한다. 이런 어머니의 무조건적인 내리사랑을 남편이 본받은 것 같다.

내가 닮고 싶은 탕부의 마음

초신자였던 나는 〈탕자의 귀향〉 그림 한 장을 통해 남편이 왜 교회에서 자녀교육의 답을 찾으려 했는지 완벽하게 이해가 됐다. 그 후 자녀를 어떤 마음으로 대해야 하는지 조금씩 눈이 떠지기 시작했다. 렘브란트는 아버지의 오른손과 왼손을 다르게 그렸다. 왼손은 남자의 굵은 손으로 그렸고, 오른손은 섬세한 여자의 손으로 그렸다. 확대하여 본다. 그림 속 부드럽고 작은 오른손은 탕자를 어루만지며 "지금까지 네가 어떤 삶을 살았든지 엄마처럼 너를 무조건 용서한다."라고 말한다. 왼쪽의 힘줄이 보이는 억센 손은 "너를 붙잡고 다시는 너를 놓치지 않겠다."라는 아버지의 의지가 보인다.

아버지의 눈도 이상하다. 왼쪽 눈은 '너의 잘못에 대해 나는 이미 눈을 감았다.'라는 듯이 눈이 감겨 있다. 오른쪽 눈은 '네가 돌아오는지 늘 멀리 동구 밖을 바라보다 이렇게 반쯤 감기지 않는 눈이 됐다.'라고 말하는 것 같다. 또 관리되지 않는 수염은 아들을 노심초사 기다리는 아버지의 애타는 심정을 그대로 담고 있다. 아들이 돌아오기만을 간절히 기다린 탕부의 형상은 '학수고대'라는 한자 숙어를 설명하기에 충분하다.

올해로 내가 세례를 받은 지가 10년 차이고, 렘브란트의 그림을 본 지가 7년이 넘었다. 그렇다면 나는 변했을까? 괄목상대할 만큼은 아니지만 나는 변했다. 자녀의 진로를 예체능으로 잡아준 뒤 명작 명품을 기다리듯 느긋한 성격이 되었다. 대기만성의 그릇을 대하듯 두 아들에게 관대해졌다. 또 힘들거나 간절히 바라는 일이 있으면 가족과 주변인에게 호소하기도 했지만, 이제는 직장 일이든, 가정일이든 무조건 하나님께 먼저 아뢰기 시작했다. 꼭 교회만 가서 기도하는 것은 아니다. 수시로 기도 노트에 쓴다. 사무실 서랍에도 기도 노트가 한 권 있다. 노트마저 없는 곳에 있을 때는 스마트폰 메모 노트에 적는다. 아무것도 없을 땐 눈을 감는다. '하나님, 사랑과 지혜를 주소서!' 이 한마디만 짧게 호소한다. 그러면 마음이 차분해지고 막혔던 일들이 새롭게 진행된다.

남편은 어떻게 되었을까? 두 아들을 사랑하는 마음은 여전한데 외모가 예전 같지 않다. 아들만 바라보고 사는 탕자의 아버지가 돼가는 것 같다. 50대에 들어선 남편은 경제적으로 과부하가 걸려 고심 끝에 직장을 그만두고 개업하였다. 개업 4년 차를 맞았는데, 지난 3년간 고군분투하면서 까만 머리가 반백이 되었다. 남편의 하얀 머리가 탕자의 아버지 수염 같다는 생각이 든다. 남편은 보통의 법무사가 하기 어려운 분야에 도전했다. 고객의 재산과 권리를 지킬 법률적인 논리를 찾기 위해 새벽 시간을 적극 활용했다. 어려운 사건은 해본 경험이 없다고 두 손을 들었을 법도 한데, 오직 아들을 뒷바라지하고 싶은 마음에 더 깊게 몰입한 것 같았다. 그 대가로 고객은 기꺼이 지갑을 열었다.

남편의 자식 사랑은 앞으로도 계속될 것 같다. 처음에는 뒷바라지를 20세까지만 해야지 했는데, 어느덧 25세까지 혹은 30세까지 연장될 듯하다. 남들 눈에는 자신의 노후를 준비하지 않는 미련한 사람으로 보일 수도 있다. 남편은 지인들로부터 "자녀에게 올인하지 마라."는 말을 듣는 걸 제일 싫어했다. 그렇다고 분별력 없이 퍼주는 사람은 아니다. 내 눈에는 그저 남편이 동화책에 나오는 '아낌없이 주는 나무' 같은 사람이다. 〈탕자의 귀향〉 그림과 책에서 나도 부모의 마음가짐을 배웠으니, 남편과 맞손을 잡고 합심하여 두 아들을 힘차게 끌어안을 것이다.

"너희가 노년에 이르기까지 내가 그리하겠고 백발이 되기까지 내가 너희를 품을 것이라 내가 지었은즉 내가 업을 것이요 내가 품고 구하여 내리라." (이사야 46장 4절)

부모보다 선생님 지혜가
아들을 구한다

성인지 감수성 교육 중요하다

학부모 상담 기간도 아닌데 학교에서 오라고 할 때는 덜컥 겁이
난다. 큰아이가 중1 때 무단으로 외출하여 PC방을 다녀온 건으로
인해 학교 선생님의 호출을 받은 적이 있었다. 당황했지만, 아들의
일상생활을 점검하는 계기가 되었다. 교우관계가 아닌, 개인적인
일로 부모가 어느 정도 해결할 수 있었다. 반면에 작은아들은 교우
관계에서 발생한 일로써 선생님과의 상담으로 끝나지 않았다.

작은아들이 고등학교 다닐 때 통학 시간을 절약하고자 기숙사
생활을 잠시 했었다. 하루는 남자 기숙사에서 남학생들이 모여 여

학생들의 외모 서열을 매겼다. 그 사실이 여학생들에게 알려졌다. 여학생들은 심한 모욕감을 느꼈고, 같은 교실에서 수업받을 수 없다며 남학생 입실을 거부했다. 남학생들이 수업을 받을 권리도 있지만, 학교 측에서는 최선책으로 일단 남학생을 다른 사무실에 분리 조치했다. 담임선생님은 사건 경위 파악과 수습을 준비 중이었고, 내가 이 사건을 안 것은 금요일이 되어 기숙사에서 아들을 데리고 돌아오는 차 안에서였다. "드릴 말씀이 있어요."라며 뒷자리에 앉아서 차분하게 사건 개요를 설명하는 아들의 목소리에서 심각함을 느꼈다. 차를 멈추고 싶었지만 차로가 1차선이라 갓길도 없었다. 운전에 주의하며 조금씩 들었다. 그리고 아들의 다음 발언을 듣고서야 안도의 숨을 쉴 수 있었다.

"친구들이 언젠가는 누군가의 아내가 되고, 어머니가 될 수 있는데 저희 들이 잘못했어요."

그 주간에 나는 공교롭게도 내 직장에서 법정의무교육으로 성희롱 예방교육을 받았다. 내 소견으로는 일단 학교에서 지혜롭게 잘 대처했다고 판단했다. 제일 잘한 점은 학부모 싸움으로 비화시키지 않은 점이다. 남녀공학이지만 남학생 수가 적었고 여학생들의 수가 상대적으로 많았다. 여학생들은 예술을 하는 친구들답게 자존감이 매우 높았다. 요즘 여학생들은 나 때와는 달리 어려서부터 성희롱 예방교육과 성인지 감수성 교육을 가정과 학교로부터 철저히 받고 자랐다. 반면에 남학생들은 아직도 은연중에 남아선호 사상이 있는 가정환경에서 자라 성인지 감수성이 다소 부족했다. 그래서 남학생 부모의 입장은 여학생들이 별것도 아닌 일로 문제시한 것 아니냐고 여길 수 있었다. 게다가 남학생의 아버지와 어머니의 생각마저 달랐다. 남편은 "우리 때는 여학생 서열을 매기는 그런 일이 비일비재했다."며 대수롭지 않게 생각했다. 한마디로 30년 전 버전의 사고가 그대로다. 더구나 아들만 둘 키우는 남편이어서 그런지 여학생 입장이나 여학생 부모 입장을 정말로 이해하지 못했다. 나는 이 일에 남편이 나섰다가는 '그 아버지에 그 아들'로 일이 더 커지겠다고 생각했다.

얼마 후 학교에서 기숙사운영위원회가 열렸다. 위원들이 본 사건 심의를 하기 전에 남학생 부모의 진술을 듣기로 했다. 사건 당사자들의 아버지는 모두 바빴는지 아무도 오지 않았다. 나는 내심 다행이라고 생각했다. 나는 안면이 있는 어머니들과 상의했다. 시간상 다 항변할 수 없고 대표로 나를 회의실에 보내주면 최선을 다해 선처를 구해보겠다고 청했다. 대성통곡하는 어머니도 계셨다. 어느 어머니는 당신의 아들이 먼저 선동을 한 것 같다고 사과하셨다. 막상 나도 떨렸다. 위원회에서 나의 발언이 시작되었다.

"문화와 예술을 배우고 익혀서 인성을 가꾸고, 또 다른 사람들에게 감동을 주는 삶을 살기를 희망하는 학생들인데, 남학생들이 여학생들에게 잘못된 언행을 한 것이 사실입니다. 다만 아들들이 깊이 반성하고 있고, 저희 부모들도 교우를 소중히 여길 수 있도록 지도하겠으니 선처를 바랍니다."

처분은 기숙사 입소 정지 1개월이었다. 통학 거리가 왕복 세 시간 이상 걸리는 아들의 한 친구가 걱정이었다. 운영위원회 심의 때 울었던 어머니의 아들이었다. 우리 집에서 보낼 수 있도록 배려했다. 사건은 이렇게 마무리됐지만, 아들과 나는 마음속 상처가 컸다. 그리고 또 한 분, 염려되는 분이 있었다. 바로 담임선생님이시다. 선생님에겐 남학생도, 여학생도 모두 돌봐야 할 제자였다. 양측 학부모 한 분 한 분에게 전화를 드리면서 많은 원성을 들으셨을 것이다. 감사와 위로차 통화하게 됐는데, 담임선생님께서 말씀하시길 작은아들이 남학생 대표로 여학생들에게 사과 발언을 했다고 한다. 아들은 옳고 그름을 분별할 줄 알았고, 잘못한 것을 진심으로 사과할 줄 아는 용기 있는 청소년으로 자라고 있었다.

서로 비방하지 말고 지혜를 구하라

코로나 시국에 아들이 대학에 진학했는데 나름 교우관계가 좋아 보였다. 나는 한 달에 한 번씩이라도 주말에 아들을 만나고 음식도 같이 먹고 싶었다. 아들은 악기 연습도 해야 하고 친구들과 놀아야 한다며 엄마의 방문을 극구 사양했다. 방학 때 기숙사에서 짐 빼는 날만 불렀다. 학과 성적도 1~2등 하는 걸 보면 공부할 때 공부하고, 놀 때는 잘 노는 것 같아 대견스러웠다. 그런데 뜻밖에도 2학년 1학기 기숙사 입소가 거부되었다. 무단 외출로 인한 누계 벌점이 많았기 때문이었다. 놀면서 밤이 늦으면 학우 원룸에서 신세를 졌던 모양이다. 기숙사 입소가 거부돼서 할 수 없이 잘 어울려 다닌 학우와 방세를 반반 부담하기로 하고 같은 원룸에서 생활하게 되었다.

어느 날 밤 아들로부터 전화가 왔다. 룸메이트와 도저히 같이 지낼 수 없어서 아는 형 집에서 하룻밤 신세를 지고 있다고 했다. 무슨 날벼락이란 말인가? 오랫동안 고민하고 결론을 내렸는지 그동안 있었던 일들을 차분하게 한 시간 가까이 말했다. 내용은 심각했다. 밤새워 운전하여 새벽녘에 아들이 있는 곳에 도착했다. 그간 얼마나 괴로웠는지 대꼬챙이처럼 말라 있었다. 우선 고시텔로 분가하겠다고 해서 이사를 도왔다. 문제는 학교생활이었다. 상대방 학생과 계속해서 수업을 같이 받아야 했기 때문이었다. 고민 끝에 학과 행정팀을 찾아갔다. ○○센터를 안내받았다. 사전

상담을 했지만, 아들의 신고가 선행되어야 조사가 착수된다고 했다. 참 난감했다. 하루아침에 가해자와 피해자로 나뉘는 순간이 되었다.

아들은 신고와 처벌을 원하지 않았다. 처음엔 상대의 호의와 배려에서 동거를 시작했는데, 지나친 간섭과 구속, 호의에 대한 감사 강요가 둘 사이를 악화시킨 것 같았다. 전 룸메이트의 접근, 연락, 험담이 멈추길 바랄 뿐이었다. 멈추지 않으면 학교에 도움을 청하고 법적인 조치를 하겠다고 편지를 보낸 후 연락을 차단했다. 그런데 협연 수업이 문제였다. 수업영역이라 고민 끝에 대타를 구했는데, 학과 선배님이나 교수님은 아들의 돌발 행동을 그냥 넘어가지 않았다. 사실대로 말할 수 없어서 선의의 거짓말로 핑계를 댔지만, 군기가 센 학과 선배로부터 기본을 모르는 학생이라고 야단을 맞았다. 협연에 참여하는 학생들이 모두 보는 단톡방에서 매장될 위기였다. 기가 막혔다. 프라이버시로 이유를 밝힐 수도 없었고, 상대를 최대한 피하려는 개인 차원의 노력이 물거품이 되고 있었다. 앞으로 제2차, 제3차 피해가 발생하고, 학교생활을 정상적으로 할 수 없겠다는 생각이 들었다. 다시 신고, 휴학, 자퇴, 군대 등 다방면을 생각해봤다. 아들은 학교를 떠나고 싶어 하지 않았다. 하지만 현실적으로 괴로워했다.

내가 나섰다. 일단 협연을 주관하는 교수님께 사정을 말했다. 학생 개인이 해결할 상황이 아니어서 법과 제도에 문을 두드리겠다고 말씀드렸다. 교수님은 현명했다. 모두 당신의 제자였다. 아들과 상대학생을 차례로 불러 상황을 파악했다. 학과 차원에서 이후 건전한 면학 분위기를 위해 상대의 각서를 받는 걸로 마무리되었다.

나는 아들의 교우관계 문제를 두 차례 겪으면서 부모로서 무엇이 최선인가를 생각해봤다. 같은 부모로서 남의 자식에게 모질게 대할 수 없었다. 앞으로 또 어떤 일이 생길지 모른다. 아들이 교우관계나 인간관계에 갈등이 생겼을 때 서로 비방하기보다는 주변에 지혜를 구하고 조력자를 만나 후회 없는 선택을 하길 바란다. 제자들이 교우를 상호 존중하는 예술인으로 잘 성장할 수 있도록 나서주신 고등학교 담임선생님과 대학교수님들께 다시 한번 감사드린다.

"비판하지 말라 그리하면 너희가 비판을 받지 않을 것이요 정죄하지 말라 그리하면 너희가 정죄를 받지 않을 것이요 용서하라 그리하면 너희가 용서를 받을 것이요." (누가복음 6장 37절)

열매 많이 맺는 포도원 비결은

하(下)농은 열매만 가꾸고,
상(上)농은 토양을 가꾼다

농부로부터 자식 농사를 배운다

'자녀교육에 왕도는 없다.'고 하지만 자녀교육을 농사에 비유하면 답이 나온다. 2019년 여름날 남편과 나는 한 그루의 포도나무에서 4천5백 송이가 열리는 포도원을 방문한 적이 있다. 고창군 성송면의 도덕현 농부님의 유기농 포도원인데, 농부님의 배려로 오랜 시간 포도원을 구경하면서 대화를 나누었다.

포도나무 한 그루가 차지하는 면적은 무려 300평이 넘었다. 익어가는 포도가 사방으로 주렁주렁 열려 있었다. 농부님 말씀대로 고개를 다리 사이로 넣어서 거꾸로 위를 쳐다보니 4천 송이 규모가 실감되었다. 잠시 후 포도원의 울타리가 눈에 들어왔다. 울타

리마다 농부님이 어떤 자세로 인생을 살아왔는지를 보여주는 여러 장의 현수막이 걸려 있었다.

"하고자 하는 사람은 방법을 찾고, 하기 싫은 사람은 구실을 찾는다."
"하(下)농은 열매만 가꾸고, 상(上)농은 토양을 가꾼다."
"못할 일도 안 될 일도 없다. 지금 시작하라."
"작물을 내 생각대로 대하지 말고, 작물이 원하는 방식으로 대하라."

마음에 와닿는 참 좋은 명언인데, '하(下)농은 열매만 가꾸고, 상(上)농은 토양을 가꾼다.'는 뜻을 잘 모르겠다고 말씀드렸더니, 농부님이 '발효형 토양'에 대해 긴 설명을 해주셨다. 비료와 축분, 농약을 전혀 사용하지 않고 직접 만든 식물성 발효 유기물 퇴비로 토양을 관리한다고 한다. 정말 울타리 한쪽에는 대나무, 톱밥, 콩깻묵, 두부비지, 현미쌀겨, 옥수수, 밀기울, 버섯배지가 발효되고 있었다. 땅을 잘 만들어 놓으면 날이 덥거나 가물어도 작물이 잘 버티고 뿌리가 건강하여 잎이 반질반질하고 다른 영양제를 주지 않아도 과일 맛이 달다고 했다. 또 열매에 상처가 나도 스스로 면역력이 있어서 짓무르지 않고 잘 아문다고도 했다. 과일이 상처가 나서 짓무르기 시작하면 다른 과일을 전염시키는데, 정말 농부님의 포도는 송이 하나하나가 모두 튼실했다. 포도나무가 건강한 지 테스트하기 위해 어린 포도알에 이쑤시개를 꽂아 놓은 송이가 있었는데, 썩지 않고 비녀를 꽂은 듯 탐스러운 포도송이로 완성되어 있었다. 너무 신기해서 한 컷을 찍은 후 내 카톡 프로필에 지금까지 넣어뒀다. 토양이 좋으면 뿌리도, 나무줄기도, 열매도 튼실하다는 걸 확실히 보여주는 증거였다. 설명을 다 듣고 나서야 토양을 가꾼다는 것은 뿌리와 줄기, 열매 전체를 유기적인 생명체로 보고 함께 가꾼다는 뜻으로 이해가 잘 되었다.

이어서 도덕현 농부님은 포도나무가 가진 유전적 형질에 대해서 재미난 이야기를 해주셨다. 땅속 깊은 곳에는 자갈이 있기에 원래 나무뿌리가 땅속 깊게 들어가는 데는 한계가 있다고 한다. 옆으로 길게 뻗어나갈 수밖에 없다며 어떻게 해서 한 그루의 포도나무가 300평을 차지할 정도로 튼튼한 뿌리를 가졌는지를 들려주셨다.

"제가 키운 게 아니라 포도나무가 가지고 있는 능력을 활용해서 스스로 자라게 한 것밖에 없어요. 포도나무는 원래 척박한 땅에서 자라는 나무입니다. 원산지의 땅보다 조금만 좋게 만들어 줬어요. 한 1미터 떨어져서 물을 줬고요. 또 시들면 더 멀리 물을 주고 해서 이 나무가 가지고 있는 유전적 능력을 키웠어요. 뿌리를 뻗어서 너희가 먹거라.(이하 생략)"

어려서부터 이렇게 키우면 포도나무가 물을 마시기 위해 뿌리를 넓고 깊게 내린다고 한다. 나는 이 대목에서 아이에게 물고기를 잡아주지 말고 물고기를 잡는 방법을 알려주라는 자녀교육의 명언을 듣는 듯했다.

또 뿌리 기능이 좋은 유럽 종 야생 포도나무 묘목에 열매 기능이 좋은 나무를 접붙이면 뿌리는 뿌리대로 잘 뻗어나가고, 열매는 열매 대로 잘 맺게 된다고 했다. 결국 도덕현 농부님의 기적의 4천5백 송이 포도나무 성공비결은 포도나무를 생명체로 보고 뿌리가 튼튼하게 자랄 수 있도록 땅심을 길러줬고, 포도가 가진 여러 유전적 능력을 최대한 발휘할 수 있도록 환경을 조성해 준 데 있었다.

나무도, 아이도 자유를 줘야 행복하게 잘 자란다

나는 두 예체능 꿈나무를 키우는 엄마인데, '하(下)농일까? 상(上)농일까?'를 생각해 보았다. '중(中)농'이라고 말하고 싶다. 두 아들에게 영유아기 때 충분한 사랑을 주지 못했으니 상(上)농이라 할 수는 없고, 하(下)농이라 하기에는 가혹하고, 뒤늦게라도 자녀

들의 개성을 살펴 성장기를 보살폈으니 '중(中)농'이라고 점수를
매겨본다.

　나는 아이들이 어렸을 때 발효된 토양에 해당하는 가정에서의
정서적 안정을 소홀히했다. 성장기에는 다른 집 아이들에게 뒤처
지지 않도록 조기교육 열풍을 따라 여러 학원 수강을 화학비료처
럼 뿌려댔다. 자녀의 재능이나 소질을 살피지 못한 채 그 시대에
유행하는 학습 방법을 따라 이것저것 다 시도해 본 것이다. 그 결
과 아이들은 아이들대로 지쳤고, 아이들과 엄마의 관계도 멀어졌
다. 한참 사랑받고 보호받아야 할 나이에 학원으로 몰아 댔으니
말이다. 그 시절을 생각하면 정말로 마음이 불편하다. 생각할수록
어리석은 엄마였다. 그나마 다행인 것은 내가 아파서 직장을 쉬는
동안 아이들과 함께하는 시간이 많아졌다는 점이다. 아이들이 무
얼 좋아하는지, 무얼 잘하는지 타고난 유전적 능력을 10대 중반
에 차례로 발견하게 되었다.

　큰아들은 남편을 닮아 동네 아이들을 몰고 다닐 정도로 밖에서
노는 걸 좋아했다. 외향적인 아이를 집이나 교실에 가둬두면 공부
보다는 PC게임만 하기 마련이다. 운동으로 방향을 잡아주길 정
말 잘했다고 나는 자화자찬한다. 중3 때 골프를 배워 4년 만에 프
로 테스트에 합격한 것도 아들이 운동에 확실히 소질이 있기에 가

능했다. 내 역할은 유전적 능력을 발견하는 것으로 충분했고, 이어서 큰아들은 골프존 조이마루에서 주니어 선수를 잘 가르치시는 프로님을 만나게 되었다. 즉, 큰아들이 어린 포도나무 묘목이라면 골프존 조이마루는 복합문화시설 형태로 땅심이 좋은 토양이었다. 또 프로님은 멘토 역할을 잘해준 훌륭한 농부였다. 도덕현 농부님이 20년 동안 포도나무와 살면서 껍질만 봐도 나무 상태를 알았듯이, 프로님은 아들과 10년 동안 동고동락하여 부모보다 아들의 심신 건강 상태를 잘 파악하시고 쉼과 맹훈련을 적절하게 조절하셨다. 큰아들을 한 그루의 골프 꿈나무로 잘 자랄 수 있도록 유기농 농부 역할을 톡톡히 해주신 프로님께 진심으로 감사드린다.

작은아들은 초등학교 6학년이 되자, 엄마가 필요하다고 생각해서 보낸 여러 학원을 거부했다. 내게 보냈던 편지가 새삼 생각난다. 자신이 원해서 다닌 학원은 거의 없었다고 말했다. 보내는 곳마다 다 잘해줘서 기대가 컸었는데, 친구들과 놀 시간이 부족하다며 자유를 달라는 불만의 편지를 내게 보낸 것이다. 그 당시는 나에 대한 반격이라고 몹시 서운했는데, 지금 와서 생각하면 정말 고마운 신호였다. 편지는 "저의 인생은 저의 것입니다. 참견하지 마세요."라고 끝났는데, 지금 작은아들은 음악이라는 자신이 원하는 길을 잘 걸어가는 중이다. 자녀가 이것저것 다 잘한다고 하여 더 잘하길 바라는 것은 헤르만 헤세의 자전적 소설처럼 아이를 '수레바퀴 아래'로 밀어 넣는 위험한 일이라고 생각한다.

여러 시행착오를 거친 끝에 10대 중반에 예체능으로 방향을 잡아준 만큼 앞으로 마음껏 기량을 펼칠 수 있도록 정성을 다하고 싶다. 두 형제가 예체능을 하면서 행복하게 자라줬으면 하는 마음이다. 성적이라는 열매에 집착하는 하(下)농이 되지 않겠다. 열매는 아들이 때가 되면 맺을 것이다. 다시 한번 상(上)농 도덕현 농부님의 말을 떠올려 본다.

"포도나무가 포도를 만드는 거지 내가 만드는 게 아니에요. 포도는 포도나무가 키우고 농부는 도와줄 뿐입니다. 나무도 자유를 줘야 행복하게 잘 자랍니다. 저는 작물과 소통하고 흙과 교감하려고 노력합니다."

새는 알을 깨고 나온다

어미 닭과 병아리

자녀교육과 학교 교육의 원리로 널리 사랑받고 있는 '줄탁동시(啐啄同時)'라는 고사성어가 있다. 병아리가 알에서 껍질을 깨뜨리고 나오기 위해 안에서 쪼는 것을 '줄'이라고 하고, 어미 닭이 밖에서 쪼는 것을 '탁'이라고 한다. 이렇게 병아리가 먼저 시도하고 신호를 보낼 때 그 소리를 기다려 온 성숙한 어미가 알 깨는 것을 도와주면 병아리가 세상 밖으로 수월하게 나올 수 있게 된다. 준비되지 않은 알을 억지로 깨면 병아리가 아닌, 계란후라이가 된다는 말이 있는데 부모로서는 상상하기도 싫다.

내게도 '줄탁동시'와 같은 상황이 있었다. 작은아들의 음대입시 준비기간이었다. 고3 초기에 코로나로 집에서 혼자 있는 시간이 많아지자 힘들어했다. 아들은 하루하루 악기 연습할 시간과 운동할 목표를 기록해 놓고 실천하면서도 입시 중압감이 컸다. 어느날 방문을 열고 나오더니 스스로 심리상담을 받겠다고 말했다.

심리검사 결과 보고서에 따르면 '아들의 야망은 한 분야의 정점에 오르는 것이며, 아들의 평생 가장 하고 싶은 일은 대단한 작품을 만드는 것이다. 아들의 심리상태는 자기 기대 수준은 높으나 현실적인 노력은 부족한 상태로, 앞날에 대한 걱정이 내재 되어 불만족감이 높은 것으로 보인다.'라고 요약됐다. 이후 아들은 주 1회 정도 약 두 달간의 상담을 받았는데, 많은 도움이 되었다.

작은아들은 3월부터 본격적으로 서울로 레슨을 받으러 다니면서 의욕을 가지고 열심히 준비해 나가기 시작했다. 토요일에 상경해서 1박2일 동안 선생님 댁에서 레슨을 받았다. 레슨이 없는 시간에는 근처 사설 연습실을 예약하여 연습하였다. 토요일 아침에 서울 가는 버스터미널에 태워다 주고, 일요일 오후에 마중을 나가는 것이 내 역할이었다. 아들도 장거리이긴 하지만, 부지런히 움직이면서 활력을 찾은 것 같았고, 나는 픽업 시간만 잘 맞추면 되어서 엄마로서 할만했다.

6월 어느 날, 아들의 친구 어머니로부터 전화가 왔다. 방학이 곧 시작되고 아이들이 서울을 매주 오르락내리락하면 너무 피곤하니까, 방을 하나 얻어 같이 보내게 하자는 제안이었다. 아들의 친구는 이미 서울 연습실에서 상주하고 있었다. 창문도 없는 지하 연습실에서 연습하고 그곳에서 잠까지 자는데 너무 힘들어했다고 한다. 고생하는 아들을 생각하면 마음이 아프다고 하시면서 긴 전화를 주셨다. 나는 음대 입시 준비 실전 상황을 잘 몰랐다. 그래서 상상이 안 되었다. '연습실이 지하에 있다고? 숙소도 아닌, 연습실에서 잠을 잘 만큼 맹훈련을 해야 대학에 합격할 수 있다는 말인가?' 그랬다. 친구의 어머니는 삼 남매 모두를 국악인으로 키워 냈는데, 막내까지 음대 입시를 벌써 세 번째 준비하고 있었다. 물론 실기시험이라 학생의 연습량이 절대적으로 중요하다는 것은 어느 정도 예상했다. 하지만 하루를 연습으로 다 채워야 할 만큼 혹독하게 연습해야 하는 줄은 몰랐다. 게다가 자기소개서 작성까지 코칭을 받는 학생도 있다고 들었다. 좀 과하다고 생각되었다. 그렇게 하고 있지 않은 학부모로서 잠시 불안감이 찾아왔다.

어쨌든 나는 아들이 일주일에 한 번씩 선생님 댁에서 자고 연습하는 것으로 충분하다고 생각하며 방 구하는 것을 사양했다. 그런데 아들이 동아국악콩쿠르 예선에 통과되더니 뭔가를 결심한 듯 숙식을 겸한 연습실을 구해달라고 요청했다. 그때가 8월 말이었다. 대학가 주변 연습실은 이미 초만원이었다. 아들 친구 누님의 도움으로 S대입구역 주변 연습실을 어렵게 구했다. 다행히도 2층이었다. 제일 작은 룸이 딱 하나 비어 있었다. 사람이 눕고 악기 하나 세우면 발 디딜 공간도 없었다. 나는 한 시간만 있어도 답답해서 죽을 것만 같았다. 음악연습실 현관에 벗어놓은 신발과 우산이 많은 걸 보니, 전국에서 음악을 하는 청년들이 다 모인 것 같았다. 그제야 입시 분위기를 실감했다.

내 평생 잊지 못할 생일축하 연주

동굴 같은 데서 아들은 8월 말부터 11월 말까지 약 100일간을 지냈다. 힘들면 한 번씩 내려오라고 했는데도 입시가 코앞이라 거의 오질 않았다. 모두가 열심히 하니까 하루만 쉬어도 떨어질 것 같은 분위기를 느꼈던 것 같았다. 레슨 선생님은 아들이 동아국악 콩쿠르에서 입상하자, 이번에는 유명 음대에 보내고자 다소 혹독하게 아들을 다그쳤다. 얼마나 많은 연습을 했는지 손가락이 붓다 못해 대나무 뿌리처럼 굵어졌다. 거문고 한 대는 아예 중고가 되어 버렸다. 주말마다 올라가서 장어구이를 한 번씩 사먹였지만, 아들의 몰골은 완전히 말라깽이가 되었다.

입시가 가까이 다가오자 나도 심적 부담이 커졌다. 일곱 개 대학 실기시험 날이 직장의 중요한 업무 일정과 겹치지 않길 바랐다. 바쁜 연말이었지만 동료의 도움도 받고, 주어진 시간에 고강도로 집중했다. H대학만 빼고 다 따라다녔다. 입시 날이면 전주에서 새벽 세 시에 출발하여 아침 여섯 시경 연습실에 도착했다. 아들을 깨워 아침을 먹게 한 후 여덟 시경에 시험 볼 대학에 도착하였고, 나는 시험이 끝나는 동안까지 차 안에서 새우잠을 잤다. 12월 초까지 모든 시험이 끝나고 다음 해 1월 중에 합격 판가름이 났다. 합격한 대학 간판이 중요한 것이 아니었다. 동굴에서 100일간 쑥과 마늘을 먹고 사람이 되어 나온 곰처럼, 아들이 입시 터널을 무사히 빠져나와 음대생이 된 것 자체가 기뻤다. 많은 날을 새벽 운전을 하고 다녔지만, 단 한 번도 교통사고가 안 나서 얼마나 다행인지 모른다.

입시가 끝나고 얼마 안 되어 내 생일이 돌아왔다. 남편은 사업차 집을 비웠고, 큰아들은 근무 중이어서 작은아들과 단둘이서 생일케익 하나를 앞두고 마주했다. 아들은 생일 축하 노래 대신 거문고 연주를 해주었다. 너무너무 감격스러웠다. 한 번 더 연주를 청했고, 오래오래 기억하고자 녹음해 두었다. 그동안은 입시를 위한 연주만 했다면, 그날은 오직 엄마인 나를 위해 연주해 주었다. 입시를 도와준 엄마에 대한 감사의 선물이었다.

최종 진학할 대학이 결정되고 레슨 선생님과 식사 자리를 갖게 되었다. 서울맛집을 잘 몰라서 예약을 부탁드렸는데, 한사코 소고기를 사양하여 낙지 요리를 먹게 되었다. 선생님은 명문대 합격이 아니어서 조금 서운해하신 것 같았다. 선생님께 내가 선생님을 처음 만났을 때 드렸던 말씀을 상기시켜 드렸다.

"부모로서 뒷바라지에 최선을 다하는 데 보람을 느끼지, 본전 생각하는 사람 아니니까 입시 결과에 너무 부담 갖지 마십시오. 중압감 자체가 아이에게 안 좋다고 생각합니다."

선생님도 이를 기억하시고 하반기에 아이를 너무 몰아세운 것에 대해 미안해하셨다. 이어서 최근 내 생일날에 아들이 생일 축하 연주를 해주어서 정말 기뻤다고 말씀드렸더니, 선생님이 깜짝 놀라셨다. 선생님이 파악한 아들은 감정표현을 잘 안 하는 줄 알았다고 했다. 악보대로 거문고를 정확히 연주하지만, 간절한 마음을 담아 연주하지 않은 것이 늘 아쉬웠다고 했다. 즉, 머리로 연주하고 가슴으로 연주하지 않았다는 소리로 들렸다. 나는 이해가 되었다. 음악을 하고 싶을 때 연주해야 하는데, 입시 판가름용으로 연습하니 얼마나 긴장했겠는가. 게다가 코로나로 마스크를 쓴 채로 무관중 연주이거나 병풍 가림막을 치고 연주했으니까 말이다.

감동을 서로 주고받기 위해 연주해야지, 시험합격과 대회입상을 위해 연주해야 한다는 것은 참으로 고통스러운 일이다. 아들은 두 번 다시 고3 시절로 돌아가고 싶지 않을 것이다. 하지만 그때 배웠던 인내와 해내고야 말겠다는 의지들은 경험치가 되어 인격수양과 거문고 실력향상에 큰 도움이 되었을 것이라고 확신한다.

"새는 알을 깨고 나오려고 씨름한다. 알은 세계다. 태어나려고 하는 자는 한 세계를 파괴하여야 한다."

– 헤르만 헤세의 《데미안》 중에서

하고자 하는 자는
방법을 찾는다

거문고 청년의 화려한 변신

"하고자 하는 사람은 방법을 찾고, 하기 싫은 사람은 구실을 찾는다."

사람의 마음은 흔들리는 갈대와 같다. 하고 싶은 이유 100가지를 찾을 수도 있고, 하기 싫은 핑계도 100가지를 댈 수 있다. 할까 말까 망설일 때 하고 싶은 이유 하나 더 찾아내면 그때부터는 마음먹은 일이 술술 잘 풀린다. 직장 일이든, 가정사든 회피하거나 포기하지 않겠다고 마음만 먹으면 풀어나갈 방법도 찾아지고 협력하는 사람도 나타난다. 이를 여러 차례 경험했다. 결국에는 기대했던 것 이상의 성과를 내기도 한다. 참으로 마법의 힘을 가진 마음 자세다.

하고 싶은 일이 있을 때 방법을 찾으려는 마음 자세가 아들 형제에게서도 발견되어 정말 흐뭇한 적이 있었다. 작은아들이 대학 2학년 1학기를 마치고 7월에 있을 군악병 모집공고를 기다리는 중이었다. 그런데 기다렸던 거문고 부문은 없었고, 아쟁 부문 단 한 명을 모집한다는 공고만 게시되었다. 아들은 아쟁을 배워본 적이 없었다. 우선 절망적이었다. 전형 일정은 빠듯했다. 8월 초에 지원을 신청하고 9월 초까지 실기영상물을 제출하면 9월 말에 최종 선발되는 일정이었다.

아들의 고민은 의외로 짧았다. 군악대에 지원하고 싶었기에 아쟁 부문에 도전했다. 거문고 부문 모집공고가 다음 학기에 다시 뜰지 모르는 상황에서 막연하게 기다릴 수는 없었다. 차선책이 최선일 수도 있겠다며 아쟁 부문을 준비하기 시작했다. 나는 또 다른 걱정이 시작되었다. 아쟁이란 악기를 어떻게 구할까? 레슨은 누구한테 어떻게 받지? 만일 합격하지 못하면? 국방부 공고문은 해당 분야 최고 수준을 요한다는데, 참으로 걱정이 되었다.

엄마가 이렇게 고민하는 사이에 아들은 아쟁을 학교에서 대여해 왔다. 또 지인으로부터는 아쟁 연주자 겸 창작자로 활발하게 활동 중인 선생님을 추천받았다. 그리고 같은 현악기라 빨리 배울 수 있을 것 같다고 나를 안심시켰다. 배워서 도전해 보겠다는 의지가 확고했다. 부모에게는 여름방학 동안 기숙할 고시텔과 연습실 비용 및 레슨비용을 부탁했다. 입대하면 못 해준 것만 생각날 것 같아서 편하게 잘 수 있도록 조금 넓은 고시텔을 구해주었다. 레슨비는 생각보다 저렴하게 받으셨다. 나중에 들은 이야기인데, 고향 선배님이기도 하고 아들이 배우는 속도가 빨라서 기특하게 여기셨다고 한다.

이래저래 생각하면 아들은 고3 때부터 대입시 준비와 국악대회 출전 등 참으로 바쁜 나날을 보냈다. 군 입대를 앞둔 2학년 여름방학은 군악병 시험준비와 고종사촌 누이 결혼 축하연주까지 예약되어 있었다. 차이가 있다면, 고3 때까지는 부모가 여러 가지를 많이 도왔지만, 대학에 진학한 뒤로는 전공에 관한 일은 대부분 본인이 완벽하게 해낸 것이다. 아들이 음악전공자가 되어 그 세계에서 누가 실력자인지를 엄마보다 훨씬 잘 알게 되었기 때문이다. 그리고 수도권은 전국에서 내로라하는 음악인들이 다 모이는 곳 아니던가. 아쟁 분야 최고의 선생님을 만난 덕분인지 군악대 시험에 잘 통과하였다. 새로운 악기를 한 달 만에 익혀서 군악대 시험에 합격했다니, 선생님도 실력자고 아들도 확실히 악기에 소질이 있다는 것을 다시 한번 느끼게 되었다.

결혼식 축하 연주도 하객들의 거문고에 대한 인식을 바꿀 정도로 아들은 김용실 선생님의 〈출강〉이란 곡을 힘차게 연주했다. 이 곡은 흥남제련소에서 쇠를 뽑는 과정을 생생하게 보고 작곡한 것인데 가락이 매우 역동적이다. 아들은 신랑·신부의 새 출발과 형통함을 기원하는 마음으로 준비했다고 한다. 이렇게 지난해 여름 아들은 국악 청년의 입지를 확실히 세웠다. 지금은 바라던 군악병이 되어 다양한 음악전공자들과 교류하면서 음악의 세계를 넓혀나가고 있다. 어느 휴일에 전화가 왔다. 근황을 물었다. 올해는 코로나가 풀려 국가 의전행사가 많이 예정돼 있어서 그것을 준비하고 있다는 말을 했다. 그건 예측했었다. 나를 아주 놀라게 한 말은 따로 있었다.

"프랑스어를 유튜브로 배우고 있어요."

나는 순간 또 다른 즐거운 상상을 했다. '프랑스 유학을 다녀온 군악병과 친하게 지내는 걸까? 아니면 한류의 세계화에 기여하고 싶은 걸까? 국악 전공자는 유학을 가는 경우가 드물어서 서양음악을 전공하는 자녀의 부모보다 뒷바라지 비용이 덜하다고 생각했는데…' 그러나 걱정하지 않기로 했다. 유학을 가고 싶다면 부모에게 의지하기보다 본인 스스로가 방법을 찾아낼 것이기 때문이다.

신상 관리도 잘하는 프로골퍼가 되길

작년 여름은 작은아들뿐만 아니라 큰아들도 부모를 깜짝 놀라게 했다. 아버지와 몇 차례 전화를 주고받더니 신축한 지가 얼마 안 된 투룸 전세 계약서를 쓰고 이사 날을 잡은 것이었다. 하지만 온 가족이 다 바빠서 이사를 도울 수가 없었다. 큰아들은 투어프로선발전을 준비하고 있었고, 남편은 CBMC 한국대회에 참가할 계획이었다. 나는 지방에서 국가기관으로 파견이 예고된 상태였다. 모두 다 중요한 시기였고 긴장하고 있었다.

이 와중에 큰아들이 갑자기 집을 옮기겠다니, 이해가 안 되었다. 대전 청사 주변에서 살아 불편함이 없어 보였는데, 마침 계약 기간도 만료되었고, 이사하고 싶은 주된 이유는 벌레 때문이라고 하였다. 구조가 오래된 집으로 여름철엔 벌레가 많이 생겼다. 이미 아들은 부동산중개인을 통해 이사 갈 집까지 구해 놓은 상태였다. 아르바이트와 본인 훈련을 마친 뒤에는 집에서 푹 자고 싶은데 벌레 때문에 차 안에서 에어컨을 켜고 잤다고 한다. 아들은 골프존 아카데미 연습실에서 근무하면서 나름 위생 눈높이가 높아졌고, 본인도 쾌적한 주거생활을 하고 싶었던 것 같았다.

부모로서는 집을 옮긴다니 '배부른 소리 아닌가?' 했지만, 우리 부부는 생각을 바꾸었다. 아들은 예전의 고등학생이 아니었다. 체격도 좋아지고 프로로서 각종 경기에 출전하면서 아르바이트도 하고 있어서 옷가지와 골프용품들이 상당히 많아졌다. 원룸으로는 감당이 안 되었다.

아들이 잡은 이삿날은 하필이면 8.15 광복절이었다. 아들은 이사 후 곧바로 골프 경기가 있는 곳으로 짐을 꾸려 떠나야 했다. 부모는 이미 CBMC 한국대회가 열리는 부산으로 향하는 버스를 타고 있었다. 도와줄 수가 없어서 전화로 이것저것을 안내했다. 잘 처리할지 걱정됐는데, 전출지에서 가스, 수도, 전기료를 정산하고 전입지에서도 새로 개통하여 우선 생활하는 데는 불편함이 없도록 조치하였다. 짐이 상당히 많았는데도 비용을 절약하기 위해 직접 박스를 구입해서 두 차례 자동차로 오가며 이사를 했다고 한다. 기특했다.

주민등록 전입신고는 휴일이어서 할 수 없다고 했다. 나는 이사한 집 구경도 갈 겸 휴가를 내어 전입신고와 임차계약서 확정일자를 도왔다. 행정복지센터 민원창구까지만 동행해 주었고, 아들이 서류를 직접 작성토록 하였다. 처리되었다는 알림서비스를 받고 나서 아들은 만족스러워했다. 지금까지는 내가 행정공무원이었기에 관공서와 관련된 일을 전적으로 처리해 주곤 했었다. 이제는 스스로 할 나이가 되었다.

한동안 '무소식이 희소식이다.' 하고 잘 지내고 있었다. 그런데 지난 5월 말에는 종합소득세 신고 건으로 애를 먹은 모양이었다. 아들이 국세청 홈페이지에 들어가 신고하다가 신용카드 사용액이 연말정산 간소화 서비스로 불러오기가 안되다며 도움을 요청했다. 나는 근로소득자라 종합소득세 신고 경험이 없었다. 솔직히 몰랐다. 콜센터 전화는 연결이 되지 않았다. 일단 세무서를 직접 찾아가서 알아보라고 했다. 세무서도 대기자가 많아서 난감한 상황이었다. 남편이 마감 시간을 앞두고 제대로 나서줬다. 프리랜서는 카드사용 내역을 직접 받아야 한다는 걸 지인인 세무사님을 통해서 알게 되었다. 아들은 이틀 전부터 하루 종일 했어도 너무 어려워서 해결하지 못했는데 아빠 덕분에 끝냈다며 무척 고마워했다.

이번 일을 계기로 다음부터는 미리미리 챙기겠다며 부모를 안심시켰다. 오히려 내가 반성하는 계기가 되었다. 두 아들이 모두 스무 살이 넘었는데 아직도 내가 돌봐야 할 아들로 생각하고 있으니 말이다. 본인 신상에 관한 병역과 주거·재무·세무에 관한 일 만큼은 아들이 어떻게든 배워서 스스로 권리를 지키고 의무를 이행해야 한다. 아들들이 일단 결심하면 잘한다는 것을 체험했으니,

노심초사하지 않고 나의 하루하루를 즐겁고 편안하게 보내야겠다고 마음먹는다. 목마른 자들이 우물을 파고, 우물 파는 방법을 찾기 마련이니까.

4

부모의 경제력보다
부모의 멘탈이 중요하다

남편의 직업을 바꾼 아들

고교 시절에 프로골퍼 지망생이었던 아들이 다녔던 연습장에서 성인 회원들로부터 자주 받는 질문이 있었다.

"아버님이 무슨 일을 하시는지?"

처음에는 '공무원'이라고 대답했다가 어른들 표정을 보고 '사업하십니다.'라고 바꿔 말했다고 한다. 공무원이라고 대답하면 계속 질문이 이어지기 때문이다. 주변 주니어 선수 부모님을 보더라도 직업이 공무원인 경우는 드물었다. 대부분 사업을 하시는 분들이었다. 공직자 월급으로는 엘리트 체육을 뒷바라지하기가 사실 버겁다. 지난 10년간 버텨온 것은 남편과 내가 맞벌이 공직자였고, 양식을 시댁에서 지원받았기 때문이다. 남편의 주식투자도 한몫했다. 그러나 주식시장은 늘 출렁거렸다.

월급과 주식에만 의지할 수 없어서 남편은 큰아들이 프로 골퍼가 되었던 그 이듬해 창업에 관한 책 한 권을 출간하고 공직을 명예퇴직하였다. 법무사 개업 전후 남편의 독특한 행보는 대한법무사협회와 지역신문의 취재 대상이었다. 개업 동기를 당당하게 다음과 같이 말했다.

"영원히 지속되는 것은 없습니다. 미래를 준비하고 싶었습니다."

"주식시장 폭락으로 경제적 궁핍이 왔어요. 두 아들이 예체능을 하는데요, 공무원 월급으로는 뒷바라지하기가 턱없이 부족했어요." 이렇게 옹색하게 말하지 않았다. 남편은 자신의 책에 소개한 도덕현 포도원 농부님처럼 선택과 집중이라는 4천5백 송이 포도나무 플랜을 갖고 전국에 법무컨설팅 그룹 200개 지점을 세울 계획이다. 레드오션인 법조계에 발을 디딘 남편에게서 두려움은 보이지 않았다.

프로가 된 아들이 선수로서 기량을 펼치지 못하고 가정형편으로 바로 군에 입대한 것이 매우 가슴이 아팠을 텐데도 그는 다음과 같이 즐겁게 말했다.

"아들과 함께 비행기 타고 미국엘 가서 경기를 잘 마치고 돌아오는 걸 상상하고 있어요."

"갈 길이 멀어요. KPGA 투어프로선발전(정회원)도 아직 통과하지 못했어요. 천 리 길도 한 걸음부터예요." 내가 남편에게 이렇게 말한다면 못된 드림 킬러가 되는 거다. 남편은 전문경영인 마인드를 지닌 드림 메이커로 변신한 지가 오래되었다. 큰아들을 골퍼의 길로 잡아준 것은 나였지만, 정작 나는 골프를 치지 않고 있다. 나라도 골프비용을 아끼자는 생각에서였다. 이것이 나의 한계였다. 반면에 남편은 개업 후 비즈니스로 골프를 수시로 치고 있다. 사업도 하고 아들의 도약을 끊임없이 상상하는 시간이 되었다. 최근에 아들이 KPGA 투어프로선발전 예선을 통과하자, 남편이 아들의 골프 백을 메는 소원이 이뤄졌다며 엄청나게 들떴었다. 틈만 있으면 하루 2만 보를 걸었다. 한여름 날 4일간 치러질 경기에서 캐디인 본인이 행여라도 지칠까 봐 체력을 단련하는 모습이 참 대단해 보였다.

얼마 전 JTBC 골프 프로그램에서 골프의 신이라 불리던 홍태식 프로님이 딸인 홍예은 프로를 미국에서 뒷바라지하는 걸 본 적이 있다. 딸이 골프를 잘 칠 수 있도록 건강식부터 멘탈까지 완벽하게 돌보는 아버지의 헌신적인 하루하루 일상을 보았다. 뜨거운 부성애가 느껴졌다. 내 마음에 와닿은 시청자의 댓글이 있어서 몇 개를 옮겨 본다.

"아버지의 기대라는 짐보다는 딸이 노력한 결과로 성공하길 응원합니다."

"아버님도 자기 인생을 사셨으면 좋겠어요. 너무 고생이 많으십니다."

"비용, 시간, 육체적 노동, 온 생활을 자녀 중심에 맞춰야 하고 본인 생활은 제로죠."

"딸은 먼 훗날에도 정말 좋은 아빠로, 존경스러운 아빠로 기억하겠죠. 자식한테 그렇게 헌신적인 아빠로 기억된다는 것은 정말 좋은 행복한 인생을 산 것입니다."

긍정의 힘, 부모 멘탈이 반이다

홍 프로님 부녀 이야기는 남의 이야기가 아니다. 바로 우리 집안 이야기다. 남편과 아들의 관계가 떠올랐다. 남편과 아들 사이에는 이미 사랑과 존경의 관계가 형성되어 있었다. 말썽꾸러기로

서 아버지를 번뇌케 한 10대 아들이 아니라 어느덧 아버지의 꿈
이 된 20대 청년이다. 나는 위 댓글처럼 내 아들이 아버지의 기대
라는 짐보다는 아들의 땀방울로 성공하길 바란다. 개업 후 남편의
지난 3년을 회상해 본다. 개업 초기엔 까만 머리였는데, 지금은
흰머리가 휘날리는 반백의 신사가 되었다. 철이 든 아들이 헌신적
인 아빠의 모습을 보면서 한번은 죄송해하며 다음과 같이 진지하
게 말했다.

"내가 나중에 아버지가 된다면, 나는 내 아들에게 아빠처럼 못
할 것 같아요."

아들이 아버지에게 감사하는 마음을 갖고 있다는 자체가 내게
는 기쁨이다. 경기 성적이 주는 기쁨은 그날 경기 하루면 끝나지
만, 아들의 효심이 담긴 말은 내 마음에 오래도록 머물며 행복을
준다. 그리고 남편에게도 감사드린다. 남편이 가정경제에 빨간불
이 켜졌을 때 여전히 공직자로 남아서 아무런 대책을 세우지 않았
더라면 어떻게 되었을까? 아들은 선수로서 피어나지도 못하고 일
찌감치 레슨프로로 전향했을 것이다. 남편은 프로가 아니어서 홍
태식 프로님처럼 직접적으로 아들을 이끌 수는 없다. 훈련 전반
은 선생님께 의지하고 있으며, 남편은 사업체를 운영하면서 어느
정도 거리를 두고 돕고 있다. 나는 이 점이 좋다. 남편의 꿈과 아

들의 꿈이 일치하기보다 각각 공존하면서 조화를 이루길 바란다. 즉, 남편에겐 남편의 삶이 있고, 아들은 아버지에게 갚지 않아도 될 사랑의 빚만 지면 좋겠다.

사실 지금 법무사업계는 불경기라고 한다. 그런데도 남편이 무슨 일이든 의욕적으로 하고 있는데 그 이유가 뭘까? 사업 목표와 아들에 대한 간절한 소망이 있기 때문이다. 그러니까 남들이 어렵다고 시도조차 하지 않는 그 많은 일을 척척 해내고 있다. 또 그걸 고생이라 생각하지 않고 소망이 성취되었을 때를 생각하며 기쁘게 일하고 있다. 그 모습은 아들에게 올인하는 딱한 아버지라기보다 주변에서 열정 맨으로 사랑받고 있다. 나의 경우는 현실적으로 어려울 때면 이를 어떻게 헤쳐 나갈까를 고민하느라 밤새 잠을 못 자는 스타일이다. 반면에 남편은 일단 밤새 깊은 잠을 자고 새벽에 맑은 머리로 풀어갈 방법을 찾는다. 그리고 해낸다. 요즘 유행하는 IT 용어로 말하자면, 남편은 애자일(agile) 방식의 사람이다. 무슨 일을 할 때 잘 계획하고 분석하기보다는 남편은 일단 좋다고 생각하면 우선 진행하고, 개선할 점이 있으면 빠르게 보완하면서 의도했던 것보다 더 크게 성취해 나간다. 바로 하고 보자는 행동력이 장점이다. 남편의 이러한 낙천적인 인생관을 아들이 닮았으면 좋겠다. 아들이 무명 선수로 긴 시간을 보내고 있는데, 쨍하고 해 뜰 날을 즐겁게 상상하면서 담대하게 경기에 임하길 바란다.

아들이 힘들어하면 부모도 힘들다. 또 부모가 힘들어하면 아들이 힘들어한다. 남편이 아들에게 늘 강조는 말이 있다.

'골프는 멘탈이 반(半)이다.'

나는 나머지 반을 추가해서 적어본다. '나머지 반(半)은 골프선수를 뒷바라지하는 부모의 멘탈'이라고. 문득 내 스마트폰 속에 들어있는 명언이 떠오른다. 아들을 지도하시는 프로님이 운동선수를 양육하는 부모에게 교훈이 될 만한 명언이라며 내게 보내주신 것이다. 작자 미상의 영문으로 된 것인데, 영어 단어 뜻을 살려 천천히 음미해 보면 부모의 마음가짐에 정말 큰 도움이 된다.

"당신의 아이가 스포츠에서 성공하거나 성공하지 못한다고 해서 당신이 어떤 부모인지를 알 수 있는 것은 아닙니다. 하지만 코칭이 가능하고, 존경스럽고, 훌륭한 팀 동료이며, 정신적으로 강인하고, 탄력적이며, 최선을 다하는 운동선수가 있다는 것은 여러분의 양육방식을 직접적으로 반영하는 것입니다."

(Your child's success or lack of success in sports does not indicate what kind of parent you are. But having an athlete that is coachable, respectful, a great teammate, mentally tough, resilient and tries their best is a direct reflection of your parenting.)

효율적인 스윙!
즐거운 골프!

슬리퍼와 함께 성장한 아들

"○○이는 185m, 95kg의 우수한 신체조건에서 300m가 넘은 비거리를 자랑한다. 장타가 뒷받침되기 때문에 잠재적인 성장 가능성이 무한하다."

아들의 지도자인 프로님이 2020년 9월에 언론사와의 인터뷰에서 아들이 골프선수로서 상당한 장점과 잠재력이 있음을 객관적으로 증명해 주었다. 남편도 아들의 긴 다리와 장타력은 언더파에 유리하다고 말했다. 게다가 남편은 아들의 외모가 연예인이 되어도 부족함이 없을 만큼 출중하다고 늘 만족스러워했다. 아들이 생후 6개월 때 '살기 좋은 남원'이라는 남원시 종합화보의 모델로 등장한 적이 있다. 그런데 나는 아들이 자라면서 반바지와 슬리퍼를 신고 돌아다니는 모습이 각인되어서 그런지 연예인이 될 정도는 아니라고 생각했다. 오히려 단정하게 보이지 않는 것 때문에 스트레스를 받았다. 사람 자체를 보지 않고 옷과 신발을 보는 내 눈이 잘못되었다는 걸 나중에야 알게 되었다.

아들은 어려서부터 운동을 좋아했기에 거의 1년 내내 반바지를 입었다. 운동할 땐 운동화를 신었지만, 나머지 시간은 슬리퍼였다. 아들은 신고 벗기가 편해서 슬리퍼를 애용했겠지만, 나는 그게 예의 없어 보였다. 그렇게 바라본 사연이 있다. 아들이 초등학교 때 내 직장 구내매점에서 아이스크림을 사 먹은 적이 있었다. 매점을 이용할 수 있는 구내식당 식권을 내가 여러 장 주었기 때문이었다. 자주 와서 내 상사님이 아들을 알아볼 정도였다. 한번은 상사님이 담배를 사러 매점을 다녀오시더니 사무실에 돌아와서 나에게 큰 소리로 던진 말이 있었다.

"야, 네 아들이 슬리퍼 신고 매점에 왔더라."

악의는 없었지만, 나는 낯이 뜨거워졌다. 전문 직장인답지 않게 칠칠하지 못한 애 엄마 모습으로 폄하되는 것 같았다. 그 뒤로 나는 아들의 슬리퍼만 보면 미웠다. 물론 보기 싫은 것보다 발이 미끄러져 다치면 안 되는데 하는 염려의 마음이 더 크다.

아들은 성인이 된 지금도 운동할 때를 제외하고는 슬리퍼를 평상시 즐겨 신는다. 3년 전 새전북신문사와 조인식이 있었던 날도 '혹시라도 복장이 불량하면 어떡하지?' 하며 나는 노심초사했다. 쓸데없는 걱정이었다. 준수한 외모가 빛날 만큼 단정한 복장으로 신문사에 나타났다. 사장님과의 간담에 이어 조인식과 강교현 기자님과의 인터뷰까지 예의 바르게 잘 마쳤다. 엄마로서 대만족이었고 신문에 잘 보도되었던 날이었다.

남편의 지인이자 파워 블로거인 정진훈 선생님도 조인식 자리에 와주셨는데, 아들이 골프계의 큰 별로 기대가 크다며 아들의 다양한 사진을 '전주 플랫폼'에 멋지게 담아 주셨다.

모자를 벗은 사진은 반곱슬머리와 굵고 진한 눈썹과 갸름한 턱이 또렷하게 보였다. 두상이 작아 모자를 쓴 사진도 매우 잘 나왔다. 모자를 썼든지 벗었든지 간에 미소가 얼굴 분위기를 확 살렸다. 블로그에 담긴 아들의 사진은 전체적으로 미켈란젤로가 조각한 다비드상 같았다. 아이언 샷을 하는 모습도 찍혔는데, 골프존 조이마루 잔디광장에 있는 커다란 골프선수 조각상처럼 멋졌다. 이날 보여준 아들의 매너와 단정한 복장으로 인해서 나도 이제는 아들이 확실히 출중한 외모를 갖춘 운동선수라고 인정하기 시작했다.

어렸을 때 아들이 슬리퍼를 신고 엄마 직장엘 찾아올 수도 있는 것인데, 내게는 어찌 그리 큰 상처가 됐는지 내가 참 한심스럽다. 지금도 아들을 만나면 무슨 옷을 입었는지, 혹 슬리퍼를 신었는지부터 살펴본다. 엄마와 아빠를 만나러 집에 오는 날은 편하게 옷을 입고 올 수 있는데 내가 참 유별나다. 생각해 보니 아들에게 그간 운동복과 운동화만 사주었다. 양복 한 벌, 구두 한 켤레는커녕 평상복과 단화도 사준 적이 없다. 그래서 성인이 되었어도 평상시에 티셔츠와 반바지만 입고 슬리퍼를 신었는지 모르겠다. 갑자기 미안한 생각이 든다.

준수한 체격과 예쁜 미소가 각인된 날

아직도 슬리퍼를 즐겨 신고 있지만, 골프 경기장이나 연습장에서의 모습은 내가 전혀 걱정하지 않아도 될 만큼 훈남으로 잘 다니고 있음을 제대로 본 적이 있었다.

2021년 6월, 나는 직장의 당직 대체 휴무를 활용하여 대전을 다녀온 적이 있었다. 당초 목적은 작은아들의 국악대회 예선이 있는 날이라서 악기를 수송해 주기 위해서였다. 그런데 작은아들은 '오전에 대회 마치고 오후엔 바로 학교 시험이 있어서 엄마와 점심을 같이할 여유가 없다.'며 극성인 엄마의 서울행을 극구 사양했다. 은근히 좋은 성적을 기대하는 엄마가 부담스러웠을 것이다. 할 수 없이 악기 수송에 필요한 콜밴을 불러주고 나서 나는 행선지를 대전으로 바꿨다. 큰아들을 찾아갔다. 점심때 아들 차를 탔는데, 장거리 경기를 자주 다니는 것이 늘 걱정이 되어서 카센터를 찾아갔다. 총 주행이 11만 킬로가 넘어 전반적인 수리가 필요했다. 큰아들은 오후에 근무해야 한다며 일찍 떠나고, 나 홀로 카센터 고객 쉼터에서 남게 되었다. 나도 모르게 눈이 감겼는데 아들에게서 긴박한 전화가 왔다.

"세 시까지 출근해야 하는데 모든 운동화가 자동차 안에 있고, 숙소에는 슬리퍼만 있어요."

또 슬리퍼? 준비성이 없다고 야단칠 상황은 아니었다. 차는 아직도 수리 중이었다. 거리는 멀고 아들의 근무복장은 중요했다. 운동화를 트렁크에서 꺼내서 왕복 택시를 타고 일단 신발배달에 성공했다. 돌아오는 차 안에서 안도의 숨을 쉬었다. 운동을 안 할 때라도 발 편하게 슬리퍼를 신고 쉬고 싶은가 보다며 그냥 나는 마음 편하게 생각했다. 오후 네 시, 아들이 레슨 한 타임이 끝났는지 내게 전화를 했다. 미안하고 고마웠나 보다. 아들의 근무지로 수리한 차를 몰고 갔다. 그간 어엿한 성년으로 자라나 훈련과 레슨을 병행하고 있는 아들 근무처를 너무너무 보고 싶었다. 쉬는 시간을 이용해서 들어갔다.

실내 운동시설인데도 첫인상이 아주 쾌적하고 넓어 보였다. 프런트에는 아카데미 점장님이자 아들 선생님의 슬로건이 붙어 있었다.

'다시는 오지 않을 오늘, 후회 없이 행복하게'

그날은 내가 행복한 주인공이 된 기분이었다. 홀로 국악대회에 나간 작은아들이 예선을 통과했고, 대전에 우연히 와서 큰아들의 차도 고쳐주고 큰아들이 연습하는 장소까지 구경하게 되었으니 말이다. 연습장 벽에는 지도하는 프로님들 사진이 실물 크기로 걸려 있었다. 아들 사진 앞에서 멈추었다. 사진 속 아들은 '효율적인 스윙! 즐거운 골프!'라는 슬로건을 내세웠고, 자신 있게 팔짱을 끼고 미소 짓고 있었다. 천천히 바라보니까 정말 멋졌다.

엄마의 마음을 읽은 듯 점장님은 아들 실물모형 사진 아래 아들과 나를 세워 사진을 찍어주셨다. "하나, 둘, 셋!" 구령에 맞춰서 나는 활짝 웃었다.

그날 내가 마스크 쓰고 가길 정말 잘했다. 내 넓은 얼굴에 콧구멍이 벌렁벌렁 커지고 입이 활짝 벌어지는 모습을 감출 수 있었다. 내가 아들이 슬리퍼 신은 걸 싫어하듯이 아들은 엄마가 활짝 웃는 모습을 싫어한다. 너무 크게 웃어서 치아가 다 보이고, 얼굴이 하회탈처럼 주름이 지기 때문이다. 반면에 아들은 얼굴이 작아 웃으면 미소처럼 예쁘다. 모자지간이 참 우습다. 아들의 슬리퍼와 엄마의 주름이 뭐길래 서로 정색하며 싫어하는 걸까? 벌써 2년 전 일이지만, 사진을 바라보니 그날의 기쁨과 내 생각들이 고스란히 살아난다. 아들의 슬리퍼가 아들의 발을 숨 쉬게 하니까, 이제부터라도 그만 미워하고 예쁘게 바라봐야겠다. 아들도 내가 행복해서 크게 웃는 걸 예쁘게 봐주길. 아들의 준수한 체격과 아들의 미소가 '효율적인 스윙! 즐거운 골프!'로 더 빛이 나길 바란다.

아들의 땀방울과 엄마의 기도

땀은 거짓말하지 않는다

2022년도 봄날에 TVN 주말 드라마 〈스물다섯 스물하나〉를 봤다. 1998년부터 2000년대 초반까지 IMF 외환위기를 겪었던 청춘들의 아픔과 성장을 그린 청량 로맨스다. 김태리와 남주혁이 열연했다. 김태리는 펜싱선수 나희도로 나온다. 열정과 패기, 도전이 주특기로 '하면 된다'의 상징이다. 남주혁은 남자 주인공 백이진 역을 맡았는데, IMF로 인해 집이 풍비박산되자 신문배달 등 아르바이트를 하면서 억척스럽게 살아간다. 나희도 집에 신문을 배달한 것이 인연이 되어 사랑하는 사이로 발전한다. 스물셋에 방송국 스포츠부 기자가 되고, 훗날 특파원을 거쳐 앵커가 된다. 나희도의 롤모델이자 라이벌인 고유림 선수는 가난한 집 딸인데, 한 때 부유했던 백이진의 집으로부터 선수 후원을 받은 적이 있어 갈등 관계에도 이른다. 이들의 이야기는 시대의 아픔과 성장통 속에서도 아름다운 우정을 꽃피우며 각자의 꿈을 성취하는 것으로 마무리된다. 누구에게나 소중한 청춘 시절이 있었기에 시청자들의 많은 사랑을 받았다고 한다.

이 드라마 촬영지가 대부분 전주 한옥마을이었다. 주인공들이 한벽루 터널과 다리를 오가는 장면이 많은데, 청춘들이 방황을 통해 성장한다는 것을 상징적으로 보여주었다. 전주에서 촬영했다는 것 외에도 20대 초반의 골프선수를 키우는 엄마로서 운동선수들의 열정과 의지 그리고 청춘 로맨스에 많은 공감이 가서 몰아봤다. 또 대다수 시청자는 그냥 스쳐 지나갔겠지만, 나는 전국체전 장면에서 펜싱 경기장에 걸린 현수막 하나를 뚫어지게 쳐다봤다.

"땀은 거짓말하지 않는다."

100퍼센트 맞는 말이다. 오죽하면 '오늘의 땀방울이 내일의 금메달'이라는 체육계 구령이 있겠는가? 아들은 군 전역 후 2년째인 2022년 봄부터 좋은 성적으로 경기 예선을 통과하기 시작했다. 그렇게 되기까지 아들은 많은 땀방울을 흘렸을 것이다. 첫술에 배부를 수는 없지만, 작년 여름 투어프로선발전 본선까지 쭉 통과되길 바랐다. 얼마나 간절했던지 손목 염증에도 불구하고 진통제를 먹고서 경기를 치르기도 했다. 비바람까지 몰아쳐서 끝까지 경기를 치르기가 힘들 정도로 날씨가 험상궂었다. 최종 통과하지 못했다는 소식을 듣고 마음이 아팠지만, 빗길에 안전하게 돌아온 것만으로도 감사했다.

아들의 2023년도 목표는 KPGA 투어프로테스트를 통과하여 정회원이 되는 것이다. 그다음엔 생애 첫 우승을 하는 것이 목표일 것이다. 매달 두세 번씩 대회에 출전하고 있다. 경기 일주일 전에 실전 경기장을 다녀오고, 전날 오후에 연습하며, 경기를 치른 후엔 쉬지 않고 또 연습장에 가서 몸을 푼다. 이렇게 한 경기를 치를 때마다 최하 네 번의 정성을 다한다. 한 경기를 준비하고 치를 때마다 흘리는 땀방울이 어마어마하다. 그 많은 연습 시간에 비례하여 부모의 비용도 만만치 않음을 잘 아시는 프로님은 최근에 특별한 대안을 찾아주셨다. 잠을 줄여야 하는 단점이 있지만, 군산 CC 연습장에서 일하면서 개장 전과 폐장 후에 마음껏 운동할 수 있게 되었다.

주경야독하는 아들을 위해 내가 할 일은 무엇인가? 아침, 저녁으로 늘 기도하는 것이다. 근무를 위해 새벽에 운전하는 아들의 안전 운행을 기도하고, 경기 날 한여름 뙤약볕에서 혹은 장대비

속에서 하루에 네 시간 이상 경기를 하는 아들의 체력을 위해 기도에 매달렸다.

가장 기도를 많이 하는 시간은 내가 운동하는 시간대인 토요일과 일요일 아침이다. 땀 흘리며 운동할 때 땀 흘리는 운동선수 아들 생각을 많이 하게 된다. 나는 테니스 레슨을 약 40분간 받는다. 코치 선생님이 던져주는 공을 정확히 쳐서 다시 네트로 넘기는 일이다. 늘 하던 패턴이어서 운동을 하며 기도하는 것이 어렵지 않다. 특히 스매싱할 때는 아들이 정상을 향하여 웅비하기를 간절히 바라는 내 소망을 담아 왼손으로 공을 조준하고, 오른손 라켓으로는 활을 쏘듯 공을 힘차게 넘겼다. 이렇게 주말에 운동하면서 기도하고, 교회에 가서 기도하고, 경기 당일에 기도하고, 경기를 마친 후엔 또 감사기도를 드린다. 한 경기당 이렇게 수시로 기도하고 있다. 누군가 내 기도를 자녀의 입신양명을 위한 기복신앙이라고 비난해도 좋다. 아들이 땀 흘리며 열심히 운동하는데 기도하지 않는 어머니가 오히려 비정상 아닌가?

다시 새 경기를 도전하고 준비하는 마음

아무리 연습을 많이 해도 시합을 앞두고 있으면 중압감이 찾아온다. 오래전 고등학교 때 학생대회가 열리는 무안CC 퍼팅 연습장에서 아들은 낮은 목소리로 내게 말했다.

"골프를 취미로 한다면 얼마나 좋을까요? 싱글만 쳐도 잘 친다는 소리를 들을 텐데요."

아들의 타고난 운동신경에 날개를 달아주고 싶어서 골프를 권한 사람은 나였다. 물론 처음엔 취미로 시작했다. 하지만 취미로 계속하라고 부모가 뒷바라지하는 건 아닌데, 이 말을 들었을 때 정말 당황했다. 솔직히 어떻게 말해야 할지를 몰라 속만 태웠던 기억이 있다. 이미 프로가 되었음에도 지난 봄날 경기를 앞두고 또 한 번 그 소리를 했다. 이번에도 힘들다는 아들의 독백이려니 하고 무응답했다. 아들과 헤어져 저녁에 문자를 보냈다.

"아들아, 힘들지? 기도 많이 할게!" 이게 엄마로서 할 수 있는 최선의 답이었다.

다른 골프선수 부모님들은 이런 질문을 받을 때 뭐라고 말할까?

"이번은 그냥 부담 없이 해라. 앞으로도 경기는 많이 있다."
"힘들다고 생각할 때 한 걸음만 더 내딛어라."

"취미로 생각하고 오늘 경기는 그냥 즐겨라."

나는 차마 위와 같은 말을 할 수 없었다. 이성적으로는 맞는 적절한 말인 것 같지만, 아픈 상처에 소금을 뿌리는 식일 수도 있다. 엄마로서 아들의 마음을 읽어주고 아들의 마음을 북돋아 주고 싶었다. 그런데 기도한다는 말밖에 안 나왔다.

2023년 제1차 투어프로선발전 예선 전날 아들로부터 카톡이 왔다. 작년에 이어 두 번째 투어프로선발전을 앞둔 중압감이 느껴졌다.

"성적으로 보답하고 싶은데 잘 안 됩니다."

내 심장이 철렁했다. 아들이 내 심장 소리를 들었는지 걱정을 밀어내고 나에게 희망의 메시지를 보내왔다. 아들 스스로 마음을 가다듬기 시작했다.

"이번 테스트를 잘하겠습니다. 최선을 다하겠습니다."

조금 진정되었고 새벽기도를 다녀왔다. 평안하게 하루를 기다릴 수 있었다. 2일 차엔 남편도 새벽기도에 동참했다. 아침부터 저녁까지 기쁜 소식을 주고받았다.

"○○아, 엄마랑 아빠가 새벽기도 다녀왔어요. 하나님께 의지하고 오늘 잘 보내자. 사랑한다." (중략)

"감사합니다!! 본선도 잘 치를게요!"

예선은 잘 통과했지만, 안타깝게도 본선은 통과하지 못했다. 그래도 작년에 이어 투어프로 본선에 두 번째로 진출한 기쁨이 컸다. 예선을 통과하다 보면 언젠가는 본선도 통과하게 된다. 프로 선발전도 그러했다. 2018년 8월 1일, 프로 선발전을 최종 통과했을 때 내가 성경책 뒷면에 '하나님, ○○이가 프로가 되었습니다. 그 은혜가 족합니다.'라고 새긴 글이 있다.

5년 전 프로로 족하다고 성경에 적지 않았다면 프로 이후의 아들은 왜 그 이상을 도약하지 못하는 걸까? 하고 나부터 매번 경기마다 애가 닳았을 것이다. 나는 지금 아들의 속도에 대해서 느긋하다. 다시 아들은 세 번째 투어프로선발전을 앞두고 있다. 아들이 자진해서 다음 경기를 신청했다. 나의 기도는 계속된다. 아들에게 새 경기를 도전하고 준비하는 마음을 주신 하나님께 감사드린다.

가장 높이 나는 새가
가장 멀리 본다

프레지던츠 컵 갤러리 여행

내가 오랫동안 만나온 사람은 대부분 지방직 공무원이다. 누구네 집에 숟가락이 몇 개 있고, 자녀의 근황까지 다 알 정도이다. 공직자의 자녀 대부분은 공무원 시험을 준비한다. 자녀가 벌써 공직자로 입문하여 부러움을 받는 동료도 있다. 예체능을 하는 아들 둘을 키우는 나의 경우는 좀 보기 드물다. 그래서 예체능을 하는 자녀교육 정보를 직장에서 구한 적은 거의 없었다. 특히나 공직사회에서는 아들이 골프를 한다고 하면 '공부를 못하는가 보다. 집에 돈이 많은가 봐.'라는 선입견이 있다. 2015년도에 금융산업 부서에서 근무한 경험은 좀 예외였다. 금융 공기관에서 파견을 오신 분들과 자연스럽게 친해졌다. 이분들의 특징은 골프에 우호적이다. 2015년도는 프레지던츠 컵 대회가 인천 송도 국제도시에서 열리는 뜻깊은 해였다. 자연스럽게 화제는 대부분 골프 이야기였다. 내 큰아들이 골프를 배우는 학생이라고 말하면 다들 관심 있어 했다.

하루는 국책은행 출신 경제분석자문관이 아들에게 세계 최고의 선수들이 경기하는 장면을 직접 보여준다면 교육상 아주 좋을 거라고 권했다. 곧바로 남편과 아들을 지도하시는 프로님께 상의하였고, 우리 가족은 인천으로 떠났다. 아들은 세계 최고 선수들의 샷을 직접 본다는 것에 충분히 흥분되었다. 그 당시 퍼팅의 천재 조던 스피스, 장타자인 제이슨 데이 등 세계적인 골프 스타들이 한국을 방문했었다. 우리나라 선수로는 배상문 선수가 출전하였다. 아들과 남편은 좋아하는 선수의 플레이를 따라다니며 구경했다. TV에서만 봤던 정치 · 경제계 유명 인사들도 내 눈앞에 갤러리로 많이 참관하여 국제경기라는 걸 실감했다. 멀리서도 알아볼 수 있는 '코리안 탱크' 최경주 프로는 본 대회를 유치한 일등공신으로 가는 곳마다 팬들의 환호를 받았다.

아들에게는 첫 국제경기 갤러리 경험이 되었으며, 엄마로서는 온 가족이 함께하는 골프 갤러리 여행을 추진해서 뿌듯했다. 유독 골프에서만 관중을 갤러리라고 부르는 데는 그만한 가치가 있기 때문이다.

　벌써 8년 전 일이어서 갤러리 여행 기억이 가물가물한데, 최근에 아들은 프로님과 함께 큰 대회를 다녀오게 됐다. 코오롱 제65회 한국오픈 대회가 천안 우정힐스CC에서 열렸는데, 우승상금이 5억 원으로 골프애호가들의 관심이 이번에도 뜨거웠다. 프로님은 무대를 배경으로 아들의 사진을 찍어 보내왔다. 아들의 손가락이 빅토리 V를 말하고 있었다.

　아무쪼록 큰아들이 계속해서 국내외 톱스타들의 플레이를 TV가 아닌, 실전에서 자주 보면서 좋은 영감을 받길 바란다. 녹색 잔디 위에서 펼쳐지는 롤모델의 좋은 경기는 아들에게 강한 동기부여가 될 것이다. 훗날 아들도 누군가의 롤 모델이 되길 바란다.

　문득 푸른 바다를 높이 나는 갈매기 조나단이 떠오른다. 리처드 바크의 우화소설 《갈매기의 꿈》을 읽은 것은 중학교 때였다.

　지금 부모의 입장에서 다시 한번 생각해 보면 참 묘한 기분이 든다. 자녀가 높이 날기를 원하면서도 현실적으로는 안전하게 날기를 바란다.

　조나단 리빙스턴은 단지 먹이를 구하기 위해 하늘을 나는 다른 갈매기와는 달리 비행 그 자체를 사랑하는 갈매기다. 운동 그 자체를 좋아하는 큰아들이 연상된다. 부모들도 한때는 높이 멀리 날고 싶었던 갈매기였다. 어느새 부모가 되더니 자신의 자녀가 안정적인 직장인이 되기를 바란다. 나도 한 번씩 회의가 든다. '골프로 과연 경제적인 독립이 가능할까?' 하며 고민한다. 반대로도 생각해 본다. 안정적인 공무원에 입문한 청년들이 사표를 쓰거나 간혹 극단적인 선택을 하는 이유는 뭘까? 자신이 좋아서 선택한 직업이 아닌, 부모가 권한 직업인으로 사는 것에 대한 회의가 온 것은 아닐까?

나는 친정 부모님의 바람대로 공무원이 되었지만, 그것이 한이 된 듯 내 아이를 예체능인으로 키우고 있다. 내 아이의 성향을 안 이상 공직을 권하지 않게 되었다. 자녀교육에 왕도는 없다지만, 청년기에는 아이가 원하는 것을 할 수 있도록 기회는 한 번쯤 주는 것이 좋다고 생각한다.

우리 집 조나단, 거봉 포도 되길

다시 갈매기 조나단의 이야기로 돌아온다. 멋지게 날기를 꿈꾸는 조나단은 진정한 자유와 자아실현을 위해 고단한 비상의 꿈을 꾼다. 조나단의 이러한 행동은 갈매기 사회의 오랜 관습에 저항하는 것으로 여겨져 다른 갈매기들로부터 따돌림을 받게 된다. 끝내 무리로부터 추방당한다. 조나단은 동료들의 배척과 자신의 한계에도 좌절하지 않고 끊임없는 자기 수련을 통해 마침내 무한한 자유를 느낄 수 있는 초현실적인 공간으로까지 날아올라 꿈을 실현하게 된다. 또한 조나단은 자기만족에 그치지 않고 동료 갈매기들을 초월의 경지에 도달하는 길로 이끈다. 제자들에게 '항상 날 보고 배우기보다 이제 너 스스로 성장해라.'라는 마지막 교훈을 준 뒤 빛과 함께 사라진다.

나는 이 책이 전하는 한 줄 메시지는 '각자의 삶에서 가장 중요한 것은 자신이 가장 하고 싶은 일에 노력해서 완벽하게 도달하는 것'이라고 본다. 눈앞에 보이는 일에만 매달리지 말고 멀리 앞날을 내다보며 저마다 자신만의 꿈과 이상을 간직하고 살아가길 바라는 작가의 마음이 읽힌다.

우리 집 갈매기 조나단인 큰아들은 지난 여름날 아버지와 함께 투어프로테스트 본선에 출전했다. 소설 속 조나단의 아버지는 아들을 이해하지 못하고 일족 장로들과 같이 아들을 무리에서 추방했다. 남편은 정반대다. 아들이 골프를 이제 막 배우기 시작했을 때의 일이다. 골프를 상당한 수준으로 치는 친척 한 분이 악의는 없었지만, 남편에게 쓴소리를 했다. "아들에게 트럭을 사줘서 배추 장사를 시키는 게 낫다."라고. 남편은 그 충고에 좌절하지 않고 아들에게 골프라는 비행술을 10년째 뒷바라지하고 있다.

아들의 골프백을 매는 캐디로 동행하기 위해 남편은 철저한 준비를 했다. 일단 하루 2만 보를 달성했다. 그리고 아들을 지도하는 프로님으로부터 캐디로서 주의할 사항을 배웠다. 경기가 치러지는 사우스링스 영암CC 지도를 구입하여 지형을 외우기 시작했다. 그리고 자신의 사업장을 닷새간 비우고 전화를 꺼놓았다. 영업에 차질이 있을 텐데도 아들과 함께 길을 나선 남편의 부성애가 참 대단했다.

갈매기 조나단의 엄마인 나는 먼 길을 떠나는 남편과 아들의 숙식을 챙겼다. 전남이 고향인 동료로부터 아주 좋은 호텔을 소개받았다. 여름 휴가철 성수기와 골프 경기를 앞두고 조기에 마감될까 봐서 부랴부랴 예약을 마치고 호텔예약 현황을 '골프의 신과 함께' 3인방 단톡에 올렸다.

"그냥 모텔에서 자도 괜찮은데요."
"잠자리가 편해야 경기에 집중이 잘될 거야."
"최선을 다하겠습니다."

마지막으로 D-1일 간식을 준비했다. 남편의 사무실 앞에 자리한 완주로컬푸드 효자점에서 장을 보기 시작했다. 검정콩과 찹쌀로 만든 미숫가루를 샀다. 단맛을 내기 위해 설탕 대신 꿀을 챙겼다. 그리고 마지막으로 거봉 포도 상자를 들었다. 아들이 이번 경기에서 거봉 포도가 되길 바라는 마음으로.

"저 높은 곳을 향하여 날마다 나아갑니다. 내 뜻과 정성 모아서 날마다 기도합니다. 내 주여 내 맘 붙드사 그곳에 있게 하소서. 그곳은 빛과 사랑이 언제나 넘치옵니다."
– 찬송가 491장 <저 높은 곳을 향하여> 중에서

권하되 강요하지 마라

엄마의 극성으로 대회에 출전한 날

작은아들이 고1 때 집안 사정으로 한동안 거문고 레슨을 쉰 적이 있었다. 지인의 추천으로 여름방학 때 한 분을 소개받아 차 한 잔을 마셨다. 이름난 전국국악대회에서 일반부 대상, 최우수상, 금상을 다수 수상할 정도로 실력이 뛰어난 분이었다. 게다가 최근에 대학을 졸업하여 대학 입시생 지도에 강점이 있는 선생님이었다. 하지만 선생님은 주말에는 전주에 안 계셨고, 평일에도 우리 집과 거리가 멀어서 레슨은 성사되지 않았다. 선생님은 거문고 연주자로서 제일 중요한 것은 연습량이라고 강조했다. 대학 졸업 이후 진로에 대해서도 참고가 될 만한 좋은 말씀을 많이 해주셨다.

헤어지기가 아쉬웠는데, 선생님께서 악성 옥보고 전국 거문고 경연대회 일을 돕고 있다며 아들에게 출전해 볼 것을 권했다. 나는 귀가 솔깃했다. 중3 때 두 번의 국악대회에 나가 수상을 했는데, 고등부 대회 경험도 있으면 좋겠다는 생각이 들었다.

아들의 의사를 묻지도 않고 신청하였다. 대회 장소가 국악의 고장 남원이고, 오직 거문고 연주자들만 출전하는 유명한 대회인 만큼 참가 자체만으로도 의미가 충분하다고 생각했다. 그런데 아들의 반응은 정반대였다. 얼굴이 계속 어두워졌고 말이 없어졌다. 자신의 속마음을 털어놓지 않았다. 나는 아들이 대회를 열심히 준비하지 않는 것 같아서 속이 상했다. 지금에 와서 생각해 보니, 아들은 한동안 개인 레슨을 중단했기에 대회에 나갈 상황이 아니라고 판단했던 것 같았다. 중학교 다닐 때 상을 두 번이나 받았지만, 예술계고에 진학해서 만난 친구들의 수준이 높다는 것을 알고 자신의 실력이 객관적으로 부족하다고 생각했던 모양이다. 친구들이 소지한 명품 악기, 친구들이 배우고 있는 서울의 유명한 레슨 선생님, 친구들의 풍부한 연습량 등등… 또 거문고가 아닌, 다른 악기에도 점점 매력을 느끼고 있었던 것 같았다. 그러나 서울에서 레슨을 받고 싶다거나 다른 악기를 배우고 싶다고 말하지 않았다. 예체능을 둘이나 하기에는 벅찬 가정형편을 잘 알고 있었기 때문이다.

출전하기 전날 아침까지도 아들은 대회에 나가고 싶지 않은 눈치였다. 저녁이 되어서야 출전하겠다고 말했다. 아니 정확히 말해서 대회보다 남원에 사는 친구를 만나러 가겠다는 뜻이었다. 그 친구가 대회장에 와주기로 했다고 한다. 일단 안심이 되었다. 대회 당일 남원 춘향문화예술회관에 도착하자마자 나는 지인들과 인사하느라 바빴다. 옥보고 거문고 대회 참가 신청을 권했던 선생님, 남원시립국악단 부단장님, 남원시청 국악담당 공무원, 남원시 문화체육 관련 기관장님 등등 반가운 얼굴이 많았다. 남원시청에서 10년 넘게 근무했었고, 도청으로 전입하기 직전까지 문화관광과에서 근무했기 때문에, 만나는 사람마다 반가운 게 당연했다. "제 아들이 국악을 전공하게 됐으니 앞으로 잘 부탁합니다." 이렇게 홍보하는 자리가 되어 내 기분은 더 방방 떴다. 만난 분 중에 시립국악단 H 부단장님과 많은 이야기를 나눴는데, 그분이 원래는 대학에서 거문고를 전공했다는 것이다. 뜻밖의 소식이었다. 내가 남원에서 살았을 적에 주말마다 아이들과 국악 상설 공연을 보러 다녔었는데, 그분이 기획하는 공연은 항상 대성황이었다. 문화관광과에서 근무할 때 업무적으로도 뵙곤 했는데, 완벽한 예술행정가였다.

H 부단장님과의 대화는 국악전공자 진로에 대해서 다시 한번 생각하는 계기가 되었다. 그리고 예향 남원의 명성을 오래도록 지

켜준 일등 공신으로 존경하는 마음을 갖게 되었다.

반면에 작은아들은 거문고 대회 날 많이 힘들어했다. 전국의 실력 있는 거문고 연주자들이 다 모이는 자리였으니, 순서를 기다리는 것도 지루했고, 엄마의 체면을 살려야 한다는 부담감이 있었던 것 같았다. 대회 결과에 아들의 이름은 없었다. 아들은 참담했겠지만, 나는 참담하지 않았다. 아들이 대회 준비를 열심히 하지 않은 결과였고, 아들이 출전을 원하지 않았는데 무리해서 끌고 온 내 잘못도 인정했다. 엄마의 극성으로 거문고 대회를 내보낼 일은 아니었다. 하지만 나로서는 전국에서 몰려드는 거문고 명인들의 연주도 듣고, 남원이 전통문화예술도시임을 충분히 느끼고 와서 좋았다. 어릴 적에 이사를 나왔지만, 아들이 예향 남원출신임을 기억하길 바라는 마음이다.

고택 앞 오동나무 심기까지 상상한다

고1 때 옥보고 거문고 대회를 끝으로 한동안 아들은 대회에 나가지 않았다. 미안한 마음에 나는 더 이상 권하지 않았다. 그런데 뜻밖에도 고3 때 입시를 지도했던 선생님의 권유로 동악국악콩쿠르 학생부에 출전했다. 예선을 통과한 것도 기쁜데 본선에서 학생부 은상을 받았다. 크게 고무되었고, 그 뒷심으로 일곱 개 대학 입시 대장정을 무탈하게 치렀다. 아들의 실력은 입시를 준비하면서 상당한 수준으로 올라온 것 같았다.

아들의 실력향상은 내 영역이 아니라 선생님의 가르침과 아들의 부단한 노력에 있다는 것을 인정하고, 나는 연주를 잘할 수 있는 환경을 조성하는 것에 관심을 두기 시작했다. 2021년 6월이었다. 대학 1학년 학생이 된 아들이 처음으로 동아국악콩쿠르 일반부에 출전해서 단번에 예선을 통과하여 또 한 번 기쁘게 보내고 있었다. 그때쯤 고향을 지키는 친정 남동생이 오 남매가 보는 단톡방에 한옥 사진 한 장을 올렸다.

사진 속의 한옥은 신록이 우거진 초여름날 파란 하늘과 커다란 참나무 아래 고풍스럽게 자리하고 있었다. 허물어진 돌담마저 무척 아름답게 보이는 고택이었다. 이어서 남동생이 재실 매각 공고 내용을 보내왔다. 조상님께 제사를 지내는 곳으로 조금은 무섭다는 선입견이 있었는데, 사진을 먼저 봐서 그런지 너무너무 평화롭게 보였다. 나는 풍경화 같은 사진 한 장에 반해서 매수 의사를 밝히고 현장엘 가보았다. 실제로 가보니 황성옛터 같은 느낌이었다. 본채 재실 앞 산지기 집은 완전히 폐가였다. 그런데 사진을 찍기만 하면 예쁘게 나왔다. 리모델링만 잘하면 아름다운 한옥으로 복원될 수 있다는 확신이 들었다. 작은아들이 입시 때 사용했던 연습실이 생각났다. 악기를 세워두고 사람 한 명이 간신히 누울 수 있었던 칠흑 같은 암실에 비하면 눈앞의 한옥은 완전히 궁궐이나 다름없었다. 대청마루 양쪽으로 방이 있었다. 예전에는 마당에 연못도 있었다고 들었다. 한쪽 방에서는 아들이 거문고를 연주하고, 맞은편 방에선 내가 글을 쓰고 그림을 그리는 걸 상상했다. 신사임당이 된 것처럼 행복했다.

재실은 종중재산이라 구매 절차가 생각보다 복잡했다. 최종 집안 어른 한 분과 경합이 있었다. 종중에서는 몇 차례 회의를 거쳐 내 손을 들어주셨다. 출가외인이라 배제할 수도 있었지만, 문화교육이란 목적을 가진 나를 기특하게 생각해 주신 것 같았다. 나는 자랑스러웠다. 종중 어른이 등기에 필요한 모든 권리증을 내게 양도하면서 재실에 얽힌 유래를 알려주셨다. 몇 대조인지 모르나 만석꾼 할아버지의 사랑채를 뜯어서 복원한 것이니 재실이 아닌 서재라고 생각하고 절대 상업적으로 되팔지 말라고 신신당부하셨다.

그해 추석날에 아들과 같이 재실을 찾아갔다. 재실에서 연주 한번 해보자는 생각에 거문고와 돗자리를 챙겨갔다. 매각공고 당시와는 완전히 다른 상황이었다. 지난 6월에는 팔기 위해 재실 주변을 환경 정비한 상태였지만, 가을이 되자 잡풀이 또다시 무성하게 된 것이었다. 도저히 연주할 수가 없었다. 준비한 백반 가루를 주변에 뿌리고 장화까지 신겨서 아들을 재실 안에 들여보냈는데, 상당히 실망한 눈치였다. 나는 옷에 달라붙은 도꼬마리 가시를 떼주며 말했다.

"지금 보이는 것이 아닌, 잘 관리되었을 때의 모습을 상상해라."

아들이 거문고 연습실로 시골보다 방음이 잘된 도시 시설을 선호한다면 강요하지 않겠다. 엄마인 내가 퇴직 후 서재로 활용할 계획이다. 하지만 아들은 남원에서 태어났고, 엄마랑 주말마다 국악 공연을 보고 자랐다. 지금은 비록 배움을 위해 객지에 있지만 언젠가는 뿌리를 찾을 것이다. 고택을 복원하는 날 오동나무를 심어볼까 한다. 누군가의 악기 재료가 될 것이다. 그 악기의 주인공은 아들이 될지, 손주가 될지? 시간만 알고 있다.

그 어느 때보다 지금이
행복한 엄마

초원의 빛이여! 꽃의 영광이여!

가족의 날에 가족사진을 보다

"칼퇴근이 아니라 정시퇴근이다. 행복한 가정이 성공적인 직장을 이끈다."

활기찬 직장문화 조성을 위한 캠페인으로 사무실 모니터에 붙어 있는 문구다. 내 직장에선 가족의 날과 정시 출퇴근 데이를 운영하고 있다. 청내 방송으로 수시로 공지하고, 복무부서에서 이행 여부를 점검할 정도여서 수요일과 금요일은 모두 자연스럽게 일찍 퇴근한다.

진짜 격세지감을 느낀다. 2000년대 초반 내가 육아할 때 이런 직장 분위기였다면 얼마나 좋았을까를 종종 생각해 본다. 지금은 매일 같이 돌봐야 할 어린 자녀가 집에 없다. 수요일 저녁이면 나는 수요예배를 드리거나 퇴근하여 밀린 집안일을 하는 정도이다.

묵은 짐을 정리하려고 오래된 책장을 열어본 적이 있었다. 그런데 뭐 하나 버릴 것이 없었다. 읽었던 책들, 노트, 일기장, 사진첩들… 그중에 작은아들이 유치원 때 골판지로 만든 사진액자 하나가 눈에 띄었다. 형제가 거실에서 겨울 내복을 입고 찍은 사진이었다. 형이 동생을 뒤에서 껴안고 있었고, 동생은 오른손으로 앞의 형 손을 덮고 왼손은 위로 형 어깨를 감싼 장면이었다. 작은아들은 이 사진이 제일 마음에 들어 유치원에 가져가서 액자 작업을 했던 것 같았다. 어깨동무하거나, 서로 안거나, 손을 잡고 웃으며 찍은 사진이 많다. 등산길에서 한 컷, 물놀이하며 한 컷, 성못길에서 한 컷, 동물원에서 한 컷 등등…

더 어렸을 적에는 형이 동생에게 우유를 먹이는 사진도 있었고, 유모차를 밀어주고 세발자전거를 태워주는 사진도 있었다. 형이 동생을 많이 아꼈다는 걸 느낄 수 있었다. 그런데도 나는 놀아주고 돌봐주고 싶은 형의 마음이 지나쳐 동생이 다치면 어쩌나를 더 걱정했다. 둘이 다투거나 해서 동생이 울면 형을 더 많이 혼냈다. 큰아들은 엄마가 동생만을 편애한다고 생각했을까? 충분한 사랑도 못 주고 늘 형으로만 대한 것이 참 미안했다. 형이기 전에 엄마의 사랑과 이해를 충분히 받아야 할 한 어린아이였는데 말이다.

속상한 기억 일부가 오래 남았을 뿐, 실제로 가족사진을 펼쳐 보면 행복하고 좋았던 때가 더 많았다. 사진에서 행복했던 날들의 기쁨이 고스란히 살아났다. 주중에는 근무 중이라 아이들이 하루하루 커가는 것을 실감할 수는 없었다. 주말만큼은 같이 보내면서 사진을 찍어 두었는데, 사진첩을 넘길 때마다 아이들이 무럭무럭 자랐음을 느낄 수 있었다.

노부모님들은 내가 육아로 힘들어할 때 "애들 키울 때가 행복한 때."라고 종종 말씀하셨다. 나도 이제는 그 말씀을 조금씩 실감하고 있다. 아이들이 각자의 길을 찾아 집을 떠나자, 내 할 일만 하면 되니까 여유롭긴 하지만 집이 적막강산일 때가 많다. 친정이나 시댁엘 가면 공통적으로 거실과 방 안 벽에 온통 가족사진들이 걸려 있다. 어른들은 심심해서 그런지 앨범까지 꺼내서 오래된 여러 사진을 늘어놓고 보고 계실 때가 있었다. 그 속에 우리 부부와 아이들도 사진도 많았다. 시어머니는 온 가족과 함께 다녀온 경주 가족여행 사진을 자주 보셨는데, 그때가 가장 행복했다고 말씀하셨다. 경주로 여행을 떠날 때 시어머니께서는 큰손자가 어학연수 다녀온 기념으로 사드린 머플러를 두르셨다. 불국사 돌담을 배경으로 웃고 찍은 어머니의 사진이 너무 예쁘다며 시누님들은 이 사진을 훗날 영정사진으로 채택했다. 발인하는 날 큰손자가 그 사진을 들었고, 현재는 우리 집 안방에 걸어두었다.

시어머니의 사진을 안방에 걸어놓다니, 나도 참 별나다. 손자가 사드린 머플러를 착용하고 행복하게 웃으시는 모습을 찍은 사진이라 하나도 무섭지 않다. 시어머니께서는 위로 다섯 분의 따님을 낳으신 뒤 남편을 낳으셨다. 그 기쁨이 얼마나 컸을지 충분히 짐작이 간다. 누나들에 비해 남편이 조금 늦되었는데도 학교 성적이나 취업에 조금도 조급해하지 않고 아낌없는 사랑으로 키우셨다. 결혼 후에도 관대하셨고, 며느리인 나에게도 후한 사랑을 주셨다. 그 최대 수혜자는 두 아들이다. 남편은 어머니로부터 받았던 조건 없는 사랑을 두 아들에게 고스란히 쏟고 있다. 가족의 날 가족사진을 오래도록 바라보며 시간여행을 하다니, 내가 확실히 중년 부인이란 걸 실감한다. 퇴직하면 옛날의 시어머니처럼 사진첩만 바라볼 것 같아 웃음이 난다.

그 속 깊이 간직한 오묘한 힘

‘여기 적힌 먹빛이 희미해질수록
그대를 향한 마음이 희미해진다면

이 먹빛이 하얗게 마르는 날
나는 그대를 잊을 수 있겠습니다.

초원의 빛이여!
꽃의 영광이여!
다시는 그것이 안 돌려진다 해도 서러워 말지어다.
차라리 그 속 깊이 간직한 오묘한 힘을 찾으소서. (중략)

다시는 찾을 길 없을지라도 결코 서러워 말자.
우리는 여기 남아 굳세게 살리라.
존재의 영원함을 티 없는 가슴에 품고
인간의 고뇌를 사색으로 달래며 죽음도 눈빛으로 부수듯
더 없는 믿음으로 세월 속에 남으리라.'
– 윌리엄 위즈워드, 〈초원의 빛〉

중학교 때 좋아했던 선생님이 〈초원의 빛〉이란 영화를 보고 이 시를 낭송해 줬던 기억이 난다. 그때는 〈러브스토리〉의 명장면을 떠올리며 설레는 소녀의 감성으로 들었다. 중년여성이 되어 어머니로, 신앙인으로 감상해 보니 더욱 좋다. 한국에서 영화 개봉할 당시 오번역되었다는 설도 있지만, '긴 세월을 살면서 사라진 것에 대하여 아쉬워하지 말고, 그래도 남은 것에서 힘을 찾자.'라는 주제는 누구에게나 위로가 되고 공감될 것이다.

이렇게 집에 홀로 있을 때 지난날의 일기와 사진첩들을 꺼내 보면 여러 가지 생각이 든다. 일기엔 힘들었던 일을 많이 기록해 놓았고, 사진엔 행복한 순간들을 더 많이 담아놨다는 걸 알 수 있다. 정신건강에는 사진이 더 좋을 것 같다. 나는 동료들에게 육아로 힘들어했던 30~40대로 다시는 돌아가고 싶지 않다고 말한 적이 있었는데, 앞으로는 수정해서 말하고 싶다. 힘들었지만 행복한 순간들이 많았다고.

아이들이 나를 가장 기쁘게 해줬던 날은 유치원이나 학교에서 문화체육행사를 하는 날이었다. 아무리 직장이 바빴어도 난 재롱잔치나 학예회 발표날은 꼭 참석했다. 음악에 맞춰 율동과 체조를 하는 모습이 너무너무 예쁘게 보였다. 학교 성적을 잘 받아왔을 때의 기쁨은 하루를 넘지 않았지만, 재롱잔치나 학예회를 구경하는 기쁨은 사진과 비디오를 보고 또 볼 정도였다. 내가 그림이든, 글이든, 무용이든, 연극이든 뭔가를 표현하며 살고 싶었는데, 이를 아들들이 해내는 것에 큰 기쁨을 느꼈던 것 같았다. 혹시라도 두 아들이 훗날 중년이 되었을 때 "어머니가 좋아해서 예체능인의 길을 걸었어요."라고 말할지도 모른다. 하지만 경직된 기성세대의 삶보다 아름답고 창의적인 삶을 살길 바라는 내 마음이 언젠가는 잘 전달될 것이다.

세상에서 중요한 세 가지 금이 있는데 황금, 소금, 지금이라고 한다. 그중에서 제일 중요한 것은 누가 뭐래도 지금이다. 과거에 미련을 두어서도 안 되고, 미래를 앞서 걱정해도 안 된다. 지금 나는 공직자로서의 일과 예체능 하는 두 아들 뒷바라지하는 일을 겸하고 있다. 공직은 보람있게 있게 일하면 되고, 아들 뒷바라지는 내가 예체능 하는 것처럼 즐거운 마음으로 하면 된다. 언젠가는 정년이 도래하고 두 아들이 독립할 날이 올 것이다. 그때는 또 그때대로 하루하루가 더 귀하고 행복한 날들이 펼쳐지기를 소망한다.

형형색색의 아름다운 도전들

변화무쌍한 남편 덕분에

'아내는 20년 동안 변화무쌍한 나를 참아내며 지켜봐 주었다. 어려움과 고난을 함께 나누면서 우리의 정은 더욱 깊어지고 돈독해졌다. 그녀의 인내심과 헌신, 그리고 변함없는 사랑이 없었다면 오늘의 나는 없었을 것이다.'

2019년 12월 1일 행복에너지에서 출간된 이병은의 저서 《창업, 4천5백 송이 포도나무 플랜으로 하라》의 서문 말미다. 이병은 씨는 나의 남편이다. 남편의 성격을 잘 아는 지인들이 '변화무쌍하다'는 말에 초긍정을 하며 웃었다고 한다. 철학을 전공한 평범한 법원 공직자가 어느 날 《카네기 인간관계론》을 읽더니 독서왕, 주식투자자, 경제동아리 운영, 창업대학원생까지 참으로 여러모로 변신을 거듭했다. 대다수 공직자의 관심사인 승진에는 관심이 없었다. '자기가 만나는 다섯 사람의 평균이 자신이다.'라는 말이 있듯이 남편은 카네기에서 많은 CEO를 만나더니 사업가 마인드로 무장하게 되었다.

법무사 개업 후 남편의 변신은 더 화려해졌다. 대학 최고위과정, 언론사 아카데미 수강, 한국기독실업인회 경영포럼 진행, 지역신문 칼럼니스트, 단희캠퍼스에서 온라인 강의 등을 진행하면서 창업경영 전문 법무사로서 새롭게 태어났다. 이어서 SBS, 머니투데이 등 여러 차례 매스컴에 출연하면서 자신을 브랜드화하는 데 성공하였다.

개업 전 남편의 도전정신은 아내인 나에게 늘 부담스러웠다. 부모님이 계신 선산에 태양광을 설치하겠다고 발언했을 때는 시댁까지 발칵 뒤집어 놓았다. 나는 남편을 평범한 공직자이자 가정적인 남편으로 붙잡아 두려고 많이 싸웠다. 가장 큰 싸움은 남편이 명퇴를 결심했던 2019년도였다. 사업을 하려면 카네기 사람들과 더 많은 교류가 필요하다며 해외도 나가고 집안일은 아예 신경 쓰지 않았다. 참다못해 국제전화로 싸우기도 했다. 하루는 남편의 근무지인 법원으로 향했다. 남편에게 집에서 나가 달라고 말하고 싶었다. "이야기 좀 하자."라고 전화를 했다. "오늘따라 민원인이 너무 많이 와서 나갈 수 없다." 하면서 나오지 않았다. 무작정 기다릴 수가 없어서 되돌아왔다. 그날따라 많이 찾아온 손님 덕분에 별거하지 않고 지금까지 같은 집에서 잘살고 있다.

2019년 8월, 남편의 책 초고가 다 완성되자 내가 한 번 읽어 보았다. 성공한 기업가들의 핵심 요인은 선택과 집중이라며 여러 사례를 들어 술술 잘 읽히게 풀어놓았다. 나도 공직을 접고 창업하고픈 생각이 들 정도였다. 남편은 서문을 쓰고 추천사를 받기 위해 책 속의 주된 주인공인 도덕현 농부님의 유기농 포도원을 찾아갔다. 나와 동행했다. 포도원에서 '하고자 하는 사람은 방법을 찾고, 하기 싫은 사람은 구실을 찾는다.'라는 글귀가 새겨진 현수막을 보고서 나는 많은 생각을 하게 됐다. 나는 삶에서 방법을 찾는 사람인가? 핑계를 대는 사람인가? 하고 말이다. 포도원을 다녀온 뒤부터 개업이라는 인생 2막의 새 꿈을 찾은 남편을 더 이상 반대하지 않았다.

남편의 화려한 변신을 지켜보면서 나는 오랫동안 공직자로만 살아왔을 뿐, 내 꿈과 행복을 돌보지 않았다는 것을 알았다. 집안 일과 직장 일이 바쁘다는 것은 핑계였다. 내가 직장 일에 치이거나 승진에 목말라하는 동안 남편은 꾸준한 독서를 통해서 자신의 꿈과 비전들을 구체화해 나갔다. 또 주식투자와 CEO와의 교류를 통해서 경제적인 자유와 풍요를 누리고 싶어 했다. 그리고 자신의 꿈뿐만 아니라 가족들의 꿈을 응원했다. 큰아들이 학교 주입식 공부에 관심 없고 운동만 좋아하는 걸 알고서 도전적인 골퍼의 길을 걷도록 도왔다. 작은아들에게는 학과 성적이 우수하여 엘리트를 기대할 수도 있었음에도 강요하지 않았다. 음악을 하는 휴머니스트이자 창의적인 인재로 키우고 싶어 했다. 나에게는 아주 특별한 기대를 했다. 퇴직금으로 노트북을 사주면서 글을 써보라고 했다. 행정공무원이기 전에 국문학 전공자였던 나를 인정해 준 남편이 고마운 사람으로 보이기 시작했다.

아름다운 도전과 자신감 수업을 선물 받다

나의 첫 번째 도전인 책 쓰기는 2020년 1월부터 시작되었다. 결혼 후 약 20년간 써온 일기를 토대로 《완벽한 결혼생활 매뉴얼》 초고를 2020년 3월 13일 완성하였다. 변화무쌍한 남편을 관찰하며 참고 살아왔으니, 결혼을 전공한 거나 다름없었다. 남편에 관한 시시콜콜한 에피소드를 다 털어놨다. 2020년 5월 20일, 부부의 날을 하루 앞두고 책이 세상에 나왔다. 양가 가정사를 다 드러냈고, 또 성장기 두 아들을 담아내서 막상 세상에 책이 나왔을 때는 두려웠다. 하루 이틀 지나서 여기저기서 반응이 왔다.

지인들과 심지어 시누님까지 "남편을 많이 사랑했구나. 고생했다."라며 호평해 주셨다. 그런데 남편은 달랐다. 책을 쓰는 동안에는 "나를 어떻게 해부해 놓을지 궁금하군." 하며 잘 써보라고 격려해 줬는데, 정작 책이 나오자 돌변했다. 몇 꼭지를 읽더니 "나를 딱 깨서 자기 마음대로 계란후라이로 만들어 세상에 내 놨군." 하며 화를 냈다. 내가 공들여 쓴 실존 남자 주인공으로부터 혹평을 받았으니, 속이 부글부글 끓기 시작했다. 심한 두통까지 찾아왔다. 순간 기지를 발휘했다. 남편은 평소 내가 빈혈로 고생하는 것을 제일 걱정해 주는 사람이었다. "어지러워서 밥 차릴 기운이 없다. 계란후라이를 먹으면 기운이 날 것 같다."라고 말했다. 계란후라이 두 개를 해주었다. 먹고서 몸과 마음을 회복했던 일이 새삼 기억난다. 그 후로는 내 책에 대해선 왈가왈부하지 않았다. 내 책 100권을 자신의 사무실에 꽂아 두고 손님들에게 자신의 책과 내 책을 나란히 선물한 걸 보면 어느 정도 나를 인정해 준 것 같았다.

2021년 3월엔 나의 두 번째 도전인 블로그 쓰기가 시작되었다. 나폴레온 힐의 《놓치고 싶지 않은 나의 꿈 나의 인생》 책 세 권을 읽고서 결심했다. 필명은 '효자동 공순이 포도나무각시'이다. 남편은 이번에도 나를 도왔다. 김미경의 유튜브 대학에 탑재된 블로그 작성법 온라인 수강권을 결제해 줬다. 그리고 독서 후기를 남겨 보라고 내게 폴 마이어의 《아름다운 도전》과 수전 제퍼스의 《자신감 수업》이란 책을 선물했다. 첫 블로그로 《아름다운 도전》을 올렸다. 폴 마이어는 누구나 내면에 무한한 잠재력을 가지고 있기에, 이를 발견하기만 한다면 우리의 삶은 반드시 변하게 될 것이라고 믿는 사람으로 다음과 같이 말했다.

" '나는 할 수 있다.'라는 다짐은 작은 일을 이루어 낼 뿐이다. 경이로움을 만들어 내는 말은 '나는 할 거야.'이다."

두 번 정도 읽으면 '나는 할 수 있다.'와 '나는 할 거야.'의 뜻이 확실히 다르다는 것을 알 수 있다. '나는 블로그를 할 거야.' 하며 첫 블로그를 작성했다. 아무도 읽어주는 분이 없었다. 솔직히 얼마나 두려웠던지, 그 짧은 글을 몇 번이나 망설이며 수정했는지 모른다.

한 달 후엔 수전 제퍼스의 《자신감 수업》을 리뷰했다. 저자는 두 아이의 엄마로 살다가 뒤늦게 심리학 박사학위를 받고 병원에서 심리상담을 하면서 인생의 걸림돌이 되는 '두려움'을 주제로 집필활동을 했다. 그녀에게도 보통 여성의 삶처럼 이혼, 암 발병으로 위기가 찾아왔다. 그녀는 위기가 올 때마다 두려움을 있는 그대로 인정하고 어쨌든 뭔가를 시도했다고 한다. 두려움을 해결하는 유일한 방법은 두려움을 인정하고 시도하는 것이란 말에 밑줄을 쳤다. 이를 포스팅했는데, 드디어 이웃이 응원의 댓글을 주었다. 기뻤다.

나의 세 번째 도전은 2023년 4월 말부터 시작한 자녀교육에 관한 책 쓰기다. 지금 진행 중이다. 어느 여대생과의 통화에서 시작되었다. "엄마 화장대에서 《완벽한 결혼생활 매뉴얼》을 읽었는데요. 아드님을 키운 이야기가 궁금합니다. 다음번에 기대해도 될까요?" 독자의 반가운 전화는 계속되었다. 한참 사춘기를 겪는 아들을 키우는 어머니는 내 아들이 받았던 코칭에 대해서 많이 물었다. 이렇게 자녀교육은 모두의 관심사였고 풀어야 할 숙제였다. 성장기에 있는 내 두 아들에게 상처가 될 수도 있어서 근 1년 넘게 주저했다. 지난봄에 몸이 여기저기 아파서 저녁마다 걷기 운동을 시작했는데 남편이 말을 꺼냈다. 아들 키운 이야기를 써보라고 한다. 내가 뭔가에 집중할 때 몸이 아프다는 말을 안 하고, 남편이 하는 일에도 잔소리를 안 한다는 걸 잘 아는 남편이다. 참말로 꾀돌이 남편이자 반의사이다. 두렵지만 시도하기로 했다. 자녀를 사랑하는 누군가에게 도움이 되기를 바라면서.

부모의 마음에는 계산기가 없다

실력은 돈으로 향상될지라도

운동도, 예술도 많은 돈이 있어야 배울 수 있다. 예나 지금이나
마찬가지다. 돈보다 쌀이 귀한 시대가 있었다. 1970년대 가난한
집 어린 소녀들은 밥을 굶지 않기 위해서 남의 집 식모살이를 했
다. 손흥민 선수의 아버지인 손웅정 선수가 축구를 배울 때는 레
슨비가 쌀이었다. 우리 집 친정이 구멍가게였는데, 어렸을 적에
손님들이 돈 대신 쌀을 가져와서 물건을 사갔던 기억이 있다. 한
마디로 쌀은 누군가에게는 생명이었고, 뭔가를 사거나 할 수 있는
돈이었다. 그 귀한 쌀로 아들을 축구선수로 키운 부모가 있었다.
손웅정 선수의 아버지이자 손흥민 선수의 할아버지다.《모든 것은 기본에서 시작한다》를 읽어 보면 그 시대를 공감하는 대화가 나온다. '세상에 공짜는 없다' 편에 나오는 일화다.

"저번 때 축구하려면 쌀 몇 말이 필요하댔지? 서 말?"
"다섯 말요."
"다섯 말이면 돼? 그거 해줄게. 너 원대로 해봐."

또 김연아 선수 어머니 박미희 님의 책《아이의 재능에 꿈의 날개를 달아라》를 보면 예체능을 취미에서 본격적인 특기로 전환할 때 얼마나 많은 돈이 드는지를 실감할 수가 있다.
"실례지만 가정형편은 어떠신지요? 스케이트는 돈이 많이 들어가는 운동입니다. 어머니, 아이를 계속 밀어주실 수 있겠습니까?"

김연아 선수 어머니의 책에 따르면 취미로 할 때는 한 달 수강료가 4만 9천 원이라면 선수 레슨비는 35만 원이었다. 또 취미는 9만 원짜리 스케이트면 충분하지만, 선수는 1백만 원대의 스케이트를 신어야 한다. 그녀의 책은 2008년도에 출간된 책으로 벌써 15년 전이니, 지금은 훨씬 더 비싸다. 김연아 선수가 벤쿠버 올림픽 때 신고 나간 흰색 스케이트는 수제화로 200만 원이 넘은 것으로 알려졌다.

나는 올해까지 골프선수를 10년간 뒷바라지했고, 거문고 연주자를 7년째 뒷바라지 중이다.

예체능 뒷바라지 비용을 환산해 보니 지방 중소도시 아파트 두 채 값이다. 남편이 개업하기 전엔 남편의 월급과 내 월급으로 레슨비를 충당했다. 악기를 산다든지 전지훈련을 갈 때는 목돈이 필요했다. 어쩔 수 없이 주식을 팔거나, 보험을 해약하거나 담보대출을 받았다. 아파트는 온전한 내 소유가 아니다. 지금 내가 살고 있는 집은 전주로 이사 올 때 대출을 끼고 산 아파트다. 원리금을 다 갚고 완전한 내 소유가 되었을 즈음에 큰아들이 골프를 시작했다. 할 수 없이 다시 주택담보대출을 받아서 레슨비를 마련했다. 공무원이 박봉이라 하더라도 퇴직할 때쯤이면 아파트 한 채는 남는다고 하는데, 퇴직 전에 융자금을 다 상환할지 걱정이 될 때가 있다.

전주 출신 김한별 선수가 2020년도에 우승을 했을 때 봤던 기사가 떠 오른다. 〈가족의 힘으로 우승한 김한별 "상금 많이 벌어 효도하겠다"〉라는 제목의 연합뉴스를 보면 김 선수 부모님은 교사 부부다. 이분들은 연금 담보대출로 뒷바라지하신 것 같았다. 상금을 받은 김 선수는 "아버지 연금을 다시 채워 넣어드리고 싶다. 집도 사드리고 싶다."라고 말했다. 김 선수 아버지는 "난 알아서 할 테니 너부터 챙기라."라고 했단다. 이것이 부모의 마음이다.

정말 남의 일이 아니란 생각을 했다. 자녀 뒷바라지에 많은 소득과 재산을 다 몰아준 부모들은 이 기사를 보면서 나처럼 가슴이 뭉클했을 것이다.

나는 김한별 선수 기사를 읽고 부러웠었다. 우리 집은 언제 이런 날이 오나 싶었다. 그날이 생각보다 빨리 왔다. 지난 5월 어버이날에 집을 다녀간 아들이 오래된 우리 집을 둘러보며 "집은 못 사줘도 리모델링을 해드리겠습니다."라는 말을 한 것이다. '말 한마디로 천 냥 빚을 갚는다.'라는 말이 있듯이 그날 난 아주 기분이 좋았다. 아들의 진심 어린 효심이 느껴졌기 때문이다. 이처럼 내 마음속에는 계산기는 없고 아들만 존재한다. 물론 머리로는 다달이 통장에서 빠져나가는 숫자를 잘 셈한다. 그러나 언제나 마음이 이긴다. 돈, 시간, 정성, 눈물, 기도는 모두 내가 자원한 것이다. 그저 아들이 잘 자라주기만 바랄 뿐.

아들은 아버지의 선한 마음을 보고 자란다

난 예체능인의 길을 걷고 있는 사람들의 훈훈한 이야기를 즐겨 본다. 올해 가장 큰 감동을 준 분은 한성정 배구선수의 아버지 한은범 씨다. 조선일보(2023.6.15.) 박강현 기자 등 여러 매체에 따르면 그는 어릴 적 사고로 134㎝의 작은 키로 평생을 살았다. 결혼해서 아들을 낳았는데, 아들 한성정 선수는 아버지의 걱정과 달리 키가 무럭무럭 자라나 초등학교 때 배구에 입문했다. 한 선수의 키는 무려 195㎝다. 아들이 무려 61㎝나 커서 아버지가 우러러봐야 할 정도다.

안타깝게도 어머니는 생활고로 떠났고, 한 선수의 아버지는 막노동과 빚까지 내며 홀로 아들을 뒷바라지했다고 한다. 그리고 아들의 경기를 직접 가서 보고 싶었지만, 아버지의 외모로 아들이 피해를 입을까 염려해서 오랫동안 가지 않았다고 한다. 그런 아버지에게 한 선수는 다음과 같이 말했다.

"왜 남들 눈치를 보세요? 아버지가 오시면 제가 더 잘하니까 꼭 오세요."

이 한마디로 그날부터 아버지는 무려 14년간 지금까지 모든 경기를 참관하며 응원했다. 아버지의 응원 덕분으로 한 선수의 실력은 날로 향상되었다. 지금은 5억 대 연봉을 받는 선수다. 한 선수는 어려서 공부 못 한다고 혼난 적은 한 번도 없었는데, 장애가 있는 친구의 가방을 들어주지 않았을 때는 무척 혼났었다고 한다. 아버지는 힘세고 건강한 아들이 약한 자를 지키고 도와야 한다는 교육관으로 아들을 가르쳤다. 아버지의 선한 마음을 제대로 배웠기에, 아들은 아버지의 외모를 부끄러워하지 않은 것 같다.

KBS TV '아침마당'의 화요초대석(2023.5.9.)에서 아버지 한은범 씨의 얼굴을 자세히 본 적이 있는데, 입가에는 아들을 향한 미소가 가득했다. 아들을 사랑하는 아버지의 마음과 아버지를 존경하는 아들의 마음이 고스란히 느껴졌다. 하시는 말씀마다 얼마나 소박하고 겸손한지, 시청하는 내내 마음이 훈훈했다. 아버지의 작은 키는 보이지 않고 이 세상에서 제일 큰 아버지의 마음만 보였다.

한성정 선수가 결혼을 앞두고 아버지에 대해 한 말이 언젠가 내 큰아들이 남편에게 한 말과 비슷해서 떠올려 본다.

"저를 이렇게 잘 키워주신 아버지야말로 인생 롤모델입니다. 저도 아버지가 되면 비로소 제 아버지를 100% 이해하겠죠. 아버지만 한 아버지가 될 수 있을지 걱정입니다."(한성정 선수)

"내가 나중에 아버지가 된다면, 나는 내 아들에게 아빠처럼 못할 것 같아요."(큰아들)

이 말을 들은 한성정 선수 아버지와 내 남편은 정말로 아들을 키운 보람이 있을 것 같다. 엄마로서 질투가 난다. 또 한편 우습기도 하다. 나를 포함하여 딸들은 대체로 "엄마처럼 안 살 거야." 하는데 말이다.

한성정 선수의 결혼을 축하하며 한 선수의 효심과 아버지의 휴머니티가 이 땅의 많은 선수와 부모들에게 선한 영향력을 끼치길 바란다. 예체능을 하는 자녀를 뒷바라지하는 대다수 부모의 삶은 고달프고, 금전적으로도 마이너스 인생이다. 그런데도 자녀에게 소망을 두는 것은 자녀들의 실력과 인성이 커나가는 기쁨이 크기 때문이다. 아니 부모도 자녀의 성장 과정을 지켜보며 인간으로 성숙해진다. 인생의 가을날을 생각하면 자녀에게 소망을 두고 뒷바라지하는 지금이 행복하다. 부모에게 위로와 힘이 되는 성경 말씀을 붙들고 자녀교육에 임하겠다.

"눈물을 흘리며 씨를 뿌리는 자는 기쁨으로 거두리로다. 울며 씨를 뿌리러 나가는 자는 반드시 기쁨으로 그 곡식단을 가지고 돌아오리라." (시편 126장 5~6절)

"밭 가는 자는 소망을 가지고 갈며, 곡식 떠는 자는 함께 얻을 소망을 가지고 떠는 것이라." (고리도전서 9장 10절)

프로골퍼 엄마,
빨래 솜씨가 프로다

엄마로서 난 뭘 잘하지?

2023년 제1차 KPGA 투어프로선발전 4박5일 일정의 본선 경기를 잊을 수 없다. 경기 마지막 날인 7월 7일은 KPGA 홈페이지에 경기 일시 중지 안내가 공지될 만큼 폭우가 심했다. 평소 오후 세 시 반이면 소식이 오는데 남편도, 아들도 소식이 없었다. 다른 가족들의 마음도 애가 탔는지 당일 조회수가 3천8백 회가 넘었다. 오후 여섯 시까지 기다리다 내가 먼저 전화를 했다. 아무도 받지 않았다. 남편의 전화기는 아예 꺼져 있었다. 폭우로 얼마나 힘들었을까? 경기 성적이 중요하지 않았다. 마지막으로 세 명이 보는 단톡방에 물었다.

"모두 고생 많았습니다. 전주로 오고 있는지요?"

"방금 끝났어요."

아들의 한마디로 나는 안도의 숨을 쉬었다. 대장정을 마치고 얼마나 피곤할까? 늦은 밤에 돌아왔다. 여러 차례 경기가 중단될 정도였다는데, 두 사람 다 얼굴이 환하다. 4일 경기 중에 마지막 날에 제일 잘 쳤다고 한다. 경기 전반보다 후반에 잘 치는 아들의 장점이 있다. 폭우 속에 잘 쳤으니, 아들의 실력은 이미 상당한 수준이란 것이 입증된 것이다. 비바람 부는 날이라 시야도 안 좋은데, 풍향과 풍속을 잘 계산하고 쳤다면 정말 훌륭하다는 생각이 들었다. 다음번 제2차 경기를 희망 속에 준비할 수 있게 됐다. 남편은 동반 선수들 가운데 아들의 비거리 실력이 제일 돋보였다고 말했다. 아들만 바라보는 바보 아빠답다. 4일 동안 경기를 지켜보니까, 앞으로 아들은 오비를 줄이면 좋은 성적이 나올 것 같다고 한다. 과감함과 신중함의 조화가 필요한 골프가 참 어렵게 느껴진다. 그러니까 잘 치는 사람을 프로라고 하나 보다.

나는 엄마로서 뭘 잘하지? 빨래를 잘한다. 아니 빨래라도 잘해주고 싶었다. 경기를 마치고 돌아온 날, 두 사람의 빨래는 어마어마했다. 4박 5일 동안 날씨가 장마와 땡볕이었음을 빨래가 보여줬다. 쉰 냄새는 물론이고 옷마다 황토물, 풀물이 아주 진하게 물들어 있었다. 세탁소에 오염이 심한 아들 옷 몇 개와 골프화를 맡기고 나머지는 내가 금요일 저녁부터 토요일 오전까지 계속 빨았다. 빨래하면서 별별 생각이 다 들었다. 늘 땀 흘리는 운동을 한 다음 바로바로 세탁기에 돌려서 그런지 옷이 많이 낡았다. 아들은 경기를 나가면 보통 이틀에서 닷새간의 옷을 챙겨가는데, 이번 경기에 쏟아낸 옷이 가진 옷의 전부인지 재촉을 했다.

아들이 운동할 때만큼은 옷을 멋지게 차려입는 멋쟁이인데, 아들이 골프를 오랜 세월 하면서 많이 알뜰해졌다는 생각이 들었다. 아들은 투어프로선발전이 치러질 영암으로 출발하기 전에 전주에서 아버지와 합류했는데, 내게 두 가지 숙제를 내주었다. 하나는 쉰 냄새 나는 바지 하나를 해결해 달라는 것이고, 나머지는 전에 다녔던 연습장에서 입었던 근무복 티셔츠 세 장의 마크를 지워달라는 것이었다. 참 둘 다 만만치 않은 숙제였다. 막연한 상식으로 했다가는 비싼 옷을 훼손할까 염려되었다. 쉰 냄새 원인은 세균이다. 면으로 된 수건은 삶으면 되지만 합성섬유로 만든 골프바지는 삶으면 쪼그라든다. 마크 지우는 방법을 유튜브에서 찾아보니 드라이로 말려서 상표가 들뜨면 칼로 뜯어내라고 한다. 내 옷 같으면 버릴 셈 치고 내 방식대로 하면 되지만, 아들 옷이라 세탁소 사장님께 자문했다.

쉰 바지는 식초로 헹구어 햇볕에 말리면 된다고 해서서 직접 내가 해봤다. 생각보다 쉬웠다. 하지만 장마철이라 햇볕이 오락가락했다. 이러다가 더 쉰 냄새 날까 걱정되어 아침저녁으로 선풍기에 말려서 겨우 쉰 냄새 잡기에 성공했다. 티셔츠는 세탁소에 알아보니 마크가 아주 진하게 인쇄되어 제거하기가 어렵다고 했다. 칼로 뜯어내면 옷이 상처를 입게 되니까, 손톱으로 하나하나 뜯어내야 한다고 한다. 아들에게 회사 마크가 있는 옷은 그냥 연습할 때 입고, 경기할 때 입을 옷은 새로 사주겠다고 말하니까 사양했다. 늦더라도 수선해서 입겠다는 것이다. 옷값을 아끼려는 아들이 기특했다. 아들은 아버지가 바지 뒷부분 포켓 부위를 여러 번 짜깁기해서 입고 다니고, 겨울 자켓 팔꿈치 부분이 구멍 난 것을 가죽으로 덧대서 입고 다닌다는 것을 잘 알고 있었다. 아들도 아버지를 닮아 겉멋이 아닌 속멋이 들어가는 것 같아서 흐뭇했다.

통하는 사랑의 언어, 나의 빨래 솜씨

밤새 옷을 색깔별로 구분하여 많은 빨래를 하는 내가 안쓰러웠는지 아침에 남편이 빨래를 널어주었다. 건조대 가득 빼곡하게 널었는데 옷이 잘 안 말라 옷에서 쉰 냄새가 날까 걱정하는 눈치였다. 남편도 영업하는 사람이라 골프의류를 자주 입는 편이다. 생각해 보니 나는 아들 옷 위주로 세탁소에 맡겼고, 남편 옷은 집에서 빨았다. 또 아들 골프화는 세탁소에 맡겼으면서 남편이 신었던 운동화는 신경도 안 썼다. 미안해서 동네 빨래방을 찾았다. 남편의 옷만이라도 잘 말려주려고 모조리 다시 걷어서 빨래방 건조기에 돌렸다. 남편의 운동화는 빨래방 운동화 세탁기에 돌렸다. 주말이라 손님이 많아 한참을 기다렸다.

기다리면서 빨래방 책꽂이에 꽂힌 게리 채프먼과 로스 캠벨의 공저 《자녀를 위한 다섯 가지 사랑의 언어》를 손에 들었다. 오래전 게리 채프먼이 먼저 집필한 《다섯 가지 사랑의 언어》를 읽고서 우리 부부 사이에 통하는 사랑의 언어를 점검해 본 적이 있었다. 나와 남편을 분석한 결과, 내가 제일 좋아하는 사랑의 언어는 '함께하는 시간'과 '스킨십'이었고, 남편이 좋아하는 사랑의 언어는 '인정하는 말'과 '선물'이었다.

그런데 자녀에게도 통하는 사랑의 언어 다섯 가지가 있다는 것이다. 대상만 다를 뿐 부모와 자녀 관계에도 스킨십, 인정하는 말, 함께하는 시간, 선물, 봉사가 사랑의 언어라고 한다. 책을 든 김에 큰아들과 나 사이에 통하는 사랑의 언어는 뭘까 궁금했다.

게리 채프먼에 따르면 사랑의 언어를 발견하는 방법은 세 가지 정도가 있다.

첫째, 상대가 나의 마음에 깊은 상처를 주는 것이 무엇인가? 내가 상처받는 것이 바로 내가 우선시하고 좋아하는 사랑의 언어이다.

둘째, 내가 상대에게 가장 많이 요구하는 것이 무엇인가? 내가 가장 많이 요구하는 것이 바로 내가 사랑을 가장 많이 느낄 수 있는 것들이다.

마지막으로 내가 상대에게 어떻게 사랑을 표현하는가? 사랑을 표현하는 나의 방법이 바로 나에게 통하는 사랑의 언어다.

간단하게 아들과 나 사이에 있었던 최근의 대화를 적용해 보니까 싱거운 답이 나왔다. 내가 아들에게 가장 많이 요구하는 말은 '밥 사줄게. 시간 좀 내다오.'였다. 반면에 아들이 내게 요구하는 것은 '옷 관리 방법을 묻거나 도와달라'는 것이다.

결론을 내리자면 내가 아들에게 기대하는 제일의 사랑의 언어는 '함께하는 시간'이고 아들이 내게 기대하는 사랑의 언어는 '봉사'다.

'품 안의 자식'이라는 말이 있듯이 10대 후반부터 객지에서 운동선수의 길을 걷고 있는 아들은 나와 공간적으로 같이 있을 수 없다. 그런데 내가 아직도 아들을 어린아이로 생각하고 함께 먹는 것을 제일 우선시한다는 건 조금 문제다. 엄마는 아이의 성장 속도에 맞게 사랑을 주고받아야 한다. 유아기에 집중적으로 필요했던 '함께하는 시간'을 20대 성년 아들에게 베풀거나 요구하다니 내가 감이 좀 떨어진다고 생각된다.

아무래도 내가 중년이 된 남편과 성인이 된 두 아들과 서로 잘 소통하려면 남편이 제일로 여기는 '인정하는 말'과 아들이 제일로 여기는 '봉사'에 초점을 맞춰 봐야 할 것 같다. 4박5일 경기에 최선을 다해준 아들과 남편의 노고를 인정하고 내가 잘하는 빨래 솜씨로 장마철임에도 뽀송뽀송한 수건과 상큼한 향이 나는 옷을 선물해 주고 싶었다. 특별히 남편의 운동화에는 향기 나는 손소독제를 듬뿍 뿌려 진흙탕에 빠져서 쉰 냄새가 심하게 나는 것을 없애주기로 마음먹었다. 남편과 아들은 깨끗한 빨래와 향기 나는 신발에서 내 사랑을 느낄 것이다. 큰 경기를 한 번씩 치른 주말은 빨래하느라 정말 바쁘다. 바빠.

5

아들은 그 자체로
고귀한 꽃이다

자꾸만 능소화꽃에 눈길이 간다

내가 살고 있는 아파트 진입로엔 커다란 옹벽이 있다. 여름이면 담벼락이 담쟁이와 능소화잎으로 온통 짙푸르다. 이 중 돋보이는 것은 능소화다. 6월부터 8월까지 하늘 향해 피어나는 주황색 능소화꽃이 참 예쁘다. 능소화는 하늘을 능가하는 식물이라 불릴 만큼 덩굴이 10미터까지 올라간다. 꽃은 위에만 피는 것이 아니라 아래 가지에서도 피어나는데, 자세히 보면 나팔꽃보다 큰 종 모양 통꽃이다. 중국이 원산지로 추위에 약한 편이며, 우리나라에서는 주로 남부지방에서 많이 볼 수 있다. 양반들이 이 꽃을 좋아해서 양반가에서만 심고 평민들에게는 심지 못하게 했다고 한다. 양반들만 심은 이유는 뭘까? 바로 입신양명을 상징하는 꽃이기 때문이다. 조선시대 때 임금이 장원급제한 신하에게 화관을 내리는데, 이때 능소화꽃을 본떠서 종이로 만든 꽃을 바로 어사화라고 한다. 과연 양반들이 능소화를 어사화라 부르며 애지중지할 만하다. 오죽했으면 평민들이 이 꽃을 양반꽃이라고 했을까? 실제 꽃말이 명예와 영광이다.

내가 어사화란 말을 처음 들은 것은 어느 여름날 미술전시관에서였다. 전시된 동양화 중에 내 눈길을 사로잡은 것이 있었다. 보통 동양화는 새와 꽃이 함께 그려지는데, 물고기와 꽃이 그려진 그림이 눈에 띄었다. 물고기가 물 밖으로 튀어 오르는 장면으로, 머리에 꽃이 드리워져 있었다. 화가 선생님이 물고기가 용이 되기를 바라는 입신출세를 기원하는 의미를 담았다고 설명해 줬다. 선생님께 꽃이 매화꽃이냐고 물었더니, 능소화꽃이라고 말씀하셔서 그때부터 능소화의 유래에 대해 알게 되었다.

물고기 그림이 다산을 상징한다는 말을 자주 들었는데, 어사화를 추가하여 자녀의 입신양명까지 바란다니 부모들의 소망은 끝이 없다고 생각되었다. 자녀가 없으면 자녀 많이 낳기를 기다리고, 자녀가 건강하면 자녀가 공부까지 잘하여 출세하기를 바라는 심정은 예나 지금이나 똑같다. 나 또한 예외가 아니다. 평소에는 그냥 지나쳤는데, 어사화란 말을 들은 뒤로부터 여름이면 능소화꽃을 한참씩 바라보게 되었다. 게다가 우리 동네 아파트단지는 오래된 아파트라 방대한 옹벽에 피어난 능소화가 해마다 진짜 기품 있게 피어서 거의 벽화 수준이라 기분이 좋았다.

드디어 작년 여름날 작은아들과 같이 능소화꽃을 볼 수 있었다. 아들이 여름방학을 맞아 전주로 이사하는 날이었다. 짐을 다 정리하고 마지막으로 쓰레기까지 버리니 마음이 정말 홀가분했다. 아파트 담벼락 정면에 능소화꽃이 피어나고 있었다. 그날 아침엔 비가 와서 능소화꽃이 아주 싱싱하고 우아했다. "어머 능소화꽃이다." 하며 너무 예뻐서 사진을 찍었다. 아들은 "꽃 이름을 많이 아시네요." 하며 나를 띄어줬다. 아들은 꽃 이름을 잘 모른다며 걱정했다.

"뭘 걱정해? 궁금하면 네이버에서 다 알려 주는데…"

딱 여기까지만 말했어야 했는데, 화가에게서 들은 어사화 이야기를 꺼내고 말았다. 조선시대 때 장원급제한 신하에게 임금이 하사했다고 해서 꽃 이름이 어사화라고. 즉 '너도 훌륭한 연주자로 대상을 받았으면 좋겠구나.'라고 엄마의 소망을 간접적으로 말한 것이나 다름없었다. 사실 작년 여름 학기는 아들에게 이래저래 힘든 시기였었다. 1학년 때와 달리 2학년 때는 동아국악콩쿠루르에서 예선을 통과하지 못했다. 그리고 학과 1~2등으로 교직과목 이수 대상이었는데, 면접 준비를 철저히 하지 않아서 이수할 수 없게 되었다. 나는 좀 속이 상했었다. 큰 대회가 있으면 대회 준비를 하겠다며 개인 레슨비를 도와달라고 부모에게 청했어야 했는데, 요청하지 않고 혼자 준비했다. 또 교직은 안정적인 진로가 보장되어 면접 준비를 신경 썼으면 잘 됐을 텐데. 이 또한 혼자서 준비하고 결과만 부모에게 알려주었다. 왜 부모에게 미리미리 말하지 않았을까? 부모에게 자꾸만 지원해 달라는 것이 미안했던 모양이다. 이어서 내가 전혀 생각지도 않은 말들이 오고 갔다.

"아르바이트를 하고 싶어요."

"엄마는 네가 그 시간에 전공 공부를 더 열심히 하는 게 좋겠다. 초보자에게 거문고 레슨을 하면 몰라도 편의점이나 배달 알바 하다가 오히려 시간에만 쫓기고 다칠 것 같다."

"경험을 해야 돈이 귀한 줄 알잖아요."

"난 네가 고생하는 거 싫다. 알바를 하려면 아빠 사무실이 좋겠다."

"…"

능소화꽃을 어사화로 봐서 미안해

여기서 나의 본심의 드러났다. 어떻게든 아들을 고생시키고 싶지 않았고, 한 가지 공부에 집중하길 바랐다. 아들은 나의 이런 면을 답답해했다. 나는 아들을 이 시대를 사는 평범한 젊은이로 생각하지 않고 귀공자라는 틀에 가둬놓고 생각하는 경향이 있다.

반면에 남편은 작년 여름에 아들을 강하게 키워야겠다며 군악대가 아닌, 일반 군 입대를 권하였다. 나는 학자금 대출과 상환이 가능하도록 엄마인 내가 정년퇴직 하기 전에 아들이 대학을 다 마치길 바랐다. 아들이 스스로 학비를 벌어서 학업을 마치는 것은 너무 벅차다고 생각했다. 내 우려는 학비를 벌려다 대학 졸업 후 전공을 못 살리는 친구들을 많이 봤기 때문이다. 내 경우도 전공을 살린 경우가 아니다. 대학원 학비 벌려고 우연히 공직에 들어왔다가 기약했던 3년을 넘기고 30년이 되었다.

결론은 아들이 냈다. 군 복무는 마땅히 마쳐야 하니 빨리 다녀오는 게 낫다고 생각했다. 입대에 관해서는 부모보다는 절친인 고교 친구의 조언을 많이 따랐다.

먼저 군악대에 입대한 친구가 있었다. 아들의 바람대로 아들은 군악대에 입대했고, 그 후로 1년이 지나 또다시 여름이 되었다. 통화가 가능한 일요일 이런저런 안부를 묻다가 작년에 이사하던 날 봤던 능소화 이야기를 꺼냈다.

"오늘 능소화꽃을 자세히 봤는데, 능소화꽃은 위에서 핀 것도 예쁘고, 아래에서 피어난 것도 참 예쁘더라."

"그렇죠."

"꽃을 꽃으로 봐야 하는데, 작년에 네 앞에서 어사화 이야길 많이 해서 미안하다."

"…"

"난 네가 일요일이면 종교 시간을 가졌으면 좋겠다."

"의지하고 싶을 때 갈게요."

"네가 요즘 즐겨듣는 곡 있으면 추천 좀 해다오."

카톡으로 보내왔다. S대 음대 석사과정 졸업 연주곡인 정하은 님의 창작곡 〈Right〉였다. 들어봤다. 이 곡은 유혹, 상실과 고통, 그럼에도 멈추지 않는 인간의 희망을 담은 약 9분간의 연주곡이다. 아들이 창작 음악에 관심이 많다는 걸 느꼈다. 창의적인 음악 세계를 동경하는 것 같았다. 아들에게 연주 감상을 카톡으로 보냈다.

"맑고 높은 정신세계를 가진 거문고 연주자를 존경합니다. 좋은 곡 보내주어 고마워♡"

잠시 후 남편으로부터 전화가 왔다. 아들과 통화했다면서 기쁜 목소리다. 아들이 엄마와 통화를 마치고 아빠에게도 전화한 모양이다.

남편에게 "뭐가 그렇게 기쁘냐?"고 물었다. 아들이 《데일 카네기 인간관계론》을 읽고 있다는 것이다. 남편의 인생을 변화시킨 책이다. 부전자전인가? 인간관계와 자기관리를 잘하는 거문고 연주자로 잘 자라고 있는 아들을 느낄 수 있어서 정말 감사했다. 아들은 그 자체로 한 송이 귀한 꽃이다. 가끔 조바심을 내는 내가 문제다. 능소화꽃을 보고 어사화 타령을 하는 식이다. 타고난 인품에 음악과 독서로 두루두루 교양을 갖춘 고귀한 인격체로 잘 성장하기를.

포도나무장학재단을 꿈꾸며

꿈행복드림센터(가칭)에 실행력을…

2019년 12월 31일 저녁, 나는 남편의 새 사무실에서 날을 샌 적이 있다. 2020년 1월 초 남편의 개업식을 앞두고 할 일이 많았 다. 남편은 31일자로 공직 21년을 마감한 날이어서 그런지 일찍 사무실을 떠났다. 사무실 집기 정리 등 별로 한 것도 없는데 금방 밤이 깊어 갔다. 나는 해마다 연말이면 그해 제일 보람 있었던 일 열 가지와 밝아오는 새해 소망 열 가지를 일기장에 적어보곤 했 다. 그날은 일기장이 없어서 사무실 메모지를 잡았다. 주인 없는 곳에서 기분이 묘했다. 개업은 남편이 하는데 내가 결연한 각오로 새 출발하는 심정이 들었다. 쓸 것이 많았다. 아무도 사용한 적이 없는 사무실의 새 컴퓨터를 켰다. 일기장보다 더 빠르게 작성되었다. 적다 보니 버킷리스트 50개가 작성되었다. 그중에서 다섯 개를 특별히 선별하였다.

첫째, 꿈행복드림센터(가칭) 설립운영
둘째, 차남이 거문고 명인이 되도록 늘 기도하기
셋째, 방광염과 만성 빈혈 1년 안에 완치하기
넷째, 직장에서 욱하고 큰소리 내는 성질 죽이기
다섯째, 전국 시도 공무원교육원 스타강사 되기

위 다섯 꼭지는 이후 뜻을 같이한 작가님들과 함께 2020년 2월에 위닝북스 출판사를 통하여 《운명을 바꾸는 종이 위의 기적, 버킷리스트 22》로 출간하였다. 나의 다섯 가지 소망이 '건강하고 화목한 가정을 이룩하고 행복한 결혼생활 전도사 되기'란 주제로 세상에 나왔다.

첫 번째 썼던 '꿈행복드림센터(가칭) 설립운영'은 처음 메모지에 적었을 때는 '꿈을 키워주는 드림빌딩 구매하기'였다. 큰아들이 프로골프선수로 막 성장하려고 할 때 군에 보내는 심정이 비통했었다. 남편이 입주한 빌딩 이름은 '드림빌딩'이다. 아들의 꿈을 키워주고 밀어줄 각오로 남편은 법무사 업을 개업했다. 빌딩을 살만큼 남편 사업이 잘되기를 진심으로 바랐다.

건물을 산다면 이후에는 드림빌딩에 뭘 채울까를 생각해 봤다. 신축된 건물로 빈 사무실이 많았었다. 공직 퇴직 후 남편사무실 옆에서 자녀교육 상담과 부부 상담하면서 누군가에게 행복을 드리는 삶을 살고 싶어졌다. '드림'이라는 단어가 영어로 '꿈'도 되지만, 우리말로는 '드린다'는 봉사 헌신을 뜻한다. 그래서 '상담하면서 행복과 꿈을 드린다'는 뜻의 '꿈행복드림센터(가칭) 설립운영'으로 내 꿈을 확장시켜 봤다. 그런데 이후 상담센터 명칭이 왠지 추상적으로 보이고 실행력이 없어 보이기 시작했다.

행복은 상담을 통해서 정서적인 안정감을 줄 수 있지만, 꿈은 드리기만 하면 안 될 것 같았다. 꿈을 가진 사람을 키워주고 싶었다. 꿈은 원하고 바라는 것만으로 이룰 수는 없다. 실행할 수 있는 강력한 도구 중의 하나가 바로 돈이다. 누구보다도 우리 부부는 예체능을 하는 자녀 둘을 뒷바라지하면서 심적으로나 금전적으로 고통을 많이 겪었다. 취미가 전공으로 변하는 순간 부모가 부담하는 돈은 열 배가 든다. 아무리 맞벌이 공직자 부부라 할지라도 둘을 감당하기에는 벅찼다. 그런데 어려울 때마다, 돈이 필요할 때마다 크고 작은 후원의 손길이 이어졌다. 그 고마움을 너무도 잘 알기에 장학재단을 설립하고 싶어졌다. 장학재단 이름은 은혜가 넘치는 이름 '포도나무'로 생각했다. 내 생각을 말하자 남편도 적극 지지했다. 법인설립 업무가 남편의 주된 업무이기도 하다.

남편은 자신의 저서《창업, 4천5백 송이 포도나무 플랜으로 하라》2쇄를 찍으면서 작가 프로필에 우리 부부의 꿈을 공개적으로 밝혀줬다. '가정에서는 현재 골프와 거문고를 하는 두 아들을 키우고 있으며, 향후 예체능 꿈나무 전용 포도나무장학재단을 설립 운영할 꿈을 꾸고 있다.'라고 자신을 소개했다. 참 고마웠다. 힘이 되었다. 내 아들 잘 키우는 것만으로 하나님께 고개를 들 수는 없다. 세상에는 아이를 입양해서 한 생명을 끝까지 잘 키우는 부모들도 많다. 나는 입양은 못하더라도 재능이 있는 아이를 도울 계획이다.

포도나무의 꿈 '실천하는 사랑의 기쁨'

두 형제가 지금까지 중단없이 꿈을 향해 달릴 수 있었던 것은 어느 정도 후원과 장학금을 받았기 때문이다. 큰아들의 경우는 풋조이 전주점에서 여러 차례 골프의류를 후원받았으며, 작은아들은 크라운제과의 장학금과 개벽장학회의 장학금을 받았다. 종중인 전의이씨 삼정장학회에서는 고등학교 때부터 매년 두 아들에게 장학금을 주었다.

이 중에서 나에게 특별하게 다가온 장학금은 지역 향토기업인이 출연한 개벽장학회 장학금이었다. 2020년 가을에 아들이 전국 국악대회에서 입상했다는 소식을 들은 남편 지인이 개벽장학회 장학금을 신청해 보라고 했다. 장학금을 신청하기 위해 일단 홈페이지를 검색하였다. '함께 사는 세상, 함께 나누는 행복'이라는 이영섭 이사장님의 철학을 비롯하여 다양한 장학사업과 후원 방법이 잘 공지되어 있었다. 학업우수(성적) 장학생, 꿈드림(복지) 장학생, 특기(예체능) 장학생 등 이렇게 세 개 분야 장학생을 선발하는데, 아들은 특기 장학생에 해당되었다. 그다음 해는 학업우수(성적) 장학생이 되었다. 이렇게 두 번이나 받게 되었다. 이후 다시 한번 자격이 되어 신청하였으나 선정되지 않았다. 이유는 특기에서 예능이 사라졌기 때문이다.

예능을 전공하는 학생은 부유한 집 자녀라는 일부 심사위원들의 인식이 걸림돌이 되었다. 마음이 쓰라렸다. 하지만 그간 받은 은혜가 더 컸다. 나도 일부 은혜를 갚고자 소액으로 개벽장학회를 후원하기 시작했다. 개벽장학회 장학사업은 장학금 지원뿐만 아니라 청소년 역사문화탐방과 병역명문가 자녀 자긍심 고취 사업 등 다양한 장학사업을 실시하고 있다. 후원자로서 장학사업 내역을 계속 문자로 알림서비스를 받고 있는데, 정말 개벽장학회가 청소년을 위해 멋지게 일한다는 생각을 했다.

나도 그렇게 하고 싶었다. 예체능을 하는 자녀와 이를 뒷바라지하는 부모들에게 힘이 되기로 마음먹었다. 예체능을 하는 자녀 전용 포도나무장학재단을 설립하여 운영하겠다는 꿈은 이렇게 개벽장학회에서 시작됐다. 천 리 길도 한 걸음부터라고, 나는 종자돈을 모으기로 결심했다. 매일 4천5백 원을 저축하기 시작했다. 남편의 책 이름 4천5백 송이 포도나무에서 착안했다. 커피 한 잔 값이다. 후원이라는 것은 내가 여유가 있을 때 하거나 내가 성공했을 때만 하는 것이 아니다. 액수를 떠나 내가 마음이 있을 때 바로 하는 것이 중요하다. 또 하나의 작은 실천으로 지난봄 3월에 결혼기념일을 맞아 해외아동을 돕는 비영리민간단체 '잭과 콩나무'를 후원하기 시작했다. 20년 전부터 시작했던 월드비전에 이어 부부지간에 같이하는 후원은 '잭과 콩나무'가 두 번째다. 적은 금액으로 시작하니 부담은 적고 실천하는 기쁨을 지속적으로 가질 수 있어서 좋다.

나는 공직 선배님들이 퇴직을 앞두거나 큰 상을 받았을 때 장학금을 쾌척하는 걸 보아왔다. 본이 되시는 분이라고 생각했다. 나도 퇴직할 때 포도나무장학재단에 첫 번째로 장학금을 기부할 예정이다. 공직 생활 30년, 이 자체가 국가로부터 받은 과분한 수혜였다. IMF와 코로나 등 국가적인 위기에도 공무원 급여는 통장에 들어왔다. 그간 국가로부터 받은 수혜를 포도나무장학재단에 일부라도 환원하고 싶다. 내 작은 종자돈에서 시작되지만, 남편의 사업수입과 예체능을 하는 두 아들의 상금이 계속 부어져서 4천 5백 송이 포도나무처럼 거목이 되기를 바란다. 두 아들이 최고의 장학금 기탁자가 되길 바라며…

"피차 사랑의 빚 외에는 아무 빚도 지지 말라.
남을 사랑하는 자는 율법을 다 이루었느니라." (로마서 13장 8절)

일기 주제가 원망에서 소망으로

사랑의 성장 일기

태풍이 지나가고 잔잔한 비가 내리는 2023년 8월 10일 저녁이었다. 남편이 가족 모두가 보는 단톡방에 왁스의 노래 〈엄마의 일기〉 영상을 공유하면서 "듣고 눈물을 흘리면 안 돼요."라는 감성적인 메시지를 보내왔다. 23년 전에 나온 노래인데 남편은 이제야 지난날의 나를 이해해 준 것 같다. 정말로 남편은 신혼 때 술꾼이었다. 늦게라도 고마운 마음이 들었다.

'술에 취한 아버지와 다투시던 날
잠드신 줄 알았었는데

불이 꺼진 부엌에서 나는 봤어요

혼자 울고 계신 당신을

알아요 내 앞에선 뭐든지

할 수 있는 강한 분인걸

느껴요 하지만 당신도 마음 약한 여자라는 걸'(중략)

나는 대학 1학년 때부터 일기를 꼬박꼬박 쓰기 시작했다. 첫 일기장은 표지가 하늘색이었다. 파란 꿈을 담고 싶었다. 학교 숙제가 아닌, 진짜로 내가 쓰고 싶어서 쓰다 보니 지금까지 36년을 써왔다. 그 많은 일기를 다 보관하고 있지는 않고 현존하는 일기장은 열 권이며 기도 노트가 여덟 권이다. 일기를 쓰면서 앞날도 전망해 보지만, 1년 전 이맘때 나는 뭘 했었지? 무슨 일이 있었지? 뭐가 고민이었지? 그해 연초 새해 소망은 뭐였지? 하며 되돌아보는 재미가 있다. 그해 연말 일기를 보면 목표 달성 여부도 확인되었다. 이렇게 나의 일기는 과거와 현재, 미래에 대한 소망이 이어지는 나의 소중한 성장 일기였다.

20대 때 썼던 일기장은 결혼하던 해 친정엄마에게 태워달라고 부탁했다. 남편에 대한 예의라고 생각했다. 20대를 살고 있는 두 아들을 위해서라면 보관할 걸 하는 아쉬움이 있다. 청년 시절에 당면하는 이성 고민이라든지, 진로에 대한 중압감을 이해하고 극복하는 데 아주 좋은 자료가 될 터인데 말이다.

결혼 이후에 쓴 30~40대 일기는 20대 일기와는 완전히 달랐다. 20대 때는 친구와 직장동료가 주인공이었다. 결혼 이후에는 친구가 오히려 뒷전으로 밀려났다. 남편, 두 아들, 학교 선생님, 시댁과 친정 식구들, 동료들과 민원인, 이웃들… 정말 다양한 인물들이 소설처럼 등장했다. 그중 단골은 내 삶의 중심이 된 사람인 남편과 두 아들이었다.

지금 보관된 것 중 가장 오래된 일기는 신혼일기부터 시작한다. 신부답게 가지런한 글씨로 하루하루를 잘 정리해 두었다. 당시 주말부부였고, 태어날 아기에 대한 설렘으로 쓴 긴 페이지의 일기는 정성이 가득했다. 태교에도 상당히 공 드렸음을 알 수 있었다. 그런데 출산 후 약 6개월간의 일기가 전혀 없었다. 아이가 태어나면서 내가 없어져 버린 느낌이었다. 출산휴가가 끝나고 직장에 복귀하자마자 새 업무가 배정되었다. 일과 후에는 육아와 야간대학원 학업까지 병행하느라 완전 파김치가 되었다. 또 첫아들은 치루로 자주 병원을 다녀야 했었다. 일기를 쓸 시간적인 여유가 전혀 없었다. 남편이 직장을 옮겨 주말부부를 끝냈지만, 날마다 늦게 퇴근하는 남편에 대한 원망까지 시작되었다. 이중 삼중으로 고통을 느꼈다.

나를 찾아야겠다는 생각에 온 식구들이 잠들었을 때 일기를 다시 쓰기 시작했다. 그때의 일기장 필체는 정말 날아가는 글씨체였다. 쏟아낼 분노가 너무 많았고, 감정을 따라잡으려고 펜이 정신없이 움직였다. 예전에는 직장과 나만 챙기면 됐는데, 출산과 동시에 온통 삶이 내 의지대로 되는 게 없었다. 원망의 대상이 남편이 되었다가, 내가 여자인 것이 원망스러웠다. 육아와 가사 부담이 없는 직장 남성 동료와 비교해도 내가 불공평한 조건에서 일한다고 생각되었다.

어떻게 하면 일과 육아를 잘 병행할 수 있을까를 고민했다. 최선은 아니었지만, 내가 직장에서 번 돈을 가사도우미와 사교육비에 집중적으로 부었다. 이후에도 두 아들의 연이은 맹장 수술, 학교 선생님 호출, 나의 수술과 직장 승진 지체, 남편의 주식투자 폭락과 명예퇴직 등은 나를 고통의 시간으로 모는 것 같았다. 그렇게 어느덧 20년 세월이 흘렀고, 일기장 권수는 늘어갔다.

일기가 책 한 권이 되다

2020년 시점에서 지난날을 되돌아보니 직장생활은 30년, 결혼생활은 20년이 넘어가기 시작했었다. 그 세월이 나를 더욱 단단한 공직자로 만들었고, 나를 기도하는 어머니로 만들었다. 또 남편이 나와 본질적으로 성향이 다름을 인정하게 되자, 예전보다는 서로 지혜롭게 내조하고 외조하는 사이가 되었다. 내가 겪었던 모든 고통의 순간은 피하고 싶었고 가혹하게 느껴졌지만, 지나고 보면 잘 해결되었다. 그 고난의 시간이 나를 어제보다 나은 인간으로 훈련시킨 일련의 과정들이었음을 깨닫게 되었다. 어려운 직장생활과 결혼생활을 나름 슬기롭게 유지해 오거나 극복해 온 비결은 뭘까를 생각해 봤다. 그건 내 삶에 대한 인내심과 가족에 대한 사랑과 소망이었다. 성경 로마서 5장 3~4절의 말씀으로 내 마음을 대변하고 싶다.

"다만 이뿐 아니라 우리가 환난 중에도 즐거워하나니 이는 환난은 인내를 인내는 연단을 연단은 소망을 이루는 줄 앎이로다."

만 50세가 되던 해에 결혼 후 써왔던 일기를 읽으면서 주제에 맞게 정리한 것이 한 권의 책 《완벽한 결혼생활 매뉴얼》이 되었다. 작가가 되었다는 기쁨보다는 책을 쓰면서 가족을 따뜻한 사랑의 시선으로 바라보고 이해할 수 있게 된 것이 가장 큰 성과였다. 로마서 말씀 단 두 줄이면 될 것을 나는 책 한 권으로 가족에 대한 사랑 이야기를 너무 길게 풀었나 싶다. 성경 말씀에 이어 나의 책을 시로 표현하라면 나태주 시인의 〈사랑에 답함〉이라고 말하고 싶다. 단 여덟 줄의 시어다.

'예쁘지 않은 것을 예쁘게
보아주는 것이 사랑이다.
좋지 않은 것을 좋게
생각해 주는 것이 사랑이다.
싫은 것도 잘 참아 주면서
처음만 그런 것이 아니라
나중까지 아주 나중까지
그렇게 하는 것이 사랑이다.'
– 나태주, 〈사랑에 답함〉

위 시는 작년 여름 시누님께서 딸을 시집보내면서 결혼식장에서 신랑 신부에게 직접 낭송해 준 축시이기도 하다. 딸과 사위가 앞으로 어떻게 배우자를 사랑해야 할지를 깨우치는 좋은 결혼 덕담이 되었다. 암 투병을 잘 극복하시고 딸을 시집보내는 어머니의 그 느낌을 잘 살려 나는 〈결혼 축시, 사랑에 답합니다.〉라는 블로그 일기를 썼다. 이를 아신 시누님이 결혼식 하객분들께 답례 인사로 이 블로그를 공유해서 얼마나 황송했는지 모른다.

한편 나도 내 아들들이 결혼한다면 이 시를 선물하고 싶다.
내 나이 서른에 만난 남편과 이후 태어난 아들이 처음에는 내 인생의 걸림돌인 줄만 알았지만, 내게 사랑과 인내를 가르쳐 준

은인이 되었음을 고백한다. 원망의 눈으로 바라보지 않고 예쁘게 보아주고, 좋게 생각해 주고, 참아 주고, 끝까지 그런 마음을 갖게 해준 참 좋으신 하나님께 감사드린다. 어느새 일기 내용이 바뀌었다. 가족에 대한 어떤 원망도 없고 오직 가족의 건강과 꿈을 응원하는 내용으로 가득 채워지기 시작했다. 아침은 하루를 축복하는 일기로 시작되고, 저녁은 감사 일기로 하루가 마무리되었다. 그래서 행복하다.

사랑을 흐르는 강물처럼

"제가 더 열심히 뛸게요" 그 한마디가

큰아들 초등학교 친구의 어머니를 17년간 알고 지내고 있다. 처음엔 아들의 피아노학원 선생님이셨기에 원장님이라고 불렀다. 오랫동안 전화번호에 원장님이라고 저장해 두었는데, 자녀교육과 신앙생활에 늘 모범을 보이시는 분으로, 이제는 권사님이라고 확실히 변경해 두었고, 호칭도 권사님이라고 부른다. 그분을 통하여 권사님 직분이 명예가 아니라 사랑을 베풀고 봉사를 솔선하는 분에게 내려진다는 것을 느낄 때가 한두 번이 아니었다.

나는 10년 전 세례 이후 교회 예배는 빠지지 않지만, 교인들 간의 친교나 봉사활동은 거의 하지 않았다. 권사님도 봉사를 강요하지는 않았고, 항상 우리 부부를 있는 그대로 그윽하게 바라봐 주셨다. 교회 봉사하는 날이라고 알려주시면 나는 바쁘고 선약이 있다는 핑계로 거의 참석하지 않았다. 그런데 지난 6월 말에 교회를 다닌 이래 처음으로 식당 봉사를 하게 되었다. 그 주간 금요일 오후에 주고받은 메시지다.

"바쁜 오후지요? 이번 주 식사 당번이 저희 구역입니다. 시간이 되시면 같이 봉사하시지요. 토요일 오전 9시~12시, 주일은 1부 예배 마치고 함께 하시면 됩니다."

주말엔 정말 바쁜데… 나는 고민하다가 나가기 싫은 마음을 최대한 감추고 나가는 방향으로 작심했다.

"감사합니다. 토요일도 하시는가요? 시간 내보도록 하겠습니다."
"네네. 토요일 일정이 바쁘시면 주일날만 오셔도 돼요. 제가 더 열심히 뛸게요."

뜨끔했다. "제가 더 열심히 뛸게요." 이 한마디가 나를 움직였다. 남편까지 동원해서 주일날 1부 예배 후 일찍 식당으로 갔다. 단체급식 식당답게 정말 어마어마한 분량이 있었다. 콩나물, 오징어, 물김치, 김치류 등등… 토요일에 일손이 필요했던 이유는 반

찬거리를 사전에 다듬는 일이란 걸 뒤늦게 알았다. 나는 보조자로 일을 했다. 식사 전에는 장화를 신고 식당 바닥이 미끄럽지 않도록 세제를 풀어 바닥 청소를 했고, 식후에는 앞치마를 두르고 설거지를 했다. 하면서 힘들다기보다는 열심히 일하는 사람들을 보면서 감탄했다. 장로님들이 뙤약볕에 주차 봉사를 하신다면, 권사님들은 뜨거운 주방에서 음식을 정성스럽게 만들고 배식을 하였다. 교인들이 평안하게 예배드리며 친교할 수 있도록 돕는 사람들을 가까이에서 보니 배울 점이 많았다.

일요일 저녁에 메시지가 왔다. 비가 오고 있었다.

"집사님, 오늘 함께해 주셔서 정말 감사하고 힘이 되었습니다. ○○이 아버님께도 너무너무 감사했다고 꼭 전해주세요. 편안한 밤 되세요."
"과분한 사랑 감사드립니다. 늘 사랑비 주셔서 고맙습니다."

코로나 전에는 권사님이 찬양대를 지휘하셨는데, 코로나 기간 중에는 찬양대를 가동할 수 없어서 예배 때마다 자주 홀로 특송을 많이 하셨다. 그래서 나는 그분이 정말 목소리가 곱다는 것을 알게 되었다. 목소리가 우아하고, 깊은 신앙으로 정성을 다해 부르시기에 늘 내 영혼과 마음이 기쁘게 흔들렸다. 찬송은 곡조를 붙인 울림이 있는 기도라는 말이 맞았다.

가장 감명 깊게 들은 찬송은 아드님과 함께 부른 특송이었다. 2021년 여름에 군 입대를 앞둔 아들과 어머니가 함께 부른 곡은 〈여호와는 나의 목자시니〉였는데, 조금 마음이 아팠다. 그런데 그분은 아픔이 아니라 하나님께서 아들을 돌보심을 확실히 믿고 부르는 감사의 찬송이었다. 어릴 적부터 권사님의 아들을 쭉 봐왔던 성도들의 마음도 내 마음 같았는지 예배당은 정말 숙연했다. 그후 2022년 1월 신년 예배 때는 휴가 나온 아들과 어머니가 함께 부른 특송 〈널 위해〉를 들었다. 마음이 참 편안해지고 행복이 차오르는 느낌을 받았다. 군에 복무하거나 멀리 객지에 있는 이 땅의 청년들을 천지만물을 지어 잘 보살펴 주시고 주님의 사랑으로 인도하시는 하나님의 은혜가 크게 느껴졌다.

하나님의 사랑, 나의 인생 속으로

권사님 모자가 부른 특송 〈널 위해〉 가사가 너무 좋아서 내 두 아들에게 전했다. 나는 아들에 대한 사랑을 어찌 전해야 할 줄 모르는데, 권사님으로부터 늘 배운다. 찬양 한 곡으로 자녀를 어떻게 사랑하는지를 나에게 가르쳐 주신 참 고마운 분이다.

'아침 해가 누굴 위해 뜨는지 부는 바람은 누굴 위해 부는지

저 푸른 하늘과 아름다운 바다는 누굴 위해 있는지

지저귀는 새가 무엇을 노래하는지 흔들리는 나뭇잎들은 무엇

을 속삭이는지

밤하늘 가득한 저 별은 누굴 위해 반짝이는지

이 모든 것 다 널 위한 주님의 사랑

이 모든 것 다 널 위한 사랑의 노래

주께서 널 위해 만물을 지으시고 널 향한 사랑을 전하시네

보이지 않는 주님의 사랑이 늘 너를 감싸 안고 있음을

날마다 뜨는 저 태양처럼 변함없는 주의 사랑이

이 모든 것 다 널 위한 주님의 사랑

이 모든 것 다 널 위한 사랑의 노래

주께서 널 위해 만물을 지으시고 널 향한 사랑을 전하시네

보이지 않는 주님의 사랑이 늘 너를 감싸 안고 있음을

날마다 뜨는 저 태양처럼 변함없는 주의 사랑이

날마다 뜨는 저 태양처럼 변함없는 주의 사랑이'

– 장진숙 님의 곡, 〈널 위해〉

신년 예배 때 나는 이 찬양을 들으면서 권사님의 기도가 하늘에

닿기를 바랐다. 멀리 미국에서 공학박사 과정을 밟고 있는 큰 따님, 의료인의 길을 걷고 있는 둘째 따님, 군 복무 중인 아드님, 큰 수술 후 회복 중인 장로님을 위한 권사님의 기도가 어느새 내 기도 제목이 되었다. 그분께서는 오래전부터 우리 가족을 위해 기도해 주셨다.

내가 그분을 더욱 존경하게 된 배경은 꼭 아들과의 인연 때문만은 아니다. 권사님은 교회 생활 외에도 자신의 음악적 재능을 기부하여 여성장애인합창단을 지휘하고 있으며, 학원업 은퇴 후엔 〈효자노인복지센터〉를 설립하여 노년에 삼중고를 겪고 있는 분들을 따뜻하게 보살피고 계신다. 친정아버지가 3년 전부터 치매를 앓게 되어 친정집이 온통 소용돌이에 빠진 적이 있었다. 평소 존경의 대상이었던 아버지가 망가지는 모습과 또 어머니가 심장병 환자인데도 아버지를 돌봐야 하는 딱한 상황을 보면서 정말로 마음이 아팠다. 친정 부모님 일로 고민하는 우리 부부에게 요양 등급을 신청할 수 있도록 도와주신 분이 권사님 내외분이셨다. 그간 두 아들만 키우느라 부모님을 소홀히했는데, 나이 드신 부모님에 대한 자식 된 도리까지 챙겨주시니, 정말 내 인생에 은인이시다.

가족과 이웃을 따뜻하게 사랑할 줄 몰랐던 나에게 기도와 찬양과 솔선 봉사로 사랑하는 방법을 알려주신 권사님께 다시 한번 감사드린다. 중년에 세례를 받은 초신자지만, 신앙에 의지하여 자녀를 키우고 여러 사회복지기관에 정기적으로 기부하는 삶을 살 수 있어서 정말 행복하다. 또 스님을 아들로 둔 친정아버지를 하늘 가시는 길에 용기 내어 복음을 전할 수 있어서 참으로 기쁘고 후회가 없다. 하나님의 놀라운 사랑의 역사가 계속해서 나와 내 이웃의 삶에 강물처럼 흐르고 있음을 믿는다. 그리고 나도 누군가의 삶을 변화시킬 통로가 될 것이다.

"사랑하지 아니하는 자는 하나님을 알지 못하나니 이는 하나님은 사랑이심이라." (요한일서 4장 8절)

"내 인생에서
사랑의 문을 닫지 않겠다"

아카시아꽃이 필 무렵 시작하여 코스모스가 피어날 때까지 약 4개월 동안 두 아들에 관한 책을 썼다. 큰아들이 한 달에 두세 번씩 골프 경기에 왕성하게 출전하는 시기였다.

이 책이 세상에 나올 즈음에 큰아들이 투어 프로에 선발되거나 스릭슨 투어에서 우승하여 아들에게 축하의 선물이 되기를 바랐다. 또 10년을 가르쳐 온 프로님과 정년보다 10년 일찍 퇴직하여 아들을 뒷바라지해 준 남편에게 감사의 선물로 드리고 싶었다.

아쉽게도 올해 경기를 스물네 번 치렀으나 몇 차례 언더 기록을 내어 본선에 진출한 것이 전부였다. 하지만 아들은 인내심과 끈기를 보여줬다. 경기를 다 마칠 때까지 흐트러짐이 없었다. 사실 큰 부상 없이 올 경기를 마무리한 것만으로도 감사하다. 군 복무를 포함하여 프로가 된 지 5년이 지났음에도 여전히 무명 선수여서 슬럼프에 빠질 수도 있는데, 다시 레슨을 받으며 연습하고 있는 것을 보면 아들의 결연한 의지가 보여서 부모로서 지원을 멈출 수가 없다. 자녀를 뒷바라지하며 기도하고 때를 기다리는 것이 부모의 역할이라고 생각한다. 이를 지난 10년간 학습하였다. 학습의 결과물이 어느덧 책 한 권이 되었다.

두 아들을 키우면서 겪었던 나의 경험과 생각을 시간의 흐름에 따라 정리했다. 예체능을 시작한 배경과 도전하는 과정, 그리고 50대 중반의 부부가 노후대책을 생각하지 않고 경제적으로 뒷바라지하는 과정을 회상하면서 몇 차례 눈물을 흘렸다. 엄마의 시각으로 썼기 때문에 두 아들의 실제와는 다르게 묘사될 수도 있다. 미화한 것은 조금도 없다. 지인들로부터 평소 질문 받는 것을 위주로 궁금해하는 내용을 솔직하게 밝혔다. 아들의 이름, 아들이 다녔던 학교, 아들을 가르쳤던 선생님의 이름을 구체적으로 거론하지 않았다. 아직은 무명 예체능인이어서 열심히 가르친 모교와 선생님께 결례일 수 있기 때문이다. 아들이 스타가 되면 자연스럽게 공개될 것이다.

어느덧 2024년을 앞두고 있다. 내년엔 작은아들이 제대하여 다시 경제적 부담이 배가될 상황이다. 두 아들은 부모의 경제력이 도깨비방망이가 아니란 걸 잘 알고 있다. 큰아들은 라운드비를 절약하려고 군산CC에서 일하고 있고, 둘째 아들도 제대 후 원룸비를 자신이 벌겠다고 말한다. 부모를 생각하는 마음이 기특하다. 한편으로 예체능은 훈련과 연습 그리고 체력이 중요한데 힘껏 못 밀어줘서 부모로서 미안한 마음이다. 나는 두 아들의 유년 시절을 따뜻하게 보살피지 못해서 지금까지 마음 아프다. 빚을 갚는 심정으로 아이들이 좋아하는 예체능을 끝까지 밀어주고 싶다. 내 노후 대책은? 연금이면 족하다.

오래전 2000년도에 있었던 코카콜라 CEO 더글라스 대프트 회장의 신년사를 떠올려 본다. 더글라스 대프트 회장은 임직원을 대상으로 한 신년사에서 인생을 공중에서 다섯 개의 공을 가지고 저글링하는 게임이라고 말했다. 각각의 공은 일, 가족, 건강, 친구, 그리고 영혼이다.

그중 '일'이라는 공은 고무공으로, 떨어뜨렸을 때 바로 튀어 오르는데, 나머지 다른 네 개의 공은 유리로 만들어져서 떨어뜨리면 흠집이 나거나, 상처 입고 산산이 조각이 나서 다시는 예전과 같이 될 수 없을 거라고 말했다. 난 이 사실을 이해하고 삶의 균형을 맞추기 위해 노력하기까지 꽤 오랜 시간이 걸렸다.

내가 막 30대에 접어든 2000년도의 한국사회는 IMF 외환위기 직후였다. 상당수 기업이 구조조정을 실시함으로써 많은 사람들이 일자리를 잃는 시기로, 일과 가정의 양립이라든지 삶의 균형이라는 말은 기대하기 어려웠다. 나도 예외 없이 직장 중심으로 40대까지 바쁘게 살아왔다. 그걸 열심히 살아온 것이라고 착각했다.

50대 중반이 되어 더글라스 대프트 회장의 신년사를 다시 대하니 만감이 교차한다. 육아를 병행하며 힘들게 일하는 30~40대의 여성들에게 더글라스 대프트 회장의 신년사는 진짜로 의미가 있겠다.

"당신이 어디에 있는지, 어디를 향해 가고 있는지도 모를 정도로 바쁘게 살진 말라."

"당신의 인생에서 사랑의 문을 닫지 말라."

"사랑을 유지하는 최선의 길은 그 사랑에 날개를 달아 주는 것이다."

"어제는 지나버렸고, 내일은 알 수 없고, 오늘만이 선물로 주어졌다. 그래서 현재(present)를 선물(present)이라고 말한다."

육아를 졸업하고 나니까 이제야 내가 목말라했던 여러 시책이 많이 나온다. 최근에는 내가 재직하고 있는 의회에서 일·생활 균형지원에 관한 조례가 제정되었다. 일·생활 균형을 지원하는 것이

도지사의 책무가 되었고, 사업주도 가족친화제도 및 일·생활 균형 시책이 확대되도록 근로자의 노동환경 조성을 위하여 노력해야 하는 책무가 주어졌다.

나는 보수적인 공직문화에서 가정과 건강을 희생하며 30~40 대를 보냈다. 후배들은 일 외에도 가족, 자기 계발, 여가 문화생활 등을 조화롭게 누려 삶의 질이 좋아지기를 진심으로 바란다.

끝으로 나는 하루빨리 두 아들이 예체능인으로 실력을 인정받 고 경제적으로 독립하길 원하면서도 오래도록 무명 예체능인이 어도 감사하다는 생각은 변함없다. 오래 빛을수록 진가를 발휘하 는 명품이 되기 때문이다. 두 아들의 성장을 지켜보는 것만으로도 행복하다. 각종 대회에서 보여 준 성적이나 성과가 아들의 전부를 말해주진 않는다. 아들이 매번 보여주는 성실성과 노력이 내게는 더 큰 감동이다. 예체능인의 길은 마치 인격 수양의 길 같다. 아들 의 성장과 성숙을 위해 기도하는 오늘 하루가 내게는 기쁨이고 행 복이다. 아이들 그 자체가 하나님이 주신 존귀한 선물이니까.